W0334249

Christine Nöstlinger
Die unteren sieben Achtel des Eisbergs

Christine Nöstlinger

Die unteren sieben Achtel des Eisbergs

Roman

BELTZ
& Gelberg

CIP-Kurztitelaufnahme der Deutschen Bibliothek

Nöstlinger, Christine
Die unteren sieben Achtel des Eisbergs : Roman. - 1. Aufl. -
Weinheim, Basel : Beltz und Gelberg, 1978.
ISBN 3-407-80753-8

© 1978 Beltz Verlag, Weinheim und Basel
Alle Rechte vorbehalten. Programm Beltz & Gelberg, Weinheim
Umschlag von Klaus Steffens, Heidelberg
Gesetzt aus der 11 Punkt Times mit der Linotron 505 TC
Gesamtherstellung Beltz Offsetdruck, 6944 Hemsbach über Weinheim
Printed in Germany
ISBN 3 407 80753 8

Das Haus

Das Haus ist ein Eckhaus. Zwei Fenster – Haustor – vier Fenster auf der einen Seite. Sieben Fenster auf der anderen. Kein Geschäftslokal. Zwei Stockwerke hoch. Zwischen den schwarzverrußten Dachziegeln ein paar frische, rote Tupfer von der letzten Dachreparatur und schmutzigblinde Dachbodenfenster. Dicht unter der Regenrinne fußballgroße Zierlöcher in der Mauer. Tauben nisten dort. Die Fassade ist grau und nackt. Einmal waren da Frauenköpfe, rechts und links vom Haustor. Frauenköpfe aus Sandstein mit starren Augen und offenen Mündern. Und oben, im Rundbogen vom Haustor, violettes und rotes Glas. Auch Säulchen zwischen den Fenstern und gipserne Blumengirlanden unter den Fensterbrettern im ersten Stock. Eine Flying Fortress, schon nicht mehr erwartet – fünfzehn Minuten hinter den anderen, zehn Minuten nach der Entwarnung –, hat den Frauenköpfen, den Säulchen, den Blumengirlanden und dem bunten Glas ein Ende gemacht. Vier kleine Bomben, vier große Häuser weg, und die Straße hat ausgesehen wie ein Gebiß mit ausgebrochenen Eckzähnen. Das Haus ist stehengeblieben, hat nur ein paar tiefe Risse bekommen, und der ganze Verputz ist weggewesen.
Viel später haben sie das Haus wieder neu verputzt. Glatt und hellgrau. Keiner hat damals den Girlanden und den Säulchen nachgeweint. Aber der neue Verputz kann die tiefen Risse in den Mauern nicht zusammenhalten. Viermal hat man sie schon neu verschmiert, immer wieder kommen sie durch.
Die Baupolizei sagt, das hat nichts zu bedeuten.
Der Hausflur und die Gänge sind mit großen schwefelgelben Steinplatten belegt. Viele haben Sprünge, Ecken fehlen,

etliche sind locker. Mit Kinderfüßen kann man darauf wippen. Die kaputten Platten können nicht ausgewechselt werden. Solche Steinplatten werden schon lange nicht mehr erzeugt.

Die Wohnungstüren sind weiß lackiert. Über den Türen sind gläserne Oberlichter mit eisernen Gittern davor. Manche Küchen haben nur ein Milchglasfenster, auch mit eisernem Gitter, zum Gang hin. Dadurch riecht es im Haus.

Die gußeisernen Wasserleitungen mit den Messinghähnen, gleich neben dem Stiegenhaus, werden von niemandem mehr benutzt.

Hinter dem Haus ist ein Hof. Drei Mistkübel – sechs wären nötig –, eine Teppichklopfstange, zwei Fliederbüsche, ein verkrüppelter Marillenbaum, eine große Holzkiste, auf dem Deckel Teerpappe gegen den Regen. Und, zum Nacharhaus hin, eine Mauer mit wildem Wein.

Im Hausflur, neben den Briefkästen, hängt eine Tafel. Hinter geschwärztem Glas, auf Kärtchen, die man einschieben kann, stehen dort die Namen der Mieter. Mit Haar- und Schattenstrichen in Kurrentschrift sind die Namen geschrieben. Und unter jedem Namen, verbunden mit dem letzten Buchstaben, ist eine verschnörkelte Zierschleife. Die Tafel ist fünfzig Jahre alt. Kein Briefträger kann sich an ihr orientieren.

Richtige Häuser müssen wachsen, nicht nur Stein neben Stein, Stein auf Stein. Richtige Häuser sind aus Menschen gebaut, und die, die vorher da gewohnt haben, und die, die jetzt da wohnen, sind wichtig für die, die später da wohnen werden. Nicht nur wegen der neuen Steigleitungen, die sie legen lassen. Häuser ohne Erinnerungen sind nicht viel wert.

Erinnerung Eins

»Wenn einer«, sagt die Großmutter, »nicht mehr richtig arbeiten kann – dann ist er – zu nichts mehr gut! – Pulver fressen? – Lächerlich! – Wozu denn? – Wenn er zu nix mehr gut ist!« Die Großmutter schnauft. Es ist heiß in der Küche. Sie schlägt Germteig ab. Gleichmäßig. Im Drei-Vierteltakt. Sie hält sich auch beim Sprechen an den Drei-Vierteltakt. Den Weitling mit dem Teig hat sie zwischen die Knie geklemmt. Kleine Schweißtropfen sind auf ihrer Oberlippe. Das Küchenfenster, trotz Augusthitze, ist zugelehnt. Germteig verträgt keine Zugluft.
Die Großmutter hat einen goldenen Zwicker auf der Nase. Der goldene Zwicker ist der einzige Luxus im Leben der Großmutter.
Der Zwicker wackelt auch im Germteigtakt.
Susanna sitzt auf dem Küchenschemel mit dem grauschwarz gesprenkelten Linoleumsitz. Neben ihr steht die weißemaillierte Wasserkanne. Die Kanne hat einen Klappdeckel. Es ist verboten, den Deckel hochzuheben und die Hand ins Wasser zu tauchen. Das Wasser in der Kanne ist das Trinkwasser. Das Waschwasser, Putzwasser und Blumengießwasser ist im Wasserschaffel neben dem Gasrechaud. Ein Aluminiumheferl, an einer dünnen Kette – zum Wasserschöpfen, baumelt vom Schaffelhenkel. Susanne trinkt gern aus dem Aluminiumheferl, weil der Heferlrand sauer schmeckt.
Susanne streckt eine Hand in die Wasserkanne. Bis zum Grund greift sie. Bis zum Ellbogen wird sie naß. Die Großmutter redet, schnauft, schlägt in den Germteig hinein. Es gibt nichts Wichtigeres auf der Welt als Germteig. Der Kochlöffel teilt den Teig. Strich durch die Mitte, zwei weiche

blasige Kugeln rechts und links vom Strich. Die Großmutter hat die Blaudruckschürze ausgezogen. Über dem rosa Unterkleid, über dem dreieckigen Spitzeneinsatz – der Riesenbusen. Kein Unterkleid, kein Büstenhalter kann ihn fassen. Strich in der Mitte, weiche, weiße Kugeln rechts und links vom Strich, bewegen sich im Germteigtakt, haben Teigfarbe – die Großmutter spart mit den Eiern –, haben Teigweiche, sind sicher innen blasig.

Susanne starrt die Großmutter an, genießt das kalte Wasser um ihren Arm und daß die Großmutter nichts merkt. Genießt vor allem aber den Anblick von Teig und Brust. Man kann das vertauschen. Zwei Brüste im Weitling und ein Kochlöffel dazwischen. Zwei Teigklumpen an der Großmutter, über dem Spitzeneinsatz. Germteig geht auf, läßt sich langziehen, reißt an der dünnsten Stelle.

Susanna zieht den Arm aus der Wasserkanne, der Deckel klappt scheppernd zu, die Großmutter hört zu schlagen auf.

»Wie oft hab ich dir gesagt, du Schweindl, daß man das nicht tun darf? Bohrst in der Nasen, bohrst im Hintern, greifst jeden Dreck an, und wir sollen's dann trinken!«

»Ich hab ganz reine Händ!« sagt Susanne. Sie steht auf, geht zur Großmutter, fährt mit einem Zeigefinger in den Teig. Die Großmutter fängt wieder zu schlagen an, und Susanna muß aufpassen, daß der Kochlöffel nicht den Zeigefinger trifft.

»Raus mit dem Dreckfinger«, sagt die Großmutter.

Susanna zieht den Finger aus dem Teig, krümmt ihn, damit mehr Teig an ihm hängen bleibt.

»Nicht – das ist nicht gesund! Der geht auf im Bauch – da kriegst Schaszwicken!«

Susanna trägt den Teigklumpen am Zeigefinger ins Zimmer hinein.

»Patz mir nix an, du Schweindl, hörst!«
Susanna macht die Zimmertür hinter sich zu. Sie geht zur Fensternische, setzt sich auf den großen Holzkoffer, der in der Nische steht, zieht den Vorhang zu, ist hinter dem Vorhang in der Nische.
»Mein Zimmer bei der Großmutter«, nennt Susanna diesen holzkoffergroßen Platz zwischen Fensterglas, Fensterholz und Vorhang.
Das Fenster kann man nicht aufmachen, weil auf dem Fensterbrett so viele Blumentöpfe stehen. Kußmäulchen und Pelargonien, Asparagus, Glocksinien, Efeu und der Christusdorn. Der Christusdorn hat sich im Fenster breit gemacht, spreizt seine stachligen, grauen Triebe bis zur Holzjalousie hinauf, bis zur Jalousiekette hinüber. An den grauen, holzigen Trieben sind nur ein paar kleine, grüne Blätter. Und alle paar Jahre einmal blüht er. Vor zwei Jahren hat er auch geblüht. Da ist die Großmutter ganz zeitig in der Früh zu ihnen in die Wohnung hinüber gelaufen. Das Nachthemd hat sie noch angehabt, ihre Augen hinter den Zwickergläsern haben gerührt geglitzert. »Er blüht – er blüht«, hat die Großmutter gerufen.
Die Mutter hat nur »Ach, wirklich?« gesagt und mit den Schultern gezuckt, aber Susanna ist hinter der Großmutter hergelaufen.
Sie hat sich unheimlich große, glänzende, duftende Blüten vorgestellt.
Die Christusdornblüten waren klein und ohne Geruch. Wie rote Vergißmeinnicht haben sie ausgeschaut. Seither mag Susanna den Christusdorn nicht mehr.
Susanna steckt den Finger voll Germteig in den Mund. Mit der anderen Hand holt sie eine Haarklammer vom Kopf. Sie stochert mit der Haarklammer im Topf vom Christusdorn herum.

Gestern hat sie zwei Regenwürmer hineingetan. Die will sie jetzt wiederhaben. Sie gehören dem Schubert Fritzi. Er hat sie ihr nur geborgt. Wenn er die Regenwürmer nicht zurückbekommt, wird er wild, dann mag er Susanne nicht mehr.

Der Vorhang wird weggeschoben. Die Großmutterhand, feucht und rauh, greift in Susannas Haare, zieht den Kopf vom Christusdorn weg. An den Rissen in der harten, feuchten Haut bleiben Haare hängen. Das schmerzt mehr als der feste Griff, der wehtun will.

Empörtes Gezeter: Schlimmer Fratz! Wenn man einmal nicht hinschaut! Marsch, geh rüber zur Mama!

Klagendes Gejammer: Alles, was einem lieb ist, wird ruiniert! Net einmal die Blumen kannst in Ruh lassen!

Langatmige Erklärung: Mit der blöden Haarnadel zerstörst doch die feinen Wurzeln, wenn's die net gäbert, könnt er net Wasser aufnehmen.

Beschwörende Ermahnung: Des tust nie wieder, hörst, nie wieder, des versprichst mir!

Nein, Susanna wird es nie wieder tun, ganz sicher nie wieder. Aber die zwei Regenwürmer braucht sie trotzdem.

»Großmutter, da drinnen sind zwei Regenwürmer!«

Die Großmutter schreit wütend auf, seufzt dreimal und dann gräbt sie. Ihre Haarklammer ist sehr lang. Ein Regenwurm kommt hoch, die Großmutter zieht, der Regenwurm ist nur ein Viertelwurm. Die Großmutter gräbt weiter. Wieder ein Viertelwurm.

Susanna fängt zu weinen an. Sieben Viertelwürmer ringeln sich auf dem Fensterbrett zwischen kleinen, schwarzen Erdklümpchen.

Die Großmutter gräbt immer noch, schnauft erbittert und fragt: »Was heulst denn? Zuerst dumm sein und dann heulen!«

Susanna rennt von der Großmutter weg, aus der Wohnung, die Stiege hinauf. Hoffentlich ist der Vater schon zu Hause. Dann muß er mit ihr in den Hof gehen und zwei Regenwürmer suchen. Es hat schon lange nicht geregnet, aber der Vater findet bestimmt welche.

Erinnerung Zwei

Es regnet. Kein Kind ist im Hof. Susanna ist zu Horsti in die Wohnung gekommen. In der Wohnung riecht es muffig und sauer. Der Großvater verbietet, daß man die Fenster aufmacht. »Man darf«, sagt er, »den Kohlenklau nicht hereinlassen«. Der Großvater vom Horsti hat immer solche Sprüche. Vom »Kohlenklau« redet er, »Feind hört mit« sagt er. Hoffentlich fragt er nicht wieder, ob ihre Großmutter am Abend am Radio herumdreht und Sender sucht, die man schlecht hören kann; dann geht Susanna nämlich gleich wieder. Die Großmutter hat gesagt, daß sie dann sofort gehen muß. Und hoffentlich will er Susanna kein Winterhilfswerkmanderl schenken. Sonst muß Susanna sagen, daß sie kein Winterhilfswerkmanderl nehmen darf. Und dann wird der Großvater vom Horsti wild. Außerdem ist das überhaupt schwierig. Susanna liebt die kleinen, runden Winterhilfswerkmanderln. Sie sind bunt und schön. Alle Kinder sammeln sie. Nur Susanna hat eine Großmutter, die die Manderln verbietet. Die die Manderln wegwirft.

Manchmal, wenn ihr der Großvater vom Horsti ein Manderl anbietet, kann sie nicht widerstehen. Steckt dann das Manderl in die Schürzentasche, unter das Taschentuch, vergißt, das Manderl rauszutun, bevor die Großmutter die Schürze zum Waschen holt, und hat dann eine bitterböse Großmutter.

Der Horsti zeigt Susanna die alten Kinoprogramme. Sie gehören seiner Mutter. Oft schaut er am Abend mit der Mutter die Programme an, und die Mutter erzählt ihm dann von den alten Filmen.

Susanna hat eine Feldpostkarte mitgebracht. Die hat ihr der Vater aus Rußland geschickt. Ein großes Herz ist drauf

gezeichnet und darunter viele kleine Herzen. »Er hat vergessen, daß ich jetzt schon lesen kann«, sagt Susanna. »Drum hat er nix geschrieben!«
Nicht einmal angreifen darf der Horsti die Postkarte. Nur hinschauen.
»Ist dein Vater noch immer Obergefreiter?« fragt der Großvater.
Susanna weiß nicht, was sie dem Großvater antworten soll. Er hat so rügend gefragt. Susanna hat das Gefühl, ihren Vater verteidigen zu müssen. Der Vater ist noch immer Obergefreiter, und die Großmutter und die Mutter sagen, daß das besser ist. Daß der Vater kein Unteroffizier, kein Feldwebel werden will. Aber dem Großvater vom Horsti darf man nie die Wahrheit sagen. Die Wahrheit von den kreischenden Rundfunksendern nicht, die Wahrheit von den Winterhilfswerkmanderln nicht. Und die Obergefreitenwahrheit sicher auch nicht.
Susanna steht auf, sagt, sie muß gehen.
Horsti will nicht, daß Susanna geht. Wenn sie dableibt, sagt er ihr leise, schenkt er ihr nachher ein paar von den Kinoprogrammen.
Susanna setzt sich wieder hin, sagt zum Großvater: »Ich weiß nicht, Herr Kroupa, was mein Papa ist«; redet dann kaum mehr etwas, sagt auch nichts, als ihr der Horsti seinen neuen Panzer zeigt, der im Kreis herumfahren kann, wenn man ihn aufzieht. Nach fünf Minuten erklärt sie: »So, jetzt geh ich!« und greift in die Schachtel mit den Kinoprogrammen.
»Wenn du dableibst, hab ich gesagt«, flüstert der Horsti.
»Ich bin eh dablieben«, sagt Susanna.
Der Horsti will ihr die Kinoprogramme aus der Hand nehmen. Susanna hält sie fest. »Nicht so viele«, flüstert der Horsti, schaut dabei zum Großvater, ob der auch nichts

merkt. Der Großvater liest im *Völkischen Beobachter*, merkt etwas, merkt aber nicht, worum es geht, schaut hoch, fragt: »Was ist denn?«
»Nichts, gar nichts!« Der Horsti zuckt, wenn er dem Großvater antwortet, immer mit den Augenlidern. Susanna läßt den Kinoprogrammpacken nicht los. Der Horsti hat Angst vor Susanna, der Horsti hat Angst vor dem Großvater. Er nimmt die Hand von den Kinoprogrammen. Susanna sagt: »Auf Wiedersehen!« und geht.
»Mach die Wohnungstür ordentlich zu«, sagt der Großvater hinter ihr her.
Als Susanna die Wohnungstür ordentlich zumacht, hört sie den Horsti noch fragen: »Darf ich mit der Susanna?«
Susanna wartet nicht auf die Antwort des Großvaters. Daß der Horsti nicht zu ihr kommen darf, weiß sie. Zwischen dem alten Kroupa und ihrer Familie ist Feindschaft. Wenn der alte Kroupa und die Großmutter im Stiegenhaus aufeinandertreffen, dann schaut der alte Kroupa weg, und die Großmutter sagt leise: »Nazisau!« Wenn der alte Kroupa die Mutter sieht, sagt er: »Heil Hitler«, und dann schaut die Mutter weg. Bei der Milchfrau hat der alte Kroupa erklärt: »Wenn das Kind zu uns in die Wohnung kommen will, dann soll es! Das Kind kann ja nichts dafür. Aber wenn ich den Horsti erwisch, daß er zu ihr geht, dann kann er sich anschauen!«

Erinnerung Drei

Sie spielen im Hof. Drei Familien haben sie gegründet, und dreimal hat es Geplärr gegeben, weil niemand ein Kind sein wollte. Eine Familie wohnt bei den Mistkübeln, eine bei der Mauer zum Nebenhaus hin, eine zwischen der Kohlenkiste und der Hoftür. Der Schubert Fritzi ist der Vater von der Familie bei der Mauer. Er ist auf Urlaub heimgekommen.
Der Kroupa Horsti spielt nicht mit. Er lehnt bei der Hoftür und ist bös. Im Gang, vor der Hoftür, ist eine Strohmatte und darüber liegt faltig ein alter Fetzen, damit die Strohmatte nicht verdreckt. Der Horsti ist mit einem Fuß in einer Falte vom Fetzen hängengeblieben, ist gestolpert und hingefallen. Hat sich gar nicht weh getan und trotzdem geheult. Und ist jetzt bös auf sie, weil sie ihn ausgelacht haben.
Der Schubert Fritzi spielt nicht gern Vater-Mutter-Kind. Und Vater auf Urlaub ist er überhaupt nicht gern, weil ein Vater auf Urlaub nichts tun darf. Alle in der Familie tun was. Der Vater auf Urlaub sitzt nur herum. Und die Monika, die seine Frau spielt, spielt dumm. Das geht immer so: ...und dann mußt du sagen, daß du noch Hunger hast, und dann tät ich sagen, daß wir nix mehr haben, dann mußt du sagen, tät ich sagen, mußt du, tät ich...
Plötzlich fliegt dem Schubert Fritzi etwas auf den Kopf. Zuerst schaut er nach oben, aber die Susanna ruft von der Holzkiste herüber: »Der Horsti schießt!«
»Täten wir, wie wenn's Granatsplitter wärn!« ruft die Monika und duckt sich.
Der Schubert Fritzi schaut zur Hoftür hin. Dort steht der Horsti und holt harte, zerbrochene Kittstücke aus der Rille in der Tür, wo früher die Glasscheibe eingekittet war. Erst

wenn der Krieg vorüber sein wird, wird man wieder eine Glasscheibe bekommen.
»Bist deppert, Horsti?« schreit der Fritzi.
Der Horsti hört nicht auf, schießt, bohrt neue Munition aus der Rille, schießt wieder.
»Du Trottel, ich sag dir, hör auf!« brüllt der Fritzi. Da trifft ihn ein Kittstück ins Auge; er hält sich die Hand vor das Auge und rennt auf den Horsti los. Der weicht in den Gang zurück, stolpert schon wieder über den alten Fetzen.
»Geh heim«, ruft der Horsti »gehörst überhaupt nicht ins Haus!«
»Stänkerer depperter! Laus blöde!« Der Fritzi packt den Horsti bei den Schultern und beutelt ihn hin und her, und der Horsti brüllt los vor Schmerz, und die Tränen kommen ihm auch schon wieder und mit den Tränen die Wut über die Tränen. Der Horsti tritt den Fritzi gegen ein Schienbein. Da läßt der Fritzi die Schultern vom Horsti los und haut ihm eine runter. Mit der Faust, quer über die Wange, die Nase und ein Auge.
Die Hausmeisterin kommt aus ihrer Wohnung. »Werd ich doch gleich den Hof zusperrn, Fratzen dreckerte, wenn keine Ruh nicht ist!« Die Hausmeisterin ist schon ewig in Wien, ist schon als kleines Kind aus Böhmen hergekommen, böhmakelt trotzdem, wird nie wienerisch lernen.
»Er hat angefangen, Frau Hodina.« Susanna ist vom Hof hereingekommen und zeigt auf den Horsti. »Er hat mit Kitt geschossen!«
Der Horsti will wieder gegen das Schienbein vom Fritzi treten.
Der Fritzi will wieder zuschlagen.
»Vor meine Augen«, empört sich die Hodina. »Schamst dich net?« Sie redet zum Schubert Fritzi. Sie packt ihn am Arm. »Nix da, ham gehst, aber gleich!«

Sie schleppt ihn zum Haustor, stößt ihn bei der Tür hinaus.
Der Fritzi bleibt vor dem Haustor stehen und reibt sich winzig kleine Kittbrösel aus dem Auge und schaut ins Haus hinein. Der Horst steht neben der Hodina und hält sich mit beiden Händen die Nase. Nase, rechte Hand drüber, linke drüber.
Bei der Hoftür stehen die anderen und schauen verbittert. Ohne Fritzi ist das Spielen nicht mehr lustig.
Dann hört der Fritzi Schritte. Die kommen von oben, von der Stiege her. »Horsti!« Das ist die Stimme vom alten Kroupa.
»Is ihm eh nix passiert«, ruft die Hausmeisterin zur Stiege hin, »hab ich eh schon aufgepaßt, daß der Raufhansl ihm nix tut!«
Der Fritzi sieht den Horsti langsam zur Stiege gehen und den alten Kroupa langsam über die Stiege herunterkommen. Auf der ersten Stufe bleibt der Horsti stehen, nimmt die Hände von der Nase und wischt die Tränen von den Wangen. »Der Fritzi hat mich auf die Nasen gehaut und aufs Aug auch«, sagt er zu seinem Großvater.
»Wenn er dich wieder haut und du wehrst dich nicht und weinst noch dazu«, sagt der alte Kroupa zum Horsti, »dann bekommst von mir noch eine Watschen dazu!«
»Ich hab eh treten!« schluchzt der Horsti, wird von seinem Großvater an einem Ohr gepackt – das Ohr wird ganz rot, sieht einem Ohr gar nicht mehr ähnlich, ist viel zu lang, viel zu dünn für ein Ohr – und über die Stiege hinaufgeführt.
»Eh treten – eh treten«, sagt der alte Kroupa empört, während er den Horsti vor sich her treibt.
Der Horsti versucht, dicht beim Großvater zu bleiben, damit das Ohr nicht noch röter, noch dünner und noch länger wird.
Der Großvater läßt den Horsti nicht an sich ran. Sein Arm

ist ausgestreckt. Seine Finger verdrehen Horstis Ohrmuschel. Der Horsti wimmert.
»Schäm dich! Ein ordentlicher Bub tritt nicht!« schnauft der Großvater.
Der Schubert Fritzi beim Haustor und die anderen bei der Hoftür nicken zustimmend.

Erinnerung Vier

Drei Häuserblöcke weiter unten, knapp vor der Vorortbahn, haben sie aus der Schule eine Kaserne gemacht. Amerikanische Soldaten wohnen dort. Vor den Eingängen – einer für Knaben und einer für Mädchen – stehen immer zwei Soldaten in senfgelben Uniformen. Sie haben Stahlhelme auf dem Kopf und starren geradeaus.

Wenn sich Susanna aus dem Zimmerfenster beugt, kann sie bis zur Kaserne hinuntersehen, aber die Wachsoldaten sieht sie nicht. Zu viele Kinder stehen vor der Kaserne: sechzig, siebzig, vielleicht sogar hundert. Auf der Straße stehen sie, auf dem gegenüberliegenden Gehsteig. Sie starren zu den offenen Fenstern hinauf. Man kann sie nicht hören, aber Susanna weiß, daß die Kinder brüllen. »Tschuwing-gumblis«, brüllen sie stundenlang, und alle zehn Minuten einmal kommt irgendein GI an irgendein Fenster und wirft einen Kaugummi hinunter. Dann stürzen sie auf den Kaugummi los.

Auch die, die ganz hinten sind, die, die ihn garantiert nicht kriegen können.

Die Mutter hat gesagt: »Die sollen sich schämen, um Kaugummi muß keiner betteln, Kaugummi braucht man nicht zum Leben!« Aber die schämen sich nicht. Und die betteln auch gar nicht. Die verlangen. Die fordern. Und wenn ein GI, was manchmal vorkommt, einen Tschick beim Fenster rauswirft – und sie rennen ja schon los, wenn der den Arm nur hebt –, und sie bücken und raufen sich ganz umsonst, dann fluchen sie und spucken und werfen mit Steinen und weichen kaum zwei Schritte zurück, wenn die Wachsoldaten wild werden.

Einmal hat einer der Wachsoldaten angeblich sogar seine

unheimlich lange Pistole gezogen. Aber geschossen hat er dann doch nicht.
Susanna geht nie zur Kaserne hinunter. Der Horsti ist jeden Tag dort. Der Schubert Fritzi auch. Der Schubert Fritzi verkauft die Kaugummis, die er erwischt. Der Horsti bekommt nie einen Kaugummi, bekommt nur blaue Flecke im Gedränge der letzten Reihen. Susanna kriegt ihre Kaugummis von der Agnes-Tante. Die Agnes-Tante hat einen Ami zum Freund, einen Staff-Sergeanten. Wenn die Agnes-Tante auf Besuch kommt, bringt sie nicht nur Kaugummis für Susanna, sondern auch Cornedbeef und schneeweißes Fett in Dosen und zuckerlrosa Schinken in Dosen. Manchmal bringt sie auch Schokolade. Und immer hat sie Zigaretten für den Vater. Zigaretten sind ganz wichtig. Ohne Zigaretten kann der Vater nicht leben.
Auf der Straße geht ein Soldat. Der Tellerkappe und den Achselklappen nach ist er ein Major. Er geht über die Straße zum 50er Haus hinüber. Susanna schaut sich den Hintern vom Major an. Susanna schaut sich alle Ami-Soldaten-Hintern sehr genau an. Die Ami-Hosen sind um die Hüften herum ganz eng, bei jedem Schritt sieht man, wie sich die Popo-Hälften bewegen. Solche Hosen haben nur die Amerikaner. Susanna tauft die Soldaten, die oft vorbeikommen, nach den Hintern: Der Affenarsch. Der Wabbelpopsch. Der Birnenhintern. Der Speckscheißer.
Der Major hat fast überhaupt keinen Hintern und verschwindet im 50er Haus.
Susanna dreht sich vom Fenster weg, sagt zur Mutter: »Du, Mama, die Kepp-Herta hat einen Ami-Major aufgezwickt!«
»Wieso?« fragt der Vater. Er liegt auf dem Bett, auf der geblümten Überdecke, und liest die Arbeiter-Zeitung.
»Weil gerade einer ins Haus hineingegangen ist!«
Die Mutter schüttelt den Kopf, schaut ablehnend. Sie glaubt

nicht, daß die Kepp-Herta einen Ami zum Freund hat. Die Kepp-Herta ist mit einem Schlosser verlobt.
»Na, glaubst vielleicht«, sagt Susanna zur Mutter, »ein Ami-Major fangt sich was mit der alten Berger an. Oder mit der Frau Cerny?«
Susanna lacht. Die Cerny ist über achtzig und hat mehr Warzen im Gesicht, als eine Rose Läuse haben kann.
»Was denkst denn immer gleich nur daran, daß wer was haben könnt mit irgendwem?« fragt der Vater. »Der kann doch auch ganz was anderes wollen.«
»Was denn?«
Der Vater überlegt. Überlegt lange. Findet keine vernünftige Erklärung für einen Major im 50er Haus, abseits der Erotik.
»Die Mutter vom Schubert Fritzi geht auch mit einem Ami«, sagt Susanna. »Und die Mutter vom Horsti redet deswegen nicht mehr mit ihr.«
Susanna geht vom Fenster weg und zur Mutter hin. Die Mutter schneidet den grünen Rand von einem deutschen Armeesocken ab und versucht, die Maschen auf vier Nadeln zu bringen. Sie will aus dem Socken einen Strumpf für Susanna stricken. Die Socken sind maschinengestrickt, die Maschen winzig klein.
»Dünnere Nadeln müßt ich haben«, sagt die Mutter.
»Die Mutter vom Horsti hat gesagt, alle, die was mit den Amis haben, sind Huren!«
Susanna beobachtet die Mutter. Ob sie bei »Huren« entrüstet schaut. Für Susanna ist das Wort ganz neu. Heute, nach der Schule, auf dem Heimweg hat sie es zum ersten Mal gehört. Die Mutter schaut nicht entrüstet. Bohrt ihre zu dicken Stricknadeln durch die zu kleinen Maschen, murmelt: »Es gibt solche und solche. Welche, die tun's wirklich nur, damit sie was kriegen!«

»Und die sind dann Huren?« Susanna freut sich an dem neuen Wort.
»Na ja.« Die Mutter scheint sich nicht sicher zu sein.
»Wenn ein junges Madel was Ordentliches zum Essen haben will«, sagt der Vater und legt die Arbeiter-Zeitung weg, »und ein bissl Hetz im Leben, dann ist sie noch lang keine Hur!« Er setzt sich auf. »Sagen wir so: Für ein paar Zigaretten und ein Sackel Kaffee kann man sich entschließen, einen zu mögen, den man nicht anschauen tät, wenn's einem besser ginge!«
»Und wer ist dann eine richtige Hur?«
»Hur ist kein Wort, das du sagen solltest«, murmelt die Mutter. Sie schaut dabei nicht vom Armee-Socken hoch, hat Schwierigkeiten mit einem gespaltenen, krausen Wollfaden, der nicht von der Stricknadel will.
»Warum nicht?« fragt Susanna.
»Weil's ordinär ist«, sagt die Mutter.
Susanna zuckt mit den Schultern, fragt zäh weiter: »Und die Kepp-Herta, die tut es, weil sie einen Kaffee will? Weil die raucht nicht!«
»Weiß doch überhaupt keiner, ob sie es tut«, sagt der Vater. »Das behauptest doch nur du!«
Die Mutter schaut endlich vom Armee-Socken hoch. »Sag einmal«, fragt sie Susanna, »warum willst denn das alles so genau wissen? Interessiert dich das gar so?«
»Überhaupt nicht!« erklärt Susanna. Aber das ist gelogen. Es interessiert sie sehr. Nicht deswegen, weil es da um »Liebe« geht. Es interessiert sie, weil man durch »Liebe« ein ganz anderes Leben haben kann. In einer großen Schachtel unter den Ehebetten sind Fotos von früher. Auf vielen sind ihre Mutter und die Agnes-Tante drauf. Und auf den Bildern von früher schauen die Mutter und die Agnes-Tante einander ähnlich. Unheimlich ähnlich. Sind ja

auch Schwestern. Wenn Susanna die alten Bilder anschaut, fragt sie oft: »Mama, bist du das? Oder ist das die Agnes-Tante?« Jetzt kommt kein Mensch mehr auf den Gedanken, daß die Mutter der Agnes-Tante ähnlich schaut. Das liegt nicht nur an den schönen Kleidern, die die Tante anhat. Und an den blondgefärbten Haaren. Susanna meint immer, daß es am Geruch liegt. Die Agnes-Tante riecht; und absolut nicht nach dem, was sie hat: Zigaretten, Tee, Schnaps, Kaugummi, Erdnußbutter und Schinken. Sie riecht nach etwas, das Susanna nicht kennt. Nach anderem Leben. Nach Freude. Nach Amerika vielleicht. Sie riecht gut. Am *Chanel Nr. 5* aus dem Ami-Laden – wie die Mutter behauptet – liegt es sicher nicht allein.
Susanna möchte auch so riechen und ein anderes Leben haben. Ein Leben ohne angestrickte Armee-Socken.
Der Soldat, der immer pfeift, wenn er am Haus vorbeigeht, der noch ganz jung ist, der könnte ihr, wenn sie vier oder fünf Jahre älter wäre, gefallen. Der gefällt ihr jetzt schon. Gestern hat er heraufgeschaut und gelacht. Es gibt solche und solche. Wenn man sich von dem etwas schenken läßt, ist man garantiert keine Hure. Der Soldat ist der einzige, den Susanna nicht nach seinem Hintern benennt, den sie bei sich »Bobby« nennt. Bobby könnte ihr Kaugummi bringen. Riesentaschen voll grün und gelb und weiß eingewickeltem Kaugummi. Dann könnte Susanna Kaugummi zum Fenster hinauswerfen. Dann stünden die Kinder nicht vor der Kaserne, sondern unter ihrem Fenster und warteten, bis sie einen Arm hebt, und liefen los und balgten sich.
»Ist dir fad? Willst mit mir Karten spielen?« fragt der Vater.
»Yes, Sir«, sagt Susanna und holt die Karten aus der Tischlade.

Die Kabinett-Tür ist nur angelehnt. Horsti liegt im Bett und hört genau, was draußen im Zimmer geredet wird.
»Er ist unglücklich«, sagt die Mutter, »weil die Susanna nicht mehr mit ihm –« sie stockt, sucht nach dem richtigen Wort und entscheidet sich für: »spielt«. Dann seufzt sie und sagt: »Er findet doch so schlecht Anschluß.« Dann redet sie von seiner Schule, von seiner Klasse, in der es nur ganz unmögliche Buben gibt, die sowieso nichts für ihren Horsti sind. Da ist sie ja noch froh, wenn er an diese Schlurfs keinen Anschluß hat.
»Deswegen muß er aber noch lang nicht hinter dem Mädel her sein«, sagt der Großvater. Dazu ist er zu jung. Er soll lieber lernen.
Die Mutter sagt, daß seine Zuneigung zu Susanna doch nichts mit Mädchen-hinter-her-sein zu tun hat. Die Susanna, sagt sie, die mag er schon immer. An die ist er eben gewohnt.
»Die Susanna ist ein Luder«, sagt der Großvater.
»Aber nein, Papa, das kannst du nicht sagen«, protestiert die Mutter.
Der Großvater kichert böse. Erklärt, daß seine Tochter ja keine Ahnung hat. Man muß sich nur anschauen, wie die Susanna den Hintern dreht, ihren kleinen Busen in zu enge Pullover zwängt. Und wenn er am Nachmittag zufällig durch den Park kommt, dann sieht er ja, was sich auf den Bänken hinter dem Spielplatz abspielt und wer da die Macher sind. Ein Luder ist die Susanne. Genauso ein Luder ist sie, wie alle in der Familie Luder sind. Gesindel, Bagage, Proleten. Ihre Mutter war auch nicht besser, als sie jung war. Und den Charakter hat sie vom Vater.

»Papa, ich bitt dich!« unterbricht ihn die Mutter. »Das stimmt doch alles nicht!«
Der Alte ist hartnäckig, hört nicht auf. Muß das sagen, was er jeden Abend sagt. »Die hätten geschaut, wenn's anders gekommen wär«, sagt er.
»Es ist aber nicht anders gekommen!«
»Verschickt wären's alle worden. In den letzten Winkel von Sibirien. Das sag ich dir. Und da hätten's auch hingehört. Die Kommunisten, die!«
»Der Schrödl ist kein Kommunist«, sagt die Mutter. »Die Schrödl sind seit eh und je Sozis.«
»Lumpen wie Hadern!« Der Großvater haut mit der flachen Hand auf den Tisch. »Sabotiert haben sie uns. Die einen wie die andern.« Der Großvater deutet zur Mauer hin, hinter der die Nachbarwohnung, die Schrödl-Wohnung, ist. »Die haben uns das Grab geschaufelt. Alle die so sind wie die! Der Kommunist der, wollen hat er nicht! Aus mein' Gewehr, hat der Saukerl stolz gesagt, hab i kan einzigen Schuß abgeben!«
Die Mutter antwortet nicht mehr. Sie kann nicht jeden Abend immer wieder die gleichen Antworten geben.
Wenn der Alte unbedingt glauben will, daß der ehemalige Obergefreite Schrödl am verlorenen Krieg schuld ist, dann soll er.
Horsti versucht einzuschlafen. Aber jetzt redet der Großvater wieder vom Park und den Bänken hinter dem Spielplatz und von Susanna. Von ihrer grün-rot karierten Hose redet er. Daß die Hose eine Schande ist und daß nur Proleten wie die Schrödl ihre Tochter in so einer Hose herumrennen lassen.
»Jede Falten sieht man«, sagt der Großvater. »Jede Falten hint und vorn!«
Die Mutter behauptet, alle tragen jetzt so enge Hosen, das

ist modern, und die Hose von der Susanna ist nicht enger als andere Hosen es sind. Der Großvater versteht halt nichts von der Mode.
»Mode«, ruft der Großvater. »Ja, Mode! Weil's Mode geworden ist, daß sie onanieren. Bei jedem Schritt onanieren sie. Das sag ich dir.«
»Du spinnst!« Jetzt ist die Mutter auch lauter geworden.
»Ich spinn nicht! Ich seh es doch. Schau dir doch an, wie die Hosen nur geschnitten sind. Das schneidet ein und wetzt, und das haben sie gern, die Ludern, die dreckigen!«
Horsti muß an Susanna und die karierte Hose denken. Grün-rote Karos, Wölbungen, schräggestellte Karos, Einschnitte, straffe Falten – und der Großvater keift widerlich über Susannas Nabel, der manchmal über dem Hosenbund zu sehen ist. Horsti mag Susanne nicht so sehen, wie sie der Großvater beschreibt, aber da müßte der Alte endlich den Mund halten. Rot-grüne Karos. Einschnitte. Wölbungen. Ein Nabel. Ein Luder. Und das Luder sitzt mit dem Schubert Fritzi auf der Bank hinter den Fliederbüschen hinter dem Spielplatz. Die Hose schneidet ein. Das Luder lächelt. Der Fritzi legt einen Arm um die Schultern vom Luder. Dann dreht er sich um. Sieht den Horsti. Schreit: »Spechtelst auch schon wie dein Alter? Verzupf dich!« Das Luder grinst. Der Schubert Fritzi zieht das Luder an sich, legt den anderen Arm auch noch um das Luder herum.
Beten muß man, hat der Herr Kaplan gesagt. Beten gegen das Böse und die Lust. Aber der Horsti hat nie beten gelernt. Und beten hilft auch nichts gegen den Großvater. An etwas anderes denken. Kalt duschen. Sport betreiben, hat der Naturgeschichtslehrer gesagt. – Zimmer-Küche-Kabinett ohne Dusche. Welcher Sport am Abend im Bett? Woran denken? Dem Großvater eins über den Schädel haun. Beten. Ich bin klein, mein Herz ist rein, komm Herr Jesus,

sei unser Gast und segne, was du uns bescheret hast. Unreine Lust. Alles, was vom Alten kommt, ist unrein. Alles, was man denken muß, ist dreckig, wenn einem der Alte zum Denken gebracht hat.
Draußen im Zimmer ist es still geworden. In der Küche rinnt Wasser. Der Großvater beendet den Tag und legt das Gebiß ins Wasserglas. Die Wohnungstür macht ein quietschendes Geräusch. Die Mutter geht aufs Klo. Horsti weint.

1954 ist der alte Kroupa gestorben. Susannas Großmutter hat gesagt, daß sie den überleben darf, ist ihr ein Hochgenuß. Außer alte Nazis zu überleben, hat sie sowieso nicht mehr viel zum Freuen. Dem Horsti und seiner Mutter ist das Freuen nicht so leicht gefallen. Die Pension vom Alten ist hoch gewesen. Und im letzten Jahr ist er nur mehr im Kabinett im Bett gelegen. Wenn man die Tür zugemacht hat, hat man von ihm nur mehr das Husten gehört.

1955 ist Susanna aus der Schweiz zurückgekommen. Sie war dort als Saaltochter. Damit sie sich Geld fürs Studieren verdient. Aber sie hat kein erspartes Geld zurückgebracht, sondern vier Koffer voll Kleider und eine schwere Enttäuschung mit einem verheirateten Mann, der sich wegen ihr nicht hat scheiden lassen.

1956 hat der Horsti das Chemie-Studium aufgegeben. Ohne Geld vom Alten ist es nicht gegangen. Susanna hat sich eine Stelle in einem Büro gesucht. Sekretärin mit Fremdsprachen. Susannas Vater ist in der Druckerei – wo er gearbeitet hat – zum Maschinenmeister aufgestiegen. Er wollte Susanna dazu überreden, im Büro zu kündigen und Sprachen zu studieren. Susanna hat gesagt, sie pfeift aufs Studieren.

1957 hat Susannas Mutter eine Arbeit gefunden, von der sie gesagt hat: »Die reine Glückshacken!« Sie wurde gut dafür bezahlt, daß sie einem Fleischhauer den leicht debilen Sohn hütete. Auch sie wollte Susanna zu einem Studium – irgendeinem Studium – überreden. Wozu denn die Matura? Wozu denn die Rackerei acht Jahre lang, wenn ihre Tochter dann doch nur in einem Büro hockte? Da hätte die Handelsschule auch genügt.

1958 ging Susanna siebenmal mit dem Horsti weg. Zuerst ins Kino und dann tanzen oder ins Kaffeehaus. Auf dem Heimweg wartete sie immer darauf, daß sie der Horsti nun küssen würde, aber der Horsti tat es nicht.

1959 ging Susanna mit dem Schubert Fritzi ins Kino und nachher tanzen und nachher in ein Stunden-Hotel. Das Stunden-Hotel bezahlte Susanna, weil der Schubert Fritzi kein Geld hatte.

1960 machte der Horsti die Hauptschullehrerprüfung in Mathematik und Chemie. Und mit Protektion - weil sein Onkel im Stadtschulrat war – bekam er eine Stelle in der Schule gleich nebenan. In der, vor der er früher gestanden war und »Tschuwing-gum-blis« gebrüllt und keinen bekommen hatte.

1961 heiratete Susanna den Schubert Fritzi, weil sie schwanger war. »Die zwei passen nicht zusammen«, sagte Susannas Mutter. »Überhaupt, wo er noch studiert und kein Geld verdient«, sagte die Großmutter. Aber sie gab ihnen das vordere Zimmer zum Wohnen, mit der Auflage, daß der Christusdorn im Fenster bleibt.

1962 bekam Susanna den Andreas. Der Fritzi verdiente noch immer kein Geld. Er studierte an der Technik. Aber er studierte nicht sehr eifrig. Oft war er in der Nacht weg. Und oft kam er in der Früh ziemlich betrunken nach Hause. Er erklärte, er müsse weggehen, weil die Großmutter stinke, weil die ganze Wohnung stinke, weil auch das Baby stinke. Susanna weinte viel. Manchmal packte Fritzi seine Sachen in eine Reisetasche und zog aus. Über die Straße hinüber, ins 50er Haus, zu seiner Mutter. Nach zwei Tagen kam er meistens wieder. Nur einmal hielt er es eine Woche bei der Mutter aus.

1963 ist ein Alter im zweiten Stock gestorben. Der Horsti nahm sich einen Kredit, mietete die Wohnung und heiratete eine Regine, die Kindergärtnerin war, einen Pferdehintern und Klavierbeine hatte und sehr fromm schaute. Der Fritzi sagte von ihr: »Die hat den evangelischen Silberblick!«

1964 starb Susannes Großmutter und hinterließ Susanna gar nicht so wenig Geld. Fritzi wollte mit Susanna eine Weltreise machen. Oder ein Auto kaufen. »Der helle Wahnsinn!« sagte Susannas Mutter. Susanna ließ für das Erb-Geld die Wohnung herrichten. Die Großmutterküche unterteilte sie in Vorzimmer, Kochnische und Dusche.
Horstis Regine bekam eine Tochter.
Susannas Vater suchte um Frührente an. Er hätte mit seinem Herzfehler zwar noch ein paar Jahre arbeiten können, aber Andreas brauchte jemanden, der auf ihn aufpaßte. Susannas Mutter wollte arbeiten gehen. Susanna mußte arbeiten.

1965 bekam Horstis Regine wieder eine Tochter.
Fritzi wurde Diplom-Ingenieur. Seine Schwiegermutter schenkte ihm ein enorm großes Messingschild für die Wohnungstür, in das mit mächtigen Buchstaben *Ing. Schubert* graviert war.

1966 starb die Alte, die neben Susanna wohnte. Susanna mietete die Wohnung. Zu ihrem Vater sagte sie: »Wirst sehen, Papa, ich krieg noch den ersten Stock! Den ganzen ersten Stock! Wie ein Wurm werd ich mich durchbohren.«
Wozu das gut sein solle, fragte der Vater. Daß irgend jemand, daß vor allem seine Tochter sechs Zimmer als Ziel anstrebte, war ihm verdächtig. Alle, die zuviel wollten, waren verdächtig. Und Susanna wollte eine Menge. Nicht

nur den ersten Stock. Sie brauchte viel, und sie hatte auch viel begriffen seit damals, nach dem Krieg, als sie gemeint hatte, die Tante Agnes habe einen besonderen Geruch. Jetzt wußte Susanna, wie das mit dem Geruch war. Der Geruch war der Unterschied. Das war alles. Der Agnes-Tante war es besser gegangen als den anderen Leuten. Das machte den Geruch aus. Den Geruch, den sie auch haben wollte. Nur war es jetzt halt mühsamer. Es gab keine Ami-Soldaten mehr. Und der Fritzi war kein Ami-Ersatz.

1967 wurde Horstis Regine wieder schwanger.

1968 wurde das Haus nach § 7 renoviert und der Grundzins ums Zehnfache erhöht. Horsti gab jeden Nachmittag Nachhilfestunden.
Susanna litt an ihrer Ehe. Meistens war mit Fritzi nicht zu reden. Wenn er vom Architekturbüro nach Hause kam, legte er Schallplatten auf, zehn Stück auf den Changer – Modern Quazz Quartett, Miles Davis, Anita O'Day –, und setzte seine Kopfhörer auf. Oder er las. Oder er trank viel Rotwein. Und das war dann genauso, als ob er Kopfhörer auf hätte.

1969 hatte Susannas Mutter einen »schönen Tod«. Mitten in der Nacht, mitten im Schlaf traf sie der Herzschlag.

1970 kaufte Susanna wieder eine Zimmer-Küche-Wohnung zu ihrer Wohnung dazu.

1971 wäre im zweiten Stock eine Wohnung frei geworden. Susanna träumte von einer Wendeltreppe und einem Obergeschoß. Fritzi drohte mit Scheidung, und in den zweiten Stock zog eine Familie Goldberger. Horstis Regine, die diese Wohnung auch gern gehabt hätte, bekam jedesmal, wenn sie an der Goldberger-Tür vorbei ging, eine Wut.

Aber davon sagte sie nichts. Sie sagte: »Drei Kinder bedeuten mehr Glück als vier Zimmer!«

1972 erstand Susanna die letzte Wohnung im ersten Stock. Ihr Ziel war erreicht.

1973 fiel die Mutter von Horsti auf der Stiege plötzlich steif wie ein Stock um und war eine Stunde ohnmächtig. Schwere Kreislaufsache, hat der Arzt nachher gesagt. Seither geht die alte Kroupa nicht mehr aus dem Haus, liegt meistens im Bett, und wenn sie Regine ärgern will, dann geht sie nicht einmal aufs Klo, sondern schreit nach der Bettschüssel. Sie sagt, dafür daß sie dem Jungen das Zimmer abgetreten hat, können die ruhig für sie hin und wieder was tun.

1974 mietete der Hausherr die Parteien aus dem Parterre aus. Er brauchte die Wohnungen als Magazin für seinen Elektrohandel. Nur noch die Hausmeisterin wohnt im Parterre. Die Hausmeisterin böhmakelt nicht, aber sie redet auch nicht gut deutsch. Sie kommt aus Zagreb.

1975 sagte der Arzt zu Susannas Vater, daß er sein Herz unbedingt schonen solle, sonst könne er für gar nichts garantieren.
Seither hat sich nicht mehr viel verändert.
Die Hausmeisterin hat einen zweiten Sohn bekommen. Die Familie Goldberger denkt an eine Eigentumswohnung im Grünen, und in der Wohnung des Großvaters, an der Zimmerdecke, ist seit einem Jahr ein dunkler Fleck, der bei Regenwetter sehr groß wird, bei Schönwetter zu Fußballgröße schrumpft.

Andreas

Andreas steht vor der grünen Tafel; die Kreide hält er in der linken Hand. Linkshänder haben eine häßliche Schrift, Linkshänder bekommen beim Schreiben die Hand voll Kreidestaub, weil sie mit dem Handballen über das Geschriebene wischen. Andreas hat eine saubere Linke, weil er nichts an die Tafel schreibt. Besser nichts tun, als das Falsche tun. Solange er kein Wort sagt, keine Zahl schreibt, keine Gerade zieht und den Zirkel auch nicht einsetzt, weiß der Mathemensch nicht, daß er nicht einmal einen Sinus von einem Cosinus unterscheiden kann.
»Also, Schubert«, sagt der Mathemensch und seufzt dabei, »also, Schubert, fangen wir von vorne an. Ja?« Er kriegt sein gütiges Freund-und-Helfer-Gesicht. »Wie ist das mit dem Sinus?« Milder kann ein Mensch gar nicht fragen, freundlicher kann ein Mensch nicht schauen.
»Das ist eine Winkelfunktion, eine trigonometrische Funktion.«
Soweit kann sich Andreas auf die Sache einlassen.
Der Freund-und-Helfer nickt begeistert. Positive Leistungen loben, bringt mehr Erfolg, als negative rügen. Brav, brav! Winkelfunktion! Hurra, trigonometrische Funktion!
»Ja, und was verstehen wir unter einer Funktion, Schubert?«
Der Kreislauf des Großvaters *funktioniert* nicht; Zwetterl arbeitet in leitender *Funktion;* der Schaden an der Partei sind die *Funktionäre,* die fettgefressenen; der Lichtschalter *funktioniert* wieder. – Alles kaum mathematische *Funktionen...* Der Freund-und-Helfer wartet, und die in der Klasse warten auch und langweilen sich. Der Herbert gähnt hinter vorgehaltener Hand. Erika schreibt was auf kleine

Zettelchen. Und Michi starrt ihn an, als wäre jetzt Chemiestunde und er irgendwas in einem Reagenzglas, das sanft zischend die Klasse verstinkt. Auf Michis Schulter, vom Pullover verdeckt, ist ein schillingstückgroßer blauer Fleck. Wenn er ihr noch einmal so einen blauen Fleck küßt, hat sie gestern gesagt, dann ist es endgültig aus zwischen ihnen. Sie mag das nicht. Wegen ihrer Mutter, hat sie gesagt. Die Mutter sieht das sofort und macht ihr einen Krach. Sie lügt. Vor ein paar Wochen hat sie gar nichts gegen die blauen Flecken gehabt. Ihrer Mutter sind die Flecken egal. Es ist nicht wegen der Mutter. Es ist wegen dem, mit dem er sie gestern im Auto sitzen gesehen hat. Der macht ihr einen Krach, wenn er den Fleck auf der Schulter sieht. Lutschflekken haben eine *Funktion.* Sinnlich wahrzunehmende Zeichen vergangener Sinnlichkeit. Kühe mit Prägestempel, hat der Vater gesagt. Erwachsene haben nie Prägestempel. Lutschflecke sind Kindersex, hat der Vater gesagt.
»Na, Schubert, hast du es jetzt verstanden?« fragt der Freund und Helfer. Der Mathemensch schaut zuversichtlich und wartet. Hat gefragt, hat nichts erfahren, hat noch einmal erklärt, fragt nun wieder. Trauriges Lehrer-Los.
Die anderen können ihre Langeweile kaum mehr verbergen. Stühle knarren, ganz hinten saust einiges durch die Luft, geflüstert wird und irgendwer kichert.
Andreas greift zum Tafelzirkel, denn meistens fängt das Zeug irgendwie mit einem Kreis an. Ein Kreis und dann eine Gerade durch den Mittelpunkt, und dann hat man einen Winkel einzuzeichnen. Die Kreide im Tafelzirkel zerbröselt, bevor Andreas einen Halbkreis geschafft hat. Kreischend fährt das Metallende des Zirkelschenkels über das Tafelholz. Etliche in der Klasse, die mit den ganz schwachen Nerven, stöhnen laut. Michi stöhnt auch, hat die Augen geschlossen, träumt vor sich hin. Andreas versucht ein

frisches Kreidestück in den Zirkel zu klemmen. Das Kreidestück zerbröselt schon beim Einspannen. Der Freund-und-Helfer nimmt ihm den Zirkel aus der Hand. Setzt die Kreide ein. Mit zwei Griffen hat er das. Drückt ihm den Zirkel wieder in die Hand. Ein Kreis – eine Gerade – ein Winkel, weiter reicht das Wissen nicht. Wozu dann überhaupt anfangen? Andreas legt den Zirkel auf den Lehrertisch, sagt: »Ich kann es nicht!« und will zu seinem Platz zurück.
»Moment, mein Sohn.« Der Freund-und-Helfer hält ihn am Ärmel fest. »Was soll das heißen, Andreas?«
Andreas zuckt mit den Schultern. Idiotisch gelangweilt, blöde frustriert schaut er drein, und genauso will er auch aussehen. Immer noch besser: einer will nicht, als einer stottert Unsinn daher.
Der Freund-und-Helfer fühlt Wut in sich hochkriechen, kämpft tapfer dagegen an. »Komm, Andreas, sei vernünftig, wir schaffen das schon!«
Wir ist immer gut. Krankenschwestern-Spitals-haben-wir-gut-geschlafen-wir.
Einer, ganz hinten in der Klasse, einer der geglaubt hat, die Tortur habe endlich ihr Ende, seufzt laut. Der Freund-und-Helfer hört es und nimmt die Chance wahr, seine mühsam unterdrückten Wutgefühle abzureagieren. Brüllt nach hinten, daß er das aber schon sehr unfair und unsolidarisch findet, wenn da welche blöde herumseufzen, wenn ein Kollege geprüft wird. Und gerade einer, der auf die Schularbeit ein Nichtgenügend bekommen hat. Für den steht doch schließlich allerhand auf dem Spiel. Eigentlich könnten die hochgescheiten Seufzenden dem Kollegen ja auch in den Pausen etwas beibringen, dann müßte er nicht seine halbe Unterrichtsstunde darauf verwenden, dem Schubert die allereinfachsten Anfangsgründe beizubringen.

Aber wenn er das schon muß, dann möchte er wenigstens, aber schon allerwenigstens, um Maulhalten bitten!
Ende der Rede, Aggressionen an den falschen Mann gebracht, milder Blick auf Andreas. »Also, Andreas, beginnen wir mit dem Einheitskreis!«
Mindestens viermal schon hat Andreas der Sinus-Erklärung – beim Einheitskreis beginnend – gelauscht. Es war ihm jedesmal unmöglich, etwas zu begreifen. Es wird ihm wieder unmöglich sein. Er kann dem Freund-und-Helfer die Mühe und der Klasse die Qual ersparen. Er geht zu seinem Platz. Der Freund-und-Helfer hält ihn nicht mehr zurück, schaut ihm nur nach, fragt sich, was er falsch gemacht hat, warum er den Burschen nicht motivieren kann. Fragt sich auch, ob er ihn nicht doch zurückrufen müßte, schon wegen der Disziplin. Wenn das einreißt, daß alle, die nicht mögen, einfach von der Tafel weggehen, dann stehen die Lehrer blöd da. Aber der Mathemensch hat das sichere Gefühl: Der kommt nicht zurück. Auch wenn ich laut schreie, auch wenn ich drohe. Da mache ich mich nur lächerlich. Jetzt, spürt der Mathemensch, sind die in der Klasse auf seiner Seite. Ihre Anteilnahme gilt dem Freund-und-Helfer, der so milde mit dem sturen Andreas verfuhr. Wenn er jetzt aber zum Schreien anfängt, dem Schubert das Durchfallen androht, zu Toben beginnt, dann wird sich das ändern, dann halten sie zu Andreas. Schreiende Lehrpersonen mag niemand.
Der Mathemensch beschließt, daß er kein Wort mehr zu und über Andreas Schubert verlieren wird, beschließt, daß er etwas Aufbauendes braucht. Noch einen Trottel kann er jetzt nicht verkraften. »Feininger, komm heraus«, sagt der Mathemensch. »Wir gehen im Stoff weiter.«
Die Michi steht auf und geht an die Tafel.
»Du Wappler, du«, flüstert der Nebenmann, als sich Andreas hinter sein Pult lümmelt, »er hat dir doch eh helfen

wollen!« Andreas starrt sein Pult an, zuckt mit den Schultern. »Warum«, fragt der Nebenmann, »hast denn überhaupt nix gesagt? Der hätt doch schon vor Freud gejubelt, wennst ihm's Einmaleins aufgesagt hättest!« Weil Andreas wieder keine Antwort gibt, murmelt der Nebenmann noch einmal: »Wappler!« und liest dann weiter in dem Buch, das er aufgeschlagen auf den Oberschenkeln liegen hat.

Andreas holt einen Notizblock aus der Schultasche, reißt eine karierte Seite ab und schreibt mit Blockbuchstaben drauf: »Kommst du heute ins Kaffeehaus? Wann???« Er faltet das Stück Papier, schreibt »Michi« auf die eine Seite, malt ein Herz auf die andere Seite vom gefalteten Papier, hält dann das Papier in der Faust und wartet, daß die Michi endlich von der Tafel weggeht. Aber die rechnet und rechnet, zwei Seiten der Tafel sind schon voll, und der Mathemensch nickt und nickt und strahlt vor Glück. Rund um Andreas schreiben und nicken sie auch alle, nur der Nebenmann liest, um den ist die Welt samt aller Mathematik versunken vor lauter erregendem Leseerlebnis. Wahrscheinlich ist die Besatzung des Raumschiffes eben in ein Zeitloch oder die vierte Dimension eingedrungen. Unter Umständen bewegt sich auch eine intelligente Urgallerte gerade auf die Bahamas los. Irgend etwas Interplanetarisches muß es jedenfalls sein, denn freiwillig liest der Nebenmann nur Science-fiction.

Andreas wird ungeduldig und beschließt, daß die Michi seinen Brief auf ihrem Pult vorfinden soll, wenn sie von der Tafel zurückkommt. Er klopft dem Herbert, der vor ihm hockt, auf den Rücken. Etliche Male muß er klopfen, bis sich der umdreht, dann gibt er ihm den Michi-Brief, deutet ihm, den Brief weiterzuleiten. Der Herbert schaut wie: Trottel, paß lieber auf! gibt den Brief aber an Beate weiter.

Beate nimmt, nickt, läßt den Brief auf ihrem Pult liegen und wendet sich wieder ihrem Mathe-Heft zu. Andreas zupft den Herbert noch einmal, flüstert: »Die Beate soll ihn weitergeben!«
»Ja ja«, murmelt der Herbert, unternimmt aber nichts.
»So sag ihr's doch«, raunzt Andreas, »was sagst ihr's denn nicht?«
Der Herbert dreht sich um. »Sei nicht so deppert«, sagt er. »Steck dir deine kindischen Brieferln in' Arsch!« Der Nebenmann schaut von seinem Buch hoch, murmelt: »Haltet's doch endlich die Goschen!« Und Andreas sieht, wie Beate nun doch nach dem Brief greift, ihn entfaltet und grinsend liest. Dann schaut sie zu ihm her, das Luder, und grinst weiter.

Der Weg von der Schule nach Hause, sagt die Mutter immer, dauert höchstens zehn Minuten, und wenn man noch zehn Minuten für den Tratsch dazugibt und zehn Minuten fürs ganz langsame Gehen, dann kommt im Höchstfall eine halbe Stunde heraus. Also ruft die Mutter immer genau eine halbe Stunde nach Schulschluß zu Hause an. Und wenn sie auch jeden Tag so tut, als hätte sie ihm etwas mitzuteilen – daß eine Wurst hinten im Eisschrank liegt, daß er seine Hose aus der Putzerei holen kann, daß ein Herr Böck unter Umständen anrufen wird –, es sind eindeutig Kontrollanrufe.
Lange Zeit hat Andreas die Anrufe für lästige, aber besorgt-zärtliche Mutterliebe gehalten; bis ihm Beate erzählt hat, was seine Mutter zu ihrer Mutter gesagt hat. Seine Mutter hat zu ihrer Mutter gesagt, daß man ihn überwachen muß. Der Großvater, hat seine Mutter gesagt, wird alt, ist schon alt, wird senil, ist schon senil. Dem kommt es nicht darauf an, wann sein Andi von der Schule heimkommt.

Aber laß ihn doch, heißt es dann immer. Der Bub könnte stundenlang im Park sitzen oder im Kaffeehaus oder weiß-der-Kuckuck, wo sonst.
»Ja, Mama, ja – gut, Mama – o.k., Mama.« Andreas schaut zum Großvater hinüber. Der Großvater kramt im Nähkästchen und sucht den Nadeleinfädler. Ohne Einfädler bringt er den Faden nicht durch das Öhr.
»Die Schularbeit, Mama?« Andreas zögert, der Großvater schüttelt den Kopf, nur ganz wenig. Jemand, der ihn nicht so gut kennt wie Andreas, würde es gar nicht bemerken.
»Die Schularbeit haben wir noch nicht zurückgekriegt.«
Jetzt nickt der Großvater.
»Der Mathemensch ist krank, Mama.«
Der Großvater findet den Einfädler, steckt den Wollfaden durch, zielt mit der Drahtspitze des Einfädlers gegen das Nadelöhr, lächelt.
»Angina hat er, glaub ich, eitrige.«
Der Großvater bekommt den Einfädler ins Öhr, zerrt am Wollfaden.
»Ja, Mama – tschüß, Mama!«
Andreas legt den Hörer auf.
Bussi, Andreas, hat sie zum Schluß gesagt. Seit fast zehn Jahren: Bussi, Andreas!
»Du kannst es ihr ja noch nächste Woche sagen. Wenn die Französisch-Schularbeit gut wird, dann gibst du ihr die beiden Schularbeiten auf einmal, dann schaut das gleich besser aus.« Der Großvater zieht seine Strickjacke aus, zieht einen Ärmel über die linke Hand und beginnt, das Loch am Ellbogen zu stopfen. »Oder am Wochende. Da ist sie besser aufgelegt.«
Andreas zuckt mit den Schultern. Heute, am Wochenende, nächste Woche – ein Mathematikfünfer, weil er schon der zweite ist, vor sich hergeschoben, vertuscht. Wie lange kann

der Mathemensch Angina haben? Er kann auf keinen Fall länger Angina haben als bis nächsten Dienstag, denn dann trifft sich seine Mutter mit Beates Mutter und erfährt von Beates Mathe-Einser.
»Warum lernst du eigentlich wirklich nichts?« Der Großvater hat alle Querfäden gleichmäßig über das Loch gespannt und macht sich nun ans Durchstopfen. »Du tust ja sonst auch nichts. Ich, bevor ich gar nichts tät, würd doch lieber lernen.«
Der Großvater hat recht. Es ist lächerlich, Stunden da herumzuhocken und Löcher in die Tapetenblumen zu starren und nichts im Kopf zu haben als halbe Bilder, halbe Melodien, halbe Sätze, alles halb, halb vertrottelt, halb kaputt, halb beschissen.
»Ich hab keine Lust, den Scheißdreck zu lernen. Das geht mich alles nichts an, das hat alles nichts mit mir zu tun.«
»Was hat denn was mit dir zu tun?«
»Frag mich was Leichteres.«
»Du wirst doch irgendwas wollen, irgendwas, oder?«
»Ich hab genug damit zu tun, daß ich merk, was ich nicht will, verstehst?«
Der Großvater schaut Andreas an und schweigt. Der Großvater ist der einzige Mensch, der Andreas lang und ohne zu reden anschauen darf, ohne daß Andreas wütend wird.
»Findest, daß ich was Blödes sage?« fragt Andreas.
Der Großvater schüttelt den Kopf, sagt schließlich: »Es ist alles nicht einfach.«
»Davon hab ich einen Schmarrn!«
»Aber zwei Rechenfünfer sind ja auch kein Weltuntergang!«
»Aber sechs Rechenfünfer sind eine Nachprüfung, und weil ich die auch nicht schaff, heißt das Sitzenbleiben. Und bevor

ich die Sechste noch einmal mach, da laß ich lieber die Welt untergehn!«

»So ein Blödsinn.« Der Großvater legt die Jacke weg, obwohl das Loch noch nicht fertig verstopft ist. »Was soll denn das heißen?«

Jetzt schweigt Andreas.

»Die Welt kannst nicht untergehen lassen«, fährt der Großvater fort, »Gott sei Dank nicht!«

»Aber wenn es mich nimmer gibt, geh ich mir sicher nicht ab!« Andreas schaut zum Fenster hinaus, wartet, daß der Großvater etwas sagt, der Großvater sagt nichts, steht auf, geht aus dem Wohnzimmer, zur Küche hin. Andreas wirft sich der Länge nach über die grasgrünen Samt-Schaumstoffdinger, die dem Sprachgebrauch der Mutter nach, der »linke Teil der Wohnlandschaft« sind. Er liegt auf dem Bauch, drückt das Gesicht in den Samt, die Nase, der Mund sind tief in dem weichen, haarigen Zeug. Das macht das Atmen schwer, aber schwer zu atmen, macht alles ein bißchen leichter. Man leidet an Atemnot, weiß also, woran man leidet, und es ist jederzeit möglich, diesen Mangel abzustellen.

Dann ist der Großvater wieder da, hat ein Heferl in der Hand und sagt: »Ich hab Hetschibetschtee gemacht.« Viel früher hat der Hetschibetschtee dem Andreas oft geholfen. Einfach so sind sie dagehockt, der Großvater und er, und haben den Tee in kleinen Schlucken getrunken, und dann ist alles viel besser gewesen.

Der Hetschibetschtee nützt dem Andreas schon lange nichts mehr. Trotzdem setzt er sich auf, versucht so zu schauen, als ob im Hagebuttentee Hoffnung sein könnte. Der Großvater kann für nichts. Der auf keinen Fall.

Andreas trinkt den Tee. In kleinen Schlucken. Der Großvater beobachtet ihn, will die Wirkung des Tees von seinem

Gesicht ablesen. Herr im Himmel, wie schaut einer drein, dem es plötzlich wieder gut geht, der einsieht, daß das Leben auch schön und richtig sein kann? Der lächelt! Kein breites, grinsendes Cheese-Lächeln. Lächelt zaghaft, ein bißchen verschämt. Wie ein Genesender eben.
»Na siehst«, sagt der Großvater, »na siehst«, und nimmt ihm das leere Teeheferl aus der Hand. Noch einmal: »Na siehst!«
Dann trägt der Großvater das Heferl in die Küche zurück.
Andreas lächelt weiter, obwohl der Großvater längst aus dem Zimmer ist, steht auf, geht ins Schlafzimmer der Eltern, stellt sich vor einen der Riesenspiegel in der Schrankwand und schaut sich sein Lächeln an. Das Lächeln ist abscheulich und macht ihn abscheulich. Daß der Alte so ein Lächeln für echt halten kann? Das Lächeln geht nicht weg, sitzt fest. Andreas fährt langsam mit beiden Händen über sein Gesicht: Schläfen-Wangen-Kinn, das Lächeln bleibt. Andreas möchte etwas zerfetzen, etwas zertreten, etwas zerschlagen. Alles im Schlafzimmer ist weiß. Weiße Wände, weißer Schrank, weißes Bett, weißer Teppichboden, weiße Gardinen, kein Kitsch, kein Kram, kein Klump. Liegt auch nichts herum: kein Hausschuh, kein Taschentuch, keine Unterhose. Bettzeug unter der weißen Matratze, Pillen in der weißen Kommodenlade, Schlafrock hinter der Schranktür, die Weißes spiegelt. Bloß ein gerahmter, schwarzer Cortez in Mexiko an der weißen Wand. Hingehen, Cortez vom Wandhaken nehmen, auf den Boden legen, auf das Glas treten, bis es zerknirscht? – Das gibt Scherereien. Andreas beobachtet im Spiegel, wie er den Kopf schüttelt. Sieht aber auch im Spiegel den roten Quarzwecker neben dem Bett stehen. Andreas dreht sich um, tritt gegen den Wecker, der Wecker saust durch das Zimmer, prallt ohne

besonderes Geräusch gegen die Wand, bleibt unbeeindruckt liegen. Die Zeit springt von 15 Uhr 11 auf 15 Uhr 12.
Der Vater nennt das Schlafzimmer, seit es die Mutter neu eingerichtet hat, die »unteren sieben Achtel des Eisbergs«. Andreas holt den Wecker, stellt ihn wieder neben das Bett, schaut dabei zu den Spiegeln. Seine Lippen sind dünn und gerade. Keine Falten mehr um die Mundwinkel herum, kein Lachgrübchen im Kinn. Andreas verläßt die »unteren sieben Achtel des Eisbergs«.

DER GROSSVATER

Der Großvater wollte schon längst hinaufgehen in seine eigene Wohnung, aber die Gajic wollte Unterhaltung haben. »Bleib da, Opa«, sagte sie immer, »putzt sich besser, wenn man reden kann«. Die Gajic kam dreimal in der Woche zum Staubsaugen und Fensterputzen und Türen waschen. Sie kam am Vormittag, bevor sie in die Fabrik, in die Schichtarbeit, ging. Von Monat zu Monat, fand der Großvater, sah sie müder und grantiger aus. Der schönen Milena Gajic, die vor vier Jahren mit ihrem Mann aus Jugoslawien hergezogen war, sah sie kaum mehr ähnlich, meinte der Großvater. Der Busen weg, der runde Hintern weg und allerhand Böses im Gesicht.

Die Gajic rückte und schob an der Bauerntruhe im Vorzimmer herum. Der Großvater lehnte in der Küchentür, schaute ihr zu.

»Madel«, fragte er, »sag, Madel, was tust denn das?«

»Weil gewischt werden muß drunter!«

»Warumst das überhaupt machst?«

Die Gajic schob weiter an der Truhe herum und schaute den Großvater verständnislos an. »Was überhaupt?« Die Gajic hatte die Truhe endlich dort, wo sie sie haben wollte.

»Warum putzt meiner Tochter den Dreck?«

Die Gajic tauchte den Wischfetzen in den Wassereimer, zog ihn heraus und schaute zu, wie das Wasser in einem immer dünner werdenden Strahl aus dem Fetzen in den Eimer zurücklief.

»Bringt Geld, Opa!«

»Madel, jetzt hast die Hausmeisterei und gehst in die Fabrik hakeln, und die Kinder hast auch noch. Ist das net schon mehr wie genug?«

Die Gajic nahm den Fetzen in beide Hände, wrang ihn aus, hockte sich hin und breitete den Fetzen am Boden aus. »Kinder brauchen, Kredit muß zahlt werden, muß wo herkommen!« Die Gajic wischte auf dem Boden herum, kratzte mit den Fingernägeln was vom Boden weg, murmelte: »Wie kommt Kaugummi unter Truhen?« und wischte weiter.

»Ihr werdet's das noch einmal bereun. Zammklappen werdet's, verstehst? Dei Mann a. Vierzehn Stund den Tag in an Taxi, das halt keiner aus auf die Dauer. Keiner!«

Die Gajic holte ein trockenes Tuch und rieb den Boden damit. Schob die Bauerntruhe wieder an ihren Platz zurück.

»Weißt, Madel, jetzt glaubst, daß es geht, aber des geht auf die Dauer nicht. In a paar Jahr liegst auf der Tacken!«

»In paar Jahr«, die Gajic betrachtete zufrieden die Bauerntruhe und das blitzblanke Stück Boden rundherum. »In paar Jahr, Opa, hab ich andere Wohnung und Einrichtung und Auto, verstehst?«

»Verstehst, Opa?« wiederholte sie, weil der Großvater keine Antwort gab.

»Bist eben noch aus andere Zeit«, redete sie weiter, weil der Großvater noch immer schwieg. »Mein Papa versteht auch nicht, ist eben andere Zeit.«

»Madel, solang ich leb, bin ich aus keiner anderen Zeit«, sagte der Großvater. »Ich versteh alles, verstehst? Nur versteh ich noch dazu, daß des alles ein Blödsinn ist!«

Der Großvater schwieg wieder.

Ganz plötzlich war ihm klargeworden, daß er nicht gegen das redete, was die Gajic haben wollte, sondern gegen das, was seine Tochter hatte.

Es war lächerlich, der Gajic zwei Zimmer und eine Dusche ausreden zu wollen, wenn er es nicht einmal geschafft hatte, seiner eigenen Tochter den »ersten Stock« auszureden.

Er ging zur Kleiderablage, holte die graue Strickjacke vom Haken, schlüpfte hinein.
»Gehst, Opa?«
Der Großvater nickte.
»Verstehst nicht, daß wir besser haben wollen, Opa?«
Der Großvater hatte schon die Türklinke in der Hand, ließ sie wieder los, deutete zur Bauerntruhe, zur Wohnzimmertür hin, zur Küchentür hin. »Ihr kapiert's doch alle miteinander net, was besser-haben ist. Und wennst dreimal soviel Klumpert wie meine Tochter zammkriegst, is das immer noch net bessergehn, verstehst?«
Die Gajic verstand nicht. Schaute den Handbewegungen des Großvaters nach, sah kein Klumpert, sondern erlesene Gegenstände, Gegenstände, die sie nie haben würde, das wußte sie, fragte zögernd: »Wie meinst, Opa? Gfällt dir nicht?«
Der Großvater merkte, wie er zornig wurde. »Ihr laßt's euch mit die depperten Wohnlandschaften und die Farbfernsehkistln des Hirn verpicken.«
»Geh, Opa!« Die Gajic schüttelte den Kopf und ging in die Küche.
Der Großvater wußte, daß sie grinste. Er knöpfte seine Strickjacke zu, murmelte etwas, das sowohl »Dann auf Wiedersehn« wie auch »Wirst auch noch draufkommen« heißen konnte und verließ die Wohnung.
Langsam ging er über den Gang zur Stiege, ganz langsam stieg er die Stufen hinauf. Nach jeder vierten Stufe legte er eine Pause ein. Das war besser so, schonte sein Herz und seine Lunge. Ohne Pausen einzulegen, kam er immer erschöpft oben an. Zitterte dann so stark mit den Händen, daß er den Schlüssel kaum ins Schlüsselloch brachte. Bekam auch sehr schwer Luft. Keuchte nicht nur, der Atem ging dann auch so zischend, pfeifend. Es war auszuhalten, man

konnte sich daran gewöhnen. Aber es war besser, Pausen einzulegen, weil es besser war, den eigenen Körper nicht mehr zur Kenntnis zu nehmen. Ihn zittern, zischen, pfeifen und keuchen zu machen, brachte ihn wieder in Erinnerung.

»Wennst mich fragst, Madel«, sagte der Großvater während der ersten Stufen-Pause, »wennst mich fragst, hättest gar net kommen sollen«.

Der Großvater redete in letzter Zeit oft laut, auch wenn er ganz allein war. »Jetzt redet er schon mit sich selber«, hatte Susanna zu Fritzi gesagt. Aber das stimmte nicht. Er sprach nicht mit sich selber, sondern mit anderen Leuten, bloß waren die Leute nicht anwesend.

»Dort, wo's herkommen seid's, dort hättet's schaun solln, daß was weitergeht. So schlecht ist der Tito net«, sagte der Großvater während der zweiten Stufenpause.

Und oben, wie er schon den Schlüssel – ganz ohne zu zittern – aus der Hosentasche holte, murmelte er: »So hast dir das nicht vorgestellt, was, das des so kommt!«

Zu wem der Großvater jetzt sprach, war ihm selber nicht ganz klar, zur Gajic jedenfalls nicht mehr.

Vom Küchenfenster, quer über den Hof, schräg nach unten, konnte der Großvater die Fenster von Andreas' Zimmer sehen. Dunkel war es im Zimmer, und die beiden Fenster standen weit offen. Und sicher war die Heizung voll aufgedreht. Den Großvater machte das unruhig. Jede Art von Verschwendung machte ihn unruhig. Dreimal war er schon vom Fenster weggegangen, hatte sich zum Tisch gesetzt, im ›Stern‹ geblättert: Naher Osten, Irland, Terroristen, F.J. Strauß und Tomatensalat, von einem Schriftsteller zubereitet. Alter ›Stern‹, heraufgeholt aus dem ersten Stock, vom Abfallstapel, weil das Kreuzworträtsel noch weiße

Ecken hatte. Nie machten sie die Kreuzworträtsel voll. Dabei mußten sie doch alle drei wissen, wie die Wiener Schauspielerin mit drei Buchstaben hieß.
Er konnte nicht beim Kreuzworträtsel bleiben. Andreas sollte die Heizung abdrehen. Oder das Fenster zumachen. Ihre Gasrechnungen wurden von Jahr zu Jahr höher.
Er ging wieder zum Fenster, beugte sich hinaus. Neben seinem Küchenfenster war das Küchenfenster der Kroupa. Die aßen immer in der Küche. Punkt sieben Uhr. Es war zehn Minuten nach sieben. Aus dem Kroupa-Fenster kamen leise Geräusche, keine Stimmen. Bei den Kroupa wurde beim Essen nicht gesprochen, die schaufelten still und emsig die Teller leer. Angeblich tranken sie auch nichts zum Essen. Weil das angeblich gesünder war. Angeblich genügte ein Blick der Mutter, um die Kinder zum Leeren der Teller zu bewegen, auch wenn es ihnen gar nicht schmeckte.
Zumindestens hatte ihm das die alte Kroupa erzählt, früher, als sie noch aus der Wohnung herausgekommen war, als sie sich manchmal beim Einkaufen getroffen hatten und zusammen nach Hause gegangen waren. Das Miteinander-reden hatten der Großvater und die alte Kroupa erst lernen müssen, denn noch früher, da hatten sie nie miteinander geredet, da hatte der Großvater die Frau Kroupa nicht einmal gegrüßt. Denn auf »Heil Hitler« hatte der Großvater keine Antwort gegeben. Und es war fast sicher, daß es der alte Kroupa gewesen war, der 1935 den Großvater angezeigt hatte, als illegalen Sozi. Dem alten Kroupa hatte der Großvater die Hausdurchsuchung zu verdanken gehabt. Zu viert waren sie gekommen und hatten nach Arbeiter-Zeitungen gesucht, keine einzige hatten sie gefunden. Die Arbeiter-Zeitungen und alles andere, was verboten war, war in der Wohnung seiner Mutter gewesen, im Holzkoffer in der Fensternische beim Christusdorn. Damals hätte der

Großvater jeden einen Trottel geheißen, der da behauptet hätte, er würde mit der Tochter vom alten Kroupa je einmal friedlich vom Brunnenmarkt nach Hause gehen. Ihr sogar die Tasche mit den Erdäpfeln tragen. Jede Wette wäre er eingegangen, daß das ganz ausgeschlossen sei. Aber mit der Zeit verwächst sich vieles, denn mit der Zeit sterben die anderen. Der Fink und der Pomeisl können nicht mehr Preferencen kommen, die Hodina kann ihm nicht mehr erklären, warum der Stalin zuerst recht und dann nicht mehr recht gehabt hat. Und auf dem Fensterbrett, wo dem Mikula sein fetter Kater auf einem roten Polster gelegen ist, steht jetzt Susannas Tausend-Schilling-Riesenkaktus. Da bleibt dem Großvater gar nichts anderes übrig, als mit der alten Kroupa zu reden, wenn auch das Einzige, was sie gemeinsam haben, das Altsein ist.
Die Geräusche aus der Kroupa-Küche wurden lauter. Stühle rücken, Wasser rinnen, Geschirrgeklapper und dann das Raunzen von Annette, der mittleren Kroupa-Tochter. Der Großvater mochte die Annette nicht, nannte sie immer die »Rentnerin«, sagte ihr ein Leben als ledige Handarbeitslehrerin voraus.
Im Zimmer von Andreas wurde es hell, der Großvater sah Andreas durch das Zimmer gehen, zum flaschengrünen Wandverbau, eine Lade zog er heraus, kramte, zog wieder eine Lade heraus, noch eine Lade, und keine machte er zu. Jetzt bückte er sich nach etwas, drehte sich um, ging wieder zur Tür. Der Großvater hätte nicht einmal schreien müssen, nur laut reden: Andreas, mach die Fenster zu! Oder: Andreas, dreh die Heizung ab! Warum, fragte sich der Großvater, sag ich es nicht. Garantiert würde er mich hören. Es geht mich nichts an, sagte sich der Großvater. Ich mische mich da nicht ein. Ihre hohen Gasrechnungen müssen sie selber bezahlen.

Andreas war aus dem Zimmer draußen, und das Licht brannte weiter. Ein Windstoß trieb einen Vorhang zum Fenster hinaus, der Vorhang war leicht, er wirbelte hoch, verfing sich im Fensterflügel und flatterte.
Ein Loch wird der noch bekommen, dachte der Großvater. Dabei ist er ganz neu und so teuer. Und unter seinem Bett steht sicher wieder ein voller Aschenbecher. Der Wind wird die Asche im Zimmer verblasen oder die Papierln vom Schreibtisch wehen, dann muß er sie wieder suchen, und er findet doch nie etwas.
Der Großvater machte sein Küchenfenster zu. Er wollte zum Tisch zurückgehen und die Wiener Schauspielerin mit drei Buchstaben einsetzen und den französischen Schriftsteller mit S. Angefangene Kreuzworträtsel muß man fertig machen. Man muß alles fertig machen. Was man kann, muß man tun.
Der Großvater ging nicht zum Tisch, er nahm die Schlüssel vom ersten Stock und verließ seine Wohnung.
Natürlich brannte auch im Vorzimmer Licht und in der Küche auch, obwohl niemand drin war. Die Tür zum Wohnzimmer war nur angelehnt, der Abendjournal-Sprecher redete von der Zigaretten-Preiserhöhung und den »ab heute einsetzenden Hamsterkäufen«. Der Großvater ging leise durchs Vorzimmer, durch den schmalen Gang, der zum Zimmer von Andreas führte. Ein Windstoß riß ihm fast die Zimmertür aus der Hand. Der Großvater löste den Vorhang vom Fensterflügel, schloß das Fenster, drehte die Heizung auf achtzehn Grad, schaute unter das Bett, nein, Aschenbecher war da keiner. Schaute zum Schreibtisch. Ob die Sauerei dort vom Wind kam, konnte er nicht entscheiden.
Der Großvater knipste die Schreibtischlampe aus. Der Schirm war sehr heiß, und der Schalter gab zuviel Widerstand. Das mußte repariert werden, aber wenn sie eine

Lampe kauften, die nur 60er Birnen vertrug und dann immer 100er Birnen einschraubten, dann mußte das Zeug ja kaputt gehen. Da konnte er reparieren, soviel er wollte.
Sollte er auch noch das Licht in der Küche ausdrehen? Der Großvater tappte im Finstern zur Zimmertür.
Im Vorzimmer stand der Fritzi und starrte ihn an. Susanna stand in der offenen Wohnzimmertür und starrte ebenfalls. Der Abenjournal-Sprecher war jetzt bei den Pressestimmen zur Zigarettenpreiserhöhung.
Mußte er sagen, warum er da war? Brauchte er einen Grund, um da zu sein?
Sie starrten ihn an, als ob er verrückt sei.
»Na, haben wir einen Einbrecher?« rief Andreas aus dem Wohnzimmer.
»Der Opa ist es«, sagte Fritzi zum Wohnzimmer hin.
Andreas, im Wohnzimmer, lachte laut. Susanna und Fritzi starrten den Großvater weiter an und warteten auf eine Erklärung. Er wollte ihnen keine Erklärung geben, er hatte es gar nicht nötig, ihnen eine Erklärung zu geben. Morgen würde er mit Andreas reden und ihm »Verschwendung« erklären. Wenn man dem Andreas oft genug etwas sagte, dann sah er es schon ein. Er sah es ja ohnehin ein, er vergaß es nur immer wieder, und er lebte eben in Umständen, die ihm das Vergessen leicht machten. Andreas hatte keine Schuld.
»Die Susanna hat gemeint, ein Einbrecher ist da«, sagte Fritzi zum Großvater.
Der Großvater ging zur Wohnungstür.
»Was hast du denn wollen, Papa?« fragte Susanna hinter ihm her.
Der Großvater machte die Wohnungstür auf, und bevor er sie hinter sich zuzog, griff er nach dem Lichtschalter neben dem Türrahmen und knipste das Licht im Vorzimmer aus.

Deutlich hörte er dann den Fritzi drinnen im Vorzimmer sagen: »Ist er übergeschnappt? Was dreht er uns das Licht aus?« Und Susanna, ratlos: »Schleicht herum, redet nichts, dreht's Licht ab und geht wieder!« Ungeheures Erstaunen war in ihrer Stimme.
Über den Gang, zur Stiege gehend, durch das Gangfenster, sah der Großvater, daß das Licht im Vorzimmer wieder brannte.

Sieben, sieben, acht, null, drei, vier – den Herrn Ing. Schubert bitte – nein, leider, der ist noch immer nicht zurück – sanft gleichgültige Telefondamenstimmen – die Herren sind bei einer Besprechnung – könnten Sie ihm sagen, daß er dringend seine Frau anrufen soll? – ja, gnädige Frau, natürlich – Telefondamenstimme weiterhin sanft und gleichgültig, aber Susanna ließ sich da nicht täuschen, wußte Bescheid, wie das so ist in einem kleinen Betrieb, da wird alles beredet. – Siebenmal hat die Alte vom Schubert heute angerufen, die kontrolliert ihn, wo ist er denn wirklich überhaupt? – und dann, wenn er kommt: Herr Ingenieur, ihre Gattin hat schon siebenmal (mit Augenaufschlag) angerufen!

Wie sagte Susannas Chef da immer: »Na, dann wollen wir warten, bis sie zum achten Mal klingelt!«

Susanna legte den Hörer auf, die Tür zum Chefzimmer stand offen. Susanna sah, wenn sie vom Schreibtisch aus ins Chefzimmer schaute, das Gummibaumarrangement, den Besuchersessel und die Ecke des gigantischen Schreibtisches, auf der die Plastik stand. Dünne Stäbe aus Stahl, auf einer Platte montiert. Alle schön senkrecht, nebeneinander, hintereinander und jeder eine kleine Winzigkeit kürzer oder länger als der Nachbarstab; so jedenfalls angeordnet, daß die oberen Stabenden eine sanft wellige Landschaft ergaben. »Beruhigt ungemein, wenn man draufschaut«, behauptete der Fette. Und die Bedienerin blies jeden Morgen viermal – von allen Seiten – kräftig in das Ding hinein. Anders ließ sich der Staub nicht entfernen.

Susanna schlug die Mappe auf, die ihr der Fette auf den Tisch gelegt hatte und ärgerte sich. Gleich im ersten Brief

hatte er wiederum einen Satz korrigiert. Verdammt, mußte er denn dauernd seinen blödsinnigen Stil blödsinnig verbessert? Hatte er denn nichts anderes zu tun als »wir haben« durchzustreichen und »unsere Firma hat« darüber zu schreiben? Und sie mußte nun den ganzen eng beschriebenen Bogen neu tippen. Und was sollte dieser Beistrich? Warum flickte er denn unentwegt Beistriche ein? Überall, wo der Idiot beim Reden eine Schnaufpause machte, meinte er, habe ein Beistrich zu stehen.
Susanna griff wieder zum Telefon. Sieben, sieben, acht, null, drei, vier – nein, der Ingenieur Schubert ist noch immer nicht im Haus. Aber er habe bereits ein Zetterl auf dem Schreibtisch liegen, daß er seine Gattin anrufen soll.
Im Chefzimmer knarrte der Stuhl. Auch der beste Stuhl knarrte, wenn ihn der Fette von seiner Last befreite.
»Gina, nun machen Sie einen Punkt.« Hundertzwanzig-Kilo – Dr. Zwetterl tauchte aus dem Chefzimmer auf, blinzelte hinter dicken Brillen, die auch ohne Brillenglas winzig klein waren. »Sie machen sich doch nur selber hysterisch, Gina!«
Der Fette und die, die schon lange in der Firma waren, sagten »Gina« zu Susanna. Gina wie Gina Lollobrigida. Noch immer nicht verjährte Ähnlichkeit. Gleich gut erhalten. Bis aufs Doppelkinn der Lollobrigida, und abgesehen davon, daß Susanna ohne falsche Wimpern auskam.
Dr. Zwetterl kam zu Susannas Schreibtisch und stützte die Arme auf. Dicker Zwetterlbauch vor ihr, sanftes Zwetterlodeur um sie: Susanna stieß sich mit den Füßen ab, ließ sich auf dem Drehstuhl nach hinten rollen, bis zur Wand, weg vom Zwetterlbauch, weg vom Zwetterlgeruch.
»Gina, mich geht's ja nichts an«, sagte der Fette, »aber was soll denn Ihr Mann jetzt tun? Der kann doch auch nichts machen, oder?«

Natürlich hatte der Fette recht, ausnahmsweise einmal recht. Und wenn er bereit war, mit ihr zu reden, dann konnte sie den Fritzi und das Telefon in Ruhe lassen, aber reden mußte sie jetzt. »Er kann sich nicht immer drücken und alles mir überlassen. Schließlich arbeite ich doch auch, oder?«
»Aber das sagen Sie ihm besser doch nicht am Telefon, am Telefon kommt da nix raus!«
Am Telefon kam nichts raus! O.k.! Aber wann kam denn was raus? Der Fette hatte doch keine Ahnung! Sollte sie vielleicht am Abend davon anfangen? An einem der raren Abende, wo der Herr Ingenieur zu Hause war? Vielleicht noch vor Andreas? Oder warten, bis Andreas schlief? Fernsehen-glotzen, Aschanti mit Rotwein runterspülen und warten, bis Andreas eingeschlafen war. Und trank Susanna einen Schluck Rotwein, trank Fritzi vier, und hatte Susanna ein Glas leergetrunken, war Fritzi beim sechsten Glas, und nach sechs Gläsern Rotwein war er zu keinem Gespräch über die schulischen Mißerfolge seines Sohnes bereit. Beim letzten Versuch hatte er »traurig, traurig« gemurmelt und »Schule ist doch Scheiße« gesagt und irgendwas von einem armen Andreas, der ihm schrecklich leid täte.
»Und im übrigen regen Sie sich ja bloß so auf«, dozierte der Fette, »weil Sie es von Ihrer Freundin erfahren haben, und weil die Tochter von der einen Einser hat. Das wurmt Sie. Ich kenn euch Weiber doch!«
»Nein, so ist das nicht!« Susanna schüttelte empört den Kopf.
Dr. Zwetterl grinste freundlich.
»Was die blöde Beate hat, ist mir scheißegal.«
Dr. Zwetterl grinste noch freundlicher. »Dann sagen Sie mir bloß, Gina, warum Sie sich dann so erregen? Zwei Mathefünfer sind ja schließlich kein Weltuntergang!«
»Er kriegt noch eine Nachprüfung!«

»Na und?« Der Dr. Zwetterl seinerzeit, hatte immer eine Nachprüfung gehabt. Dem Dr. Zwetterl jetzt, ging das auf die Nerven: zu Hause die ewige Hysterie wegen der Schulnoten und jetzt auch noch im Büro die gleiche Leier.
»Gina, kommen Sie«, sagte der Fette, »wir trinken einen. Einen vom General!« Er latschte in sein Chefzimmer – Schränkchen auf, Gläser raus, Tablett drunter (tat sonst Gina) – tüchtig eingeschenkt, wenig für sich, viel für Susanna.
»Na, Gina, dann prost!«
Dr. Zwetterl trug das Tablett zu Ginas Schreibtisch; draußen fand er es gemütlicher. »Gina, ein paar Nachhilfestunden – wir haben da einen an der Hand, meine Frau kann Ihnen die Nummer geben –, Sie werden sehen, dann tutet der Dampfer wieder!«
Susanna rollte zum Schreibtisch zurück, nahm das Schnapsglas, schaute dem Fetten in die winzigen Augen, der Fette zwinkerte ihr zu – alles nicht so tragisch, Gina –, tatsächlich, zwei Fünfer, was führte sie sich wirklich so auf? Sie beugte sich nach hinten, das Glas hatte einen dicken Bauch und eine kleine Öffnung oben, man mußte sich zurückbeugen, um es leer zu trinken. Der Fette war schon richtig. Mit dem konnte man reden. Der war ein Trost. Zwei Fünfer regten den nicht auf. Auch bei den eigenen Kindern nicht.
»Was verlangt denn dieser Nachhilfelehrer?« fragte Susanna.
Der Fette wußte es nicht. Das mußte man seine Frau fragen. Der Fette wußte nur, daß er jetzt aber dringend zum General hinüber müßte und daß er den korrigierten Briefstapel – schön neu getrippt – noch heute von Susanna wollte.
Susanna setzte sich zum Schreibmaschinentisch, spannte einen Bogen Papier samt Kohlepapier und Durchschlag ein,

tippte und dachte: Wenn der Nachhilfsmensch dreihundertfünfzig pro Doppelstunde kostet – und zwei Doppelstunden pro Woche werden nötig sein –, dann arbeite ich einen Tag in der Woche fast ausschließlich für die Faulheit vom Andreas.
Erster Brief, zweiter Brief, ja, war der Fette jetzt komplett hinüber? Malte glatt »nachfragen!« an den Rand. Na, so weit sollte es wohl noch kommen, daß sie nachfragte! Das war eindeutig seine Arbeit. Sie würde nicht nachfragen, basta! Der Fette hockte da drin, verdiente sich blöde, wußte nicht einmal, was eine Nachhilfestunde kostet und ließ sie für ihn die Arbeit machen.
Susanna hämmerte Seite für Seite herunter. Flink, fehlerfrei, wütend. Nein, der Fette war doch nicht richtig. Tat ihr doch nicht gut. Ein mieser Job mit einem miesen Chef war das! Und jetzt sollte auch noch fast ein Tag vom miesen Job für Nachhilfestunden draufgehen, bloß, weil Andreas zu faul zum Lernen und Fritzi zu faul zum Helfen war. Und der Alte wußte garantiert schon die längste Zeit vom Fünfer. Und schwieg. Und hielt zu Andreas. Daß er ihr Vater war, hatte er anscheinend total vergessen. Vergaß überhaupt alles. Schlich herum, drehte die Lichter ab und vergaß.
...und verbleiben mit freundlichen Grüßen... Das Telefon klingelte. Susanna stellte die IBM ab und lief zum Telefon. Legte sich blitzschnell Sätze zurecht, die sie dem Fritzi sagen wollte. Es war nicht der Fritzi. Der Dr. Helm wollte den Dr. Zwetterl sprechen. Susanna sagte, daß der Chef beim Generaldirektor sei, der Dr. Helm wollte ihn trotzdem haben, weil es ganz, ganz unaufschiebbare Probleme gäbe. Susanna schnitt ein Gesicht, die Probleme der Herren Doktoren wollte sie einmal haben, drückte Knöpfchen, wählte, sagte zur General-Vorzimmerfrau: »Der Helm schreit nach dem Meinigen«, legte den Hörer auf und ging

zum Schreibmaschinentisch zurück und wunderte sich über ihren naiven Kinderglauben. Wunderte sich, daß sie tatsächlich noch immer auf Fritzis Anruf hoffte.

Der 13er kam erst nach vierzehn Minuten, der 43er fuhr ihr davon, obwohl sie ihn noch erreichte. Die automatische Tür war zu, Susanna klopfte gegen die Scheibe, hinter der der Schaffner saß, doch der rührte sich nicht, machte die Tür nicht auf.

Susanna hatte den Schirm im Büro liegengelassen.

Sie war gleichzeitig mit dem Fetten weggegangen und hatte geglaubt, er würde sie nach Hause fahren; was er oft tat. Doch heute waren sie in der Haustür mit dem Dr. Bär zusammengetroffen, und der Bär hatte den Fetten in ein Gespräch verwickelt. Da ist Susanna gegangen. Es hätte dumm und irreführend ausgesehen, wäre sie neben dem Fetten stehengeblieben. Der Dr. Bär ist die Haupt- und Staats-Tratschen der Firma und hat eine laszive Fantasie.

Der nächste 43er kroch von der Kreuzung her zur Haltestelle. Genau bei der hinteren Haltestellentafel war ein guter Platz, dort kommt meistens die mittlere Wagentür zum Stehen.

Susanna zwängte sich zwischen feuchten Mänteln, nassen Schirmen, kantigen Taschen in den Wagen hinein. Wenn die Leute naß sind, stinken sie noch mehr, stinken wie die Dorfhunde. Straßenbahnfahren ist unwürdig, entsetzlich, schauerlich und deprimierend, und alle Sitzplätze waren auch schon besetzt.

Susanna stand eingeklemmt zwischen einem nassen Lodenmantel und einer feuchten Lederjacke.

Die Lederjacke hatte einen Männerkopf mit Schnurrbart oben drauf; der Schnurrbart kam Susanna ziemlich nahe. In der Haut um den Schnurrbart herum waren sehr große

Poren, das waren keine normalen Poren, das waren Aknenarben. Der Mensch muß als Jüngling voll Wimmerln gewesen sein. Wimmerln und dazwischen ein paar Barthaare. Gott sei Dank, daß Andreas keine Wimmerln hat. Andreas hat eine glatte, gesunde Haut. Wimmerln machen Kummer und Schwierigkeiten. Die Schwierigkeiten sind schon ohne Wimmerln groß genug. Außerdem, wie liebt man einen Sohn mit Wimmerln? Natürlich liebt man auch einen Sohn mit Wimmerln. Könnte sie einen Sohn mit Wimmerln auf die Wange küssen? Ihr Mund auf einer Wange mit Eiterwimmerln, mit Entzündungsherden, mit schwarzen Mitessern, mit gelben Mitessern, mit Talgpfropfen? Susanna starrte dem Schnurrbart auf die Narbenhaut, sah dort längst Verjährtes wieder wachsen, versuchte, keine Gänsehaut zu bekommen und vergaß darüber fast das Aussteigen. Eine mit einem karierten Einkaufswagen machte sich vor dem Ausstieg breit, keppelte, daß man eben früher sein Aussteigen anmelden müsse, wollte nicht zur Seite oder konnte nicht zur Seite. Susanna rempelte mit dem Ellbogen, stärker als nötig, stieß noch einmal nach, als die mit dem Einkaufswagen schon das Feld räumte und empört schnaufte. »Trampel«, sagte Susanna und stolperte über das Trittbrett. »Trampel«, wiederholte Susanna genüßlich, als sie schon auf dem Gehsteig und die Straßenbahn längst weg war.

Es regnete nicht mehr, Susanna war müde; zwischen den Schulterblättern hockte ein dumpfer Schmerz. Stundenlanges Tippen erzeugt diese Art von Schmerz. Susanna sah im ersten Stock vom Eckhaus Licht und versuchte, sich aufs Nachhausekommen zu freuen. Wenn man sich Mühe gibt, kann man sich auch auf einen Sohn freuen, der einen Fünfer verheimlicht hat, auf einen Mann, der nicht angerufen hat, auf einen Vater, der zum Enkel hält. Man kann sich sogar über den dumpfen Schmerz zwischen den Schulterblättern freuen, zwei Überstunden lang hat sie getippt, siebzehn Überstunden hat sie diesen Monat schon angesammelt. Bis zum nächsten Ersten kann sie leicht auf dreißig Überstunden kommen. Oder vierzig. Der Fette rechnet nie so genau nach.

An der Hausmeister-Tür ging Susanna schnell vorüber. Die Gajic hatte noch Geld von ihr zu bekommen, mindestens neun Putzstunden oder sogar elf. Susanna hatte kaum Geld mehr. Der Tischler hatte fünftausend Schilling Anzahlung verlangt. Und sie hatte bloß mit zweitausend gerechnet, hatte keine Ahnung gehabt, daß die Beschläge so teuer waren. Sie hätte doch billigere Beschläge für den Vorzimmerschrank aussuchen sollen! Hoffentlich kehrte die Gajic nicht gerade jetzt das Stiegenhaus. Ohne Geld konnte sie der Gajic nicht gut begegnen.

Nein, keine Gajic auf der Stiege. Die Gajic schimpfte in der Küche mit ihrem Sohn – oder schimpfte auch nicht. Dieses Serbokroatische klingt immer irgendwie bösartig, kantig und rauh. Müßte aber interessant zum Erlernen sein. Wäre schön, wieder einmal eine fremde Sprache zu lernen.

Susanna stieg die Treppe hinauf, kramte nach dem Schlüsselbund in der Handtasche. Jetzt klatschte es, und in der Hausmeister-Wohnung begann der Gajic-Drago zu brüllen. Die Gajic hatte also doch geschimpft.

Im Vorzimmer stieg Susanna aus den Stöckelschuhen, seufzte erleichtert; es war eine Wohltat, die Dinger nicht mehr über den Zehen zu spüren.

»Andreas«, rief Susanna, »Andreas!« In der Küche: kein Andreas. Im Wohnzimmer: kein Andreas. Ob er weggegangen war, weil sie von seinem Fünfer erfahren hatte? Lächerlich, sie ist ja keine Furie, wegen ihrer Wut muß keiner weggehen. Susanna schaute ins Bad, ins Andreas-

Zimmer, griff auch an die Klotür, nirgends ein Andreas und nirgends ein Fritzi. Bloß überall Licht, und auf dem Plattenspieler eine Platte, die am Morgen noch nicht dagelegen war. Donovan. Also nicht von Fritzi aufgelegt. Wenn der Fritzi jetzt noch nicht zu Hause ist, dann kommt er erst gegen Mitternacht oder später. Entweder fährt der Fritzi gleich nach dem Büro heim, oder er geht noch ins Kaffeehaus. Wenn der Fritzi ins Kaffeehaus geht, dann trifft er dort einen, mit dem er in ein anderes Kaffeehaus geht. Oder zum Heurigen. Oder in einen Jazz-Keller. Oder vielleicht trifft er auch keinen. Susanna weiß das alles nicht so genau. Susanna weiß nur, wenn der Fritzi nicht gleich heimkommt, dann bleibt er sehr lange weg.

Andreas

Andreas steht schon lange bei der Straßenbahnhaltestelle in der Toreinfahrt. Sechs Straßenbahnen hat er schon abgewartet. Aus der vorletzten ist seine Mutter gestiegen, aus der letzten die Kroupa Gabi, mit ihrer Gitarre im soldatengrünen Leinenüberzug. Drei Straßenbahnen, hat er sich vorgenommen, will er noch abwarten. Manchmal kommt die Michi erst gegen sieben Uhr vom Handballspielen. Und verpaßt hat er sie sicher nicht.
Andreas kommt sich idiotisch vor, und unwürdig findet er es. Wenn sie in der nächsten Straßenbahn nicht drin ist, dann geh ich, nimmt er sich vor. In der nächsten Straßenbahn ist der Meier. Er steigt aus, sieht Andreas und kommt zur Toreinfahrt, meint, weil der Andreas nicht in den 43er gestiegen ist, muß er auf den H 2 warten. Der Meier war früher mit Andreas in der Klasse, ist dann sitzengeblieben und geht jetzt in eine andere Schule. Er überfällt den Andreas mit einer Geschichte. Wie sie heute den Religionslehrer aufgemacht haben. Sogar geheult hat er. Es war eine irre Schau. Entweder ist die ganze Geschichte langweilig, oder der Meier kann nicht erzählen oder Andreas kann nicht zuhören. Ein H 2 kommt. Der Meier hört zu reden auf, schaut, was schaut der so? Der wartet, daß Andreas in den H 2 einsteigt, nimmt nicht an, daß der aufgemachte Religionslehrer Andreas vom Straßenbahnfahren abhält.
»Ich hab's nicht eilig, erzähl weiter«, sagt Andreas. Der Meier freut sich ungemein, schildert wie der Katechet geheult und gebrüllt hat. Brüllt selber und lacht zwischendurch. Dann kommt wieder ein 43er. Fast übersieht Andreas die Michi; sie hat einen neuen, roten Regenmantel an, den er nicht kennt.

»Tschüß, jetzt muß ich aber wirklich«, sagt Andreas zum Meier, aber der hält ihn am Arm fest, meint, Andreas irre sich, das sei nämlich kein H 2. Die Michi läuft vor der Straßenbahn über die Kreuzung, gleich wird die Ampel auf Rot springen. Andreas reißt sich los, rennt bei Orange über die Straße, erreicht die Michi einen Häuserblock hinter der Ampel. Die Michi geht schnell, beachtet ihn nicht, müßte ihn schon gesehen haben.
»Ich muß mit dir reden«, sagt Andreas.
»Es gibt nichts mehr zu reden«, sagt die Michi und schaut weiter geradeaus und bleibt nicht stehen. »Das heut mittag hat mir gereicht – auf ewig!«
»Nur ein paar Minuten.« Andreas hält die Michi an der Schulter fest, sie muß stehenbleiben, muß ihn anschauen.
»So laß mich doch in Ruh!«
Andreas hat sich vorher, in der Toreinfahrt, bevor der Meier gekommen ist, genau ausgedacht, was er der Michi sagen wird. Er hat es nicht vergessen, aber er sagt es trotzdem nicht. Er sagt: »Wenn du jetzt nicht mit mir redest, dann ist es aus!«
»Es ist schon aus«, sagt die Michi, versucht ihre Schulter von seinem festen Griff freizubekommen, sagt: »Laß mich los, oder ich schmier dir eine!«
Andreas läßt die Michi nicht los.
»Du tust mir weh!«
Andreas ist es gleich, ob er Michi weh tut, er zieht sie zur Espressotür hin; wenn er sie einmal im Espresso drin hat, wenn sie beim Cola sitzen, wenn er ihr ruhig und vernünftig erklärt, wie sehr er sie mag-braucht-notwendig-gern-hat, wenn er ihr all das erklärt, was er sich in der Toreinfahrt bei der Haltestelle ausgedacht hat, dann wird sie einsehen, daß sie sich geirrt hat, daß sie den Kerl mit dem Auto gar nicht mag, daß er und sie zusammengehören. Dann wird alles

wieder gut sein. Gut sein ist: eng nebeneinander sitzen, Michi spüren, Michi küssen, Michi an sich drücken, Michi umarmen.
Die Michi läßt sich ins Espresso ziehen, setzt sich zum Tisch in der Fensternische, starrt aus dem Fenster. Andreas fragt, ob sie nicht den Regenmantel ausziehen will. Sie sagt, für die paar Minuten lohnt sich das nicht. Die Servierfrau bringt zwei Colas. Michi stützt den Kopf in die verschränkten Hände, fragt: »Na, was gibt es?« Keine Antwort. »Also, warum willst du mit mir reden?« Keine Antwort. »Spinnst? Zuerst tust, als ob's das Wichtigste in der Welt wär, daß du mit mir redest, und jetzt hockst da und sagst nix?«
Es ist sinnlos. Sie mag ihn nicht mehr. Sie mag den Kerl im Auto. Daran ist nichts zu ändern. Kerl, ein halbes Jahrzehnt älter als er, Kerl mit Geld, Kerl mit viel freier Zeit, Kerl mit irrem Spruch, Kerl mit Auto.
»Du bist gemein«, sagt Andreas.
»Wenn das alles ist«, sagt die Michi, »was du mir hast sagen wollen, dann kann ich ja jetzt gehen.«
»Zu dem Trottel mit dem Auto?«
»Nach Hause, du Depp!« Die Michi schreit.
Andreas legt seine Hand auf Michis Hand, die Michi zieht ihre Hand nicht zurück. »Vertragen wir uns doch wieder«, bittet Andreas.
»Jetzt sag ich dir das zum letzten Mal.« Die Michi starrt Andreas an. »Du gehst mir auf die Nerven, deine ewigen Verdächtigungen und überhaupt. Kapier endlich: Ich mag nimmer!«
Andreas schaut zur Tür hin, sieht, daß der Herbert und die Erika hereinkommen. Die Erika steuert auf ihren Tisch zu, der Herbert wieselt hinter ihr her. Die Erika schaut neugierig. Ist erstaunt, daß die zwei da zusammensitzen, wo sie sich doch in der Schule in den Pausen gestritten haben.

Die Erika will teilhaben, mitreden, Ratschläge geben; fremder Liebeskummer ist anregend. Der Herbert scheint auch nicht abgeneigt. Kommt billiger als Kino. Ohne zu fragen, setzen sich die beiden zum Tisch. Der Herbert verschränkt die Arme vor dem Bauch und fragt: »Na?« Und das heißt: Wie steht es gerade? Versöhnung oder endgültiger Bruch? Welche Vorwürfe gegen wen?
Die Michi zuckt mit den Schultern. Andreas starrt auf die Marmortischplatte.
»Was habt's denn heute den ganzen Tag?« erkundigt sich die Erika. Gierig. Lüstern. Aber wenn Andreas sie jetzt anschnauzt, daß sie das einen Dreck angeht, dann setzt sie sich mit dem Herbert an einen anderen Tisch, und wenn die beiden weggehen, dann geht die Michi auch.
»Nix«, sagt die Michi, »ich will nur meine Ruhe haben!«
»Ruhe von mir!« sagt Andreas.
Der Herbert wippt mit seinem Sessel, die Situation behagt ihm. Er sagt: »Weißt, Andreas, du bist wirklich ein bissl... wie soll ich sagen, ein bissl...«
»Possessiv bist«, hilft die Erika aus. »Und das Possessive vertragt die Michi nicht.«
Possessiv! Die Kuh die! Wer war da possessiv! Possessiv auf jeden, der gut tanzen konnte, auf jeden, der ihre blonden Haare hübsch fand, auf jeden der ein Auto hatte, auf jeden, der ihr ein bißchen Spaß versprach?
»Weil ich mich gestern von dem Erich, von dem Jusstudenten, hab heimbringen lassen«, sagt Michi zur Erika, »legt er mir eine Szene hin wie ein Wahnsinniger, das hättest heute hören sollen in der Zehner-Pause, einfach lächerlich!«
Psychologenblick aus Erika-Glupschaugen trifft Andreas. Erika nickt, bringt es tatsächlich fertig, sowohl der Michi als auch dem Andreas verstehend zuzunicken.
Die Michi zündet sich eine Zigarette an. »Ich laß mir nichts

vorschreiben. Ich fahr heim mit wem ich will! Und ich tanz auch mit wem ich will!« Sie wendet sich zur Erika. »Nur weil er nicht tanzen mag, soll ich auch nicht!«
Psychologin Erika schüttelt milde das Haupt. Herbert holt sich eine Zigarette aus der Schachtel von Andreas. »Du bist eifersüchtig«, sagt er, »das ist nicht in, Andreas!«
»Und ohne Grund!« Erika versucht, hypnotisch zu starren.
»Und warum ist sie dann eine Stund mit dem Kerl im Auto gesessen?« fragt Andreas in Erikas Hypnoseblick hinein und bekommt eine Riesenwut auf sich, weil er die Kuh überhaupt so etwas fragt.
»Du spionierst mir nach?« Michi ist tatsächlich verblüfft.
»So läßt sich doch keine Basis für eine Beziehung aufbauen!« belehrt ihn Psychologin-Erika.
Basis aufbauen! Kuh die! Sinnlos, mit den zwei Arschgeiern da herumzureden. Nur damit die morgen in den Pausen Redestoff haben.
»Eine gute Beziehung, eine Zweierbeziehung«, fährt Erika fort, »muß allerhand aushalten können«.
Andreas merkt, daß er das Weib keine Sekunde länger anhören kann. Er steht auf, legt einen Zwanziger auf den Tisch und geht.
Es regnet wieder. Andreas friert, zittert, rennt die Straße hinunter. Vor ihm ist die Kroupa Gabi. Bei jedem Schritt schlägt das soldatengraue, tropfnasse Gitarrendings gegen ihre dicken Waden. Andreas fällt ein, daß er die Gabi schon vor einer halben Stunde mit dem Dings gesehen hat, wie sie aus der Straßenbahn gestiegen ist. Von der Haltestelle bis hierher braucht man eine Minute, höchstens. Andreas holt die Gabi ein, geht neben ihr, fühlt sich verpflichtet, etwas zu ihr zu sagen: »Gehst im Regen spazieren?«
»Es hat gerade erst wieder angefangen«, sagt die Gabi,

zögert, fügt hinzu: »Ich kann erst in einer Viertelstund nach Hause kommen, ich war nicht in der Gitarrenstunde.«
Andreas kapiert nicht.
»Ich bin hingefahren, und wie ich dort war, bin ich wieder gegangen.«
»Warum?«
»Weil ich nicht geübt hab. Ich mag überhaupt nimmer, aber ich muß vier Jahre lang lernen, sagt die Mama.«
»Warum grad vier Jahr?«
Die Gabi zuckt mit den Schultern. Sie hat keine Ahnung, warum ihre Mutter immer erklärt, sie müsse vier Jahre lang zum Gitarrenunterricht gehen. Damit alles seine Ordnung hat, wahrscheinlich. Weil vier Jahre die übliche Zeit ist. Weil man das, was man angefangen hat, fertig bringen muß, wahrscheinlich. Weil man lernen lernen muß. Und weil die Gitarre nicht billig war.
»Gehst jetzt noch eine viertel Stund herum, wo es so schüttet?« fragt Andreas.
»Nein. Ich sag, er hat mich früher weggeschickt, er hat ins Konzert müssen. Das tut er manchmal wirklich!«
Andreas redet sonst nie soviel mit der Kroupa Gabi. Sonst schaut er sie nicht einmal richtig an. Sieht bloß, im Vorbeirennen, daß da was Rundes, Kleines daherkommt. Meistens mit einer Quastelmütze oben drauf.
Das Haus, drei Häuser vor dem Eckhaus, hat eine laubverstopfte Dachrinne. Das Regenwasser, das von den Dachziegeln in die waagrechte Rinne läuft, kann nicht in das senkrechte Rohr hinein. Es staut sich, überschwemmt die Dachrinne, fällt an der Stelle, wo die Dachrinne einen kleinen Knick hat, in einem dicken Strahl herunter.
»Paß auf«, warnt die Gabi, aber Andreas geht genau auf den Wasserstrahl zu und bleibt, als ihm das Wasser hart gegen den Schädel hämmert, stehen.

»Du bist ja wahnsinnig.« Die Gabi zieht an seinem Jackenärmel, springt aber dann weg und läßt ihn los, denn das Wasser spritzt nach allen Seiten von Andreas Schädel weg.
»Ja, ich bin wahnsinnig«, sagt Andreas.
Die Gabi lacht.
»Ich bin wahnsinning«, wiederholt Andreas.
Wasser rinnt über seinen Hinterkopf, rinnt beim Rollkragen hinein. Er spürt, wie die Hemdärmel naß werden, wie das Hemd am Rücken klebt. Wenn er noch länger hier stehenbleibt, wird das Wasser bei den Ärmeln rausrinnen.
»Komm doch weg.« Die Gabi kichert.
»Ich bin wahnsinnig.«
»Du bist ja schon waschelnaß!«
»Ich bin wahnsinnig.«
Wenn er nun stundenlang hier stehenbleibt? Wenn der harte, stechende Wasserstrahl seine Schädeldecke aufbohrt – ständiger Tropfen höhlt den Stein –, und das Hirn wird vom Wasser aufgelöst und tropft aus den Ohren und klatscht auf die Schultern und rinnt die Lederjacke hinunter – und rundherum stehen sehr viele Leute unter schwarzen Schirmen.
Mehr Leute als bei einem Begräbnis.
Die Gabi zieht wieder an seinem Ärmel. »Du, die Leute schauen schon blöd!«
Andreas hat die Augen geschlossen.
»Wie viele?« fragt er.
»Drei!«
Drei sind zu wenig. Und es wird zu regnen aufhören, bevor sich der Wasserstrahl durch die Schädeldecke bohren kann.
Andreas geht weiter.
»Du bist ganz schön verrückt.« Die Gabi lacht, geht neben ihm, schaut ihn von der Seite an, wie er sich das Wasser aus

dem Gesicht wischt, wie er den Kopf schüttelt, wie er mit einer Hand den Rollkragen vom Hals wegzieht.
»Ich wollt auch einmal Gitarre lernen«, sagt Andreas, als er die Haustür aufmacht. Er läßt der Gabi den Vortritt, der Gitarrensack schlägt gegen den Türstock.
»Elektrogitarre.«
»Und?« Die Gabi bleibt stehen. »Hast nicht dürfen?«
»Dürfen? Wollen hab ich nimmer.« Er zuckt mit den Schultern. »Der Cohen wär i sowieso net worden.«
Er greift nach der lächerlichen Quastelmütze und zieht sie von Gabis Kopf. Er will kein Mädchen küssen, das eine idiotische Haube aufhat.
Auf der Mütze sind große Wassertropfen.
Will sie oder will sie nicht? Wird sie davonrennen und der Mama sagen, daß er plötzlich seinen Arm um ihre Schultern gelegt hat und sie fest an sich gezogen hat? Wenn sie nicht wollte, könnte sie schon längst weg sein. Wenn sie nicht wollte, stünde sie nicht mehr da. Ließe sich auch nicht einfach die Mütze vom Kopf ziehen. Vielleicht ist sie aber nur superdoof, kapiert nichts und rennt erst, wenn er zupackt.
Die Gabi rennt nicht davon. Aber sie kapiert auch nichts, bevor Andreas den Arm um ihre Schulter legt. Man rechnet nicht damit, daß die Realität die Fantasie einholt. Dutzende Male, vor dem Einschlafen, beim Geschirrwaschen, beim Aufgabenmachen ausgemalt, erträumt genossen, Teile davon auch den Freundinnen erzählt und als Wirklichkeit ausgegeben. Ob sie es geglaubt haben? Warum nicht! Weil er so schön ist und sie so dick? Na und? Es hätte doch sein können.
Es könnte doch sein. Es ist ja eben so gekommen!
Der Andreas küßt lange, und es ist ihm angenehm und ist ihm scheißegal, wen er da küßt. Bloß, daß da soviel nasser

Stoff zwischen ihm und ihr ist, das stört ihn. Und kalt ist ihm auch. Und die Gajic schreit in der Küche herum.
Die Gabi, in seinem Armen, die Gabi in ihrem nassen Lodenmantel, fühlt sich an wie ein Baumstamm, wie eine hundertjährige Eiche. Hart und rund und kaum mit den Armen zu umspannen. Eine feuchte Rinde mit Hirschhornknöpfen, die ihn am Brustbein drücken, hat der Baumstamm. »I break, but I do not bend«, sagte einst die Eiche im Englischbuch zum Schilfrohr. Nein, umgekehrt. »I bend, but I do not break«, sagte das Schilfrohr zur Eiche. Der Kutscherkragen vom Baumstamm kratzt ihn am Hals. Trotzdem muß er weiterküssen. Der Gabi fällt das Gitarrendings aus der Hand, scheppert zu Boden, tönt unheimlich laut nach. Spielt Begleitung zum Gekeif der Gajic. Andreas meint, jetzt wird sich der Baumstamm aus seiner Umarmung befreien, die Gitarre aufheben und die Stiege raufrennen. Er irrt sich. Der Baumstamm bleibt naß und stocksteif in seinen Armen. Das Gitarrending klingt noch immer nach. Die Gajic keppelt nicht mehr.
Andreas läßt den Baumstamm los.
Die Gabi schwankt ein wenig, schaut ihn an, lächelt, ihre zwei vorderen, oberen Schneidezähne stehen schief, der rechte Zahn ein Stück über den linken geschoben, aber ganz weiß sind sie und unheimlich kräftig schauen sie aus.
Die Gabi bückt sich nach der Gitarre, schaut ihn dabei weiter an, greift nach dem Henkel vom soldatengrünen Dings und richtet sich auf.
»Ist es schon sieben?« fragt sie.
Bewahre! Will sie bis sieben weiterschmusen?
»In fünf Minuten«, sagt Andreas, ohne auf die Uhr zu schauen. Er schiebt die Gabi in Richtung Stiegenhaus, steigt hinter ihr die Stufen hinauf, sagt im ersten Stock: »Tschüß dann!« und will zur Wohnungstür.

»Wann sehen wir uns denn wieder?« fragt die Gabi.
Damit hat er wirklich nicht gerechnet, schaut also blöde, sagt nichts.
»Morgen auf dem Schulweg?« fragt die Gabi. Er fühlt sich verpflichtet zu nicken. Die Gabi lächelt noch einmal innig, steigt dann in den zweiten Stock hinauf, nimmt zwei Stufen auf einmal. Das Stiegenhaus ist rund, die Stufen sind außen breit, innen schmal. Bevor die Gabi um die Biegung verschwindet, dreht sie sich um und winkt.
Fehlte nur noch, daß sie ein unheimlich weißes, unheimlich sauberes Taschentuch herauszieht und damit herunterwachelt.
Andreas hört die Klingel an der Kroupa-Tür, hört die Stimme der Mutter Regine: »Du hättest doch den Schirm nehmen sollen, Gabi!« Die Tür oben fällt zu, und Andreas merkt, daß er die lächerliche Quastelmütze in der Jackentasche stecken hat. Er holt sie heraus, beschaut sie verwundert, zieht sie glatt, riecht an ihr und legt sie dann auf das Gangfensterbrett.

Es mußte weit über ein halbes Jahr her sein, seit Susanna zum letzten Mal in der Wohnung des Vaters gewesen war. Damals, als er die Grippe gehabt hatte. Als sie gemeint hatte, sie müsse ordentlich aufräumen, weil der Arzt kommen sollte. Es war aber nichts dagewesen zum Aufräumen, Putzen, Blankwischen und Sauberwaschen. Alt und schäbig und in tadelloser Ordnung war alles gewesen, und alles – bis auf den Fernsehapparat – war noch genau wie vor zwanzig Jahren, als Susanna hier gewohnt hatte, auf dem grünen Sofa geschlafen hatte, vom gelben Wachstuch mit den himmelblauen Rosen gegessen hatte und hinter den Vorhängen mit dem Nierenmuster gestanden war und auf die Straße hinuntergeschaut hatte. Der abscheuliche Luster mit den kackbraun marmorierten Glasschalen (einmal Schalter drehen: eine brennende Birne, zweimal drehen: drei Birnen, dreimal drehen: sechs Birnen; sechs Birnen immer nur zu Weihnachten, eine Birne das ganze Jahr lang). Auch die Holzscheibe am Türstock zwischen Küche und Zimmer war noch da. Ovale Holzscheibe mit Rindenrand und mit glühender Nadel eingeritzt: *Jeder ist seines Glückes Schmied.* Und der braune Emaillofen, jeden Herbst vom Vater frisch ausschamottiert, und trotzdem, im Winter, wenn er brannte, an der Rückseite der handtellergroße rotglühende Fleck. Auch die Sofakissen, von der alten Schubert-Großmutter gestickt, lagen noch auf dem Sofa. Gestickt mit Kreuzstichen aus dicker Teppichwolle. Allererste Mecki-Igel: Meckimann und Meckifrau beim Blumengießen, beim Pfeifenstopfen und beim Jung-Mecki-in-den-Schlaf-wiegen. Und an der Wand, zwischen den Fenstern, über dem Fernsehapparat, fast verdeckt vom Vorhang

mit den Nierenmustern, ein Foto, mit vier Reißnägeln festgemacht: Jean Marais als Orpheus in dem Cocteau-Film. Damals, als der Vater die Grippe gehabt hatte, als es ihm schon besser gegangen war, als sie nur mehr zur Unterhaltung und nicht zum Tropfengeben auf seinem Bettrand gesessen war, hatte sie ihn gefragt, warum er denn das Foto, das sie einmal, vor einem Jahrhundert vielleicht, da an die Wand genagelt hatte, nicht längst weggetan hätte. Er war doch kein Jean-Marais-Fan. War nie einer gewesen. Und sie war auch längst keiner mehr. Aus Orpheus war Phantomas geworden. Im Fernsehen anzuschauen. Widerlicher Alter, widerlicher Fetter, der nichts als Grimassen schnitt.
»Er erinnert mich an dich«, hatte der Großvater damals gesagt. Und sie hatte sich vorgenommen, später dann, wenn sie wieder in ihrer Wohnung unten war, wenn sie Zeit hatte, wenn sie niemand störte, über diesen Satz nachzudenken. Oder den Satz dem Fritzi zu erzählen. Ihn zu fragen, was er von diesem sonderbaren Satz hielt, wieso er ein Foto von einem schönen Schwulen zur Erinnerung an jemanden brauchte, den er ohnehin jeden Tag einmal oder zweimal sah. Soweit sie sich erinnern konnte, hatte sie mit Fritzi nie darüber geredet, hatte sie überhaupt nie mehr an diesen Satz gedacht. Erst jetzt fiel er ihr wieder ein. Jetzt, wo sie wieder in der Wohnung oben war. Heraufgekommen, weil sie wollte, daß aus dem Großvater ein Vater wird. Sie meinte, heute einen Vater nötig zu haben. Hier oben, glaubte sie, war die einzige Chance, daß er wieder der Vater wurde, und sie das Kind. Sie wollte allerhand rückgängig machen. Sonst brauchte sie einen Großvater. Heute war ein Vater vonnöten.
Sie lag auf dem grünen Sofa, hatte sich eines der kratzharten Mecki-Kissen unter das Kinn gestopft, schaute in die Küche hinaus, und es fiel ihr ein, wie sie damals die Mutter verlacht

hatten wegen der Mecki-Kissen, daß die Mutter ihr sauer verdientes Geld vom Fleischhauer bei der alten Schubert in Kitsch-Polster investierte.
Der Vater kochte Kaffee, richtete, während er auf das Zischen des Wasserkessels wartete, Brote her. Niemand konnte ohne Maschine so dünne Brote schneiden wie der Vater.
Die Schrift auf der Holzscheibe am Türstock konnte sie vom Sofa aus nur deswegen lesen, weil sie sie kannte. *Jeder ist seines Glückes Schmied*, das war die Ansicht der Mutter gewesen. Den Vater hatte die Mutter nie zu ihrer Ansicht bekehren können. Wegen der Scheibe hatte es einmal einen großen Streit gegeben. Der Vater hatte sie in den Ofen werfen wollen. Hatte geschrien, das sei einer der Sprüche, mit denen man die Leute verblöde. »Kapierst du denn das nie?« hatte er die Mutter angebrüllt. Die Mutter hatte es nicht kapiert. Der Spruch, hatte sie stur erklärt, sei ein Andenken an – war es Mariazell? Oder Maria Taferl? Und wenn sie den Spruch nicht an der Wand haben könne, dann seien sie geschiedene Leute, hatte die Mutter erklärt. Was der Vater vom Spruch halte, sei ihr egal, und im übrigen müsse er wohl zugeben, daß es eine Menge Menschen gibt, die es aus eigener Kraft zu etwas gebracht haben; auch wenn er nicht gerade zu denen gehörte. »Ja, aber auf die Kosten der anderen, auf die Kosten von der Solidarität«, hatte der Vater geschrien. Auch das war der Mutter egal gewesen. Scheißegal sogar, hatte sie behauptet. Und langsam könne er ihr mit seinen Weisheiten den Buckel runterrutschen und sie kreuzweise! Sie hätte gar nichts dagegen, einmal auf Kosten der anderen nach Italien zu fahren oder zumindest nach Kärnten. Die Mutter war überhaupt nie auf Urlaub gewesen. Nur einmal, nach der Nierenentzündung, auf Krankenkassenkosten in einem Erholungsheim.

Susanna rief in die Küche hinaus: »Warum hast du eigentlich das zweite Bett nicht weggetan, Papa? Dann hättest du doch viel mehr Platz! Das sind zwei verlorene Quadratmeter!«
Der Wasserkessel begann zu zischen.
»Ich hab genug Platz«, sagte der Großvater.
»Und andere Vorhänge könnten auch nicht schaden!«
Der Wasserkessel zischte nicht mehr. Susanna hörte Wasser durch den Kaffeefilter gluckern.
»Andere Vorhänge?« Der Vater fragte in einem Ton, als ob sie ihm einen unsittlichen Antrag gestellt hätte. Er kam ins Zimmer herein, in der einen Hand die Kaffeekanne, in der anderen den Teller mit den Broten und den Tassen. Er angelte mit einem Fuß nach einem Sesselbein, zog so den Sessel zum Sofa hin, zu Susanna hin, stellte die Kanne und den Teller auf den Sessel.
»Ich hab der Gajic Geld gegeben«, sagte er. »Zwanzig Stunden hat sie noch zu bekommen gehabt.«
Zwanzig Gajic-Stunden waren zwanzig mal fünfzig Schilling. Wieso überhaupt zwanzig? Sie hatte mit neun, höchstens elf gerechnet. Aber die Gajic war ehrlich. Es würde schon stimmen. »Brauchst du das Geld gleich?« fragte Susanna.
Der Vater schüttelte den Kopf, sagte, er brauche das Geld überhaupt nicht, sie solle das Geld ruhig behalten. So ganz nebenbei verschenkte er die Hälfte von dem, was ihm im Monat blieb, wenn er Licht und Gas und Zins bezahlt hatte.
»Kommt doch gar nicht in Frage, Papa, das wär ja noch schöner!« Susanna meinte es ehrlich, genauso ehrlich wie jeden Monat gegen Monatsende – und gab ihm das geborgte Geld dann doch nie zurück. Er macht es mir einfach viel zu leicht, dachte sie, er macht es allen zu leicht. Dadurch hat er auch einen Teil der Schuld.

Susanna setzte sich auf und nahm ein Brot. »Der Andreas hat schon wieder einen Fünfer in Mathematik gekriegt«, sagte sie. »Aber das weißt du ja sicher schon länger als ich!«
Der Vater nickte.
»Wieso kriegt er denn jetzt lauter Fünfer?« fragte Susanna.
Der Vater zuckte mit den Schultern, nahm auch ein Brot, brach ein kleines Stück davon ab, mit den falschen Zähnen konnte er nicht gut abbeißen. Er sagte: »Es ist nicht einfach. Früher war es einfacher.«
»Blödsinn, die lernen genau das gleiche wie wir früher, auch nicht mehr.«
»Du hast eben leicht gelernt. Und einfacher war es auf alle Fälle. Hättest nicht so leicht gelernt, wärst eben gar nicht ins Gymnasium gegangen, oder wir hätten dich rausgenommen. Wärst eben Schneiderin geworden oder Friseurin oder so was!«
»Du meinst, er ist nicht gescheit genug?« Susanna starrte den Vater an. Sie war plötzlich erschrocken. Es war ja immerhin möglich, daß sie einen Sohn hatte, der nicht gescheit genug fürs Gymnasium war. Mütter merkten ja angeblich immer alles erst als letzte.
Der Vater schaute empört. »Der und nicht gescheit genug, spinnst? Einfacher war's früher, hab ich gesagt! Einfacher! Kein Schwanz hat sich eben überlegt, ob einer, der schlechte Noten hat, nicht vielleicht doch ein Hirn hat. War's ein armer Hund, dann hat er eben nichts gelernt, war's ein Kind von reiche Leut, haben's ihn halt doch irgendwie durch die Schule gebracht!« Der Großvater schenkte Kaffee ein.
»Und sehr viel anders ist es ja heut eigentlich auch nicht, nur geredet wird halt mehr drumherum.« Der Vater schaute Susanna an. «Mußt dir halt überlegen, ob du zu die reichen Leut oder zu die armen Hund gehören willst!«

»Du bist zynisch«, sagte Susanna. »Ich muß mir überhaupt nichts überlegen. Der Andreas muß einfach zu lernen anfangen!«
Sie war heraufgekommen, um beim Vater Tochter zu sein. Aber das war anscheinend unmöglich. Hauchdünne Brote, längstverjährte Sprüche, kackbraune Lusterschalen und Mecki-Kissen reichten nicht lange aus. Sie waren schon wieder Großvater und Mutter. Waren wieder in den gewohnten, lästigen Rollen. Der Großvater verteidigte Andreas, Susanna jammerte über Andreas. Und über das Geld, das die Nachhilfestunden nun kosten würden, und daß der Erfolg trotzdem fraglich sei. Und beschwerte sich, daß zwischen ihr und Andreas kein Gespräch mehr möglich sei, nur small talk. Und jammerte wieder über das Geld für die Nachhilfestunden. Sie hatte die Frau vom Dicken angerufen und von ihr Adresse und Telefonnummer des sagenhaften Nachhilfeprofessors erfahren, und den stolzen Stundenlohn dieses Mannes ebenfalls.
»Es klingt enorm hoch, liebe Frau Gina«, hatte die Frau vom Fetten gesagt, »aber der Mann leistet wirklich etwas für sein Geld!«
Mochte der Mann leisten, was er wollte; Susanna konnte sich den Mann nicht leisten. Auf gar keinen Fall. Zumindestens konnte sie sich den Mann so lange noch nicht leisten, als sie die Raten für den Eisberg zu bezahlen hatte, und für die grünsamtene Wohnlandschaft. Und jetzt kam auch noch die Tischlerrechnung für den Vorzimmerschrank dazu. Aber den Wandverbau im Vorzimmer, den hatte sie gebraucht. Schon wegen der Schuhe. Zweiunddreißig Paar Schuhe hatte sie unlängst gezählt. Und da hatte sie sicher noch auf etliche vergessen.
Und die Skischuhe im Keller, die hatte sie auch nicht dazugezählt. Dabei tat der feuchte Keller den Skischuhen

sicher nicht gut, da verzogen sie sich. Es war kein Zustand, zweiunddreißig Paar Schuhe, über die ganze Wohnung verteilt, aufzubewahren. Wenn man ein bestimmtes Paar suchte, mußte man sieben verschiedene Türl aufmachen und nachschauen. Das kostete Zeit. Das war lästig. Und daß sie den Schrank beim Tischler bestellt hatte und sich ihr Vorzimmer nicht mit den üblichen scheußlichen nullachtfünfzehn Schuhkasteln vollstellte, konnte ihr doch keiner verübeln. Es war immer schon ein bißchen teurer, einen exklusiven Geschmack zu haben! – Irgendwann einmal – oder auch zehnmal – gesehen unter einer Anzeige in einem Wohnjournal, eigentlich nie beachtet, war dieser Satz seit langem in Susannas Kopf, hatte sich dort festgehakt, war einfach nicht wegzubringen.
Susanna redete weiter über Nachhilfestunden, Lerneifer, Unfug von Lehrinhalten, speziellen Schwierigkeiten von Menschen in der Pubertät und noch spezielleren Schwierigkeiten, wenn diese Menschen männlichen Geschlechts sind, doch »Es war immer ein bißchen teurer...« blieb in ihrem Kopf, lief wie eine Leuchtschrift durch ihr Hirn, wie der deutsche Untertitel bei einem Film in Originalfassung, stand da wie die Glückwünsche auf einer Namenstagskarte und verschwand dann plötzlich, als sie laut und entschieden »nein!« sagte, weil der Großvater gerade den Vorschlag gemacht hatte, der Andreas solle doch beim Kroupa Horsti Nachhilfe nehmen. Der Horsti sei allgemein geschätzt als Nachhilfelehrer, das habe er von allen Seiten gehört. Und billig sei er auch. Und im Haus wohne er schließlich. Das sei geradezu ideal. Und, um ehrlich zu sein, sagte der Großvater, sei das deshalb schon besser, weil man dann den Andreas leicht überprüfen könne. Nicht, daß er dem Andreas mißtraue, aber der Andreas sei im Moment ziemlich sonderbar und unter Umständen sei es ja möglich,

daß er die Nachhilfestunden bei diesem fabelhaften Professor sogar schwänze. So was komme oft vor. Das sei gar nicht verwunderlich.
Susanna wehrte sich lange gegen diesen Vorschlag. Sie hatte eine Menge Gründe, sogar den, daß Andreas den Kroupa Horsti nicht leiden könne. Sie behauptete auch, der Horsti könne wahrscheinlich keine Schüler mehr annehmen, und log, sie habe gehört, der Horsti sei nur für Hauptschüler geeignet. Und sagte plötzlich: »Außerdem gönne ich ihnen den Triumph nicht!«
Der Großvater schaute Susanna erstaunt an. »Wie meinst du das?« fragte er.
Susanna hatte keine Ahnung, wie sie es gemeint hatte, was sie gemeint hatte. Trotzdem war es genau das, was sie fühlte.
»Du spinnst wieder einmal!« entschied der Großvater.
Susanna schwieg und versuchte sich Rechenschaft zu geben. Versuchte zu erforschen, wie sie das mit dem Triumph gemeint hatte. Fest stand, sie fand den Horsti lächerlich, seine Frau kleinkariert und die Töchter waren mieser Durchschnitt. Bei dem lächerlichen, kleinkarierten, miesen Durchschnitt jetzt um Hilfe, Nachhilfe einzukommen, das war demütigend, und was für sie demütigend war, war für die anderen ein Triumph. Vor allem, wenn man den Verdacht hatte, daß die anderen, die miesen Kleinkarierten bloß darauf warteten, daß bei Susanna etwas schief ging, daß Susannas Art zu leben sich als unrichtig herausstellte, daß Susanna versagt hatte. Und auch das stand fest: Wenn Andreas versagte, versagte auch Susanna. Söhne sind nicht für ihre Mütter verantwortlich, aber Mütter für ihre Söhne. Väter natürlich auch. Natürlich auch Väter!
»Der Fritzi muß mit ihm lernen!« sagte Susanna zum Großvater. Nur so konnte man jetzt ohne Horsti auskommen.

»Das kann der Fritzi nicht«, sagte der Großvater.
Susanna protestierte. Schließlich war der Fritzi Ingenieur. Schließlich sagte der Fritzi doch immer, Mathematik sei das einzige Verläßliche im Leben, das einzige, wo weiterdenken Klarheit schaffe und nicht mehr und immer mehr Verwirrung.
»Er hat ihm doch nicht einmal die Gleichungen mit einer Unbekannten beibringen können«, sagte der Großvater.
»Das hab ich tun müssen!«
»Weil er ihm überhaupt nicht zugehört hat, der Kerl der.«
Da konnte man gegen den Fritzi haben, was man wollte, damals hatte er sich wirklich Mühe gegeben, aber der Andreas hatte Männchen gemalt, zur Decke gestarrt, blöde Witze gemacht, gegähnt und geraunzt.
»Er wird ihm wieder nicht zuhören«, sagte der Großvater.
»Und das, was die jetzt lernen, das kann ich nicht!«
»Er muß ihm jetzt einfach zuhören.« Susanna stand auf, holte sich die Zigarettenschachtel vom Tisch. *Austria 3*, billigste Sorte der Tabak-Regie. Susanna hatte schon lange keine Zigarette ohne Filter geraucht. Sie hustete und spürte einen bitteren Tabakfaden zwischen den Lippen. »Er muß einfach«, wiederholte sie.
Der Großvater lachte. »Du tust immer so«, sagte er, »als ob alles gegen dich geht!«
»Schließlich geht es doch auch gegen mich!« Susanna holte den bitteren Tabakfaden von der Zungenspitze.
»Der Bub hat Schwierigkeiten, und du merkst nur, daß er dir Schwierigkeiten macht!«
»Na, macht er mir vielleicht keine?«
»Darauf kommt es doch nicht an!«
»Auf mich kommt es also gar nicht an?«
Der Großvater zögerte, hatte eine Antwort, wollte sie nicht aussprechen.

»Du findest also, daß es auf mich gar nicht ankommt? Daß es immer nur um Andreas geht!« Susanna bestand auf einer Antwort.
»Auf dich kommt es sowieso immer an«, sagte der Großvater. »Seit du auf der Welt bist, kommt es auf dich an!«
Sie verstand ihn nicht. Sie tat sich leid und kam sich arm vor, arm und ohne Zuspruch, ohne Trost und ohne Liebe.
Der Großvater merkte das. Es wunderte ihn auch nicht. Und unrecht hatte sie auch. Er liebte sie. Natürlich liebte er sie. Er hatte sie immer geliebt. Sie war immer hübsch gewesen und sehr gescheit und auch freundlich zu ihm. Mehr konnte ein Vater von seiner Tochter nicht erwarten. Ein Vater konnte von seiner Tochter überhaupt nichts erwarten. Aber ein Großvater konnte verlangen, daß der Enkel von seiner Mutter geliebt wurde, so geliebt, wie es dem Enkel guttat. Darauf mußte ein Großvater bestehen.
Susanna drückte die *Austria 3* im Aschenbecher tot, obwohl sie erst halb aufgeraucht war. Der Alte ging ihr auf die Nerven. Seit sie auf der Welt war, kam es auf sie an! Das war der Gipfel! Das konnte er einfach nicht wirklich so meinen! Doch, das meinte er – man brauchte ihn nur anzusehen. Wie ein alter, vertrockneter Weberknecht hockte er da und starrte sie böse an.
Es war sinnlos, weiter hier herumzuhocken. Der Alte war senil und verkalkt und ungerecht. Der verstand nichts mehr und ließ sich auch nichts mehr erklären. Der hatte vergessen, daß er ihr Vater war. Sie mußte mit Fritzi reden. Und mit Andreas auch. Hier oben war nichts, aber auch gar nichts für sie zu holen.

Die Heizung ist wieder einmal kaputt, heizt mit voller Kraft, obwohl alle Thermostaten auf sparsame siebzehn Grad eingestellt sind, die Schulwarte wieseln im Keller herum, wollen die Heizung ganz abstellen und bringen es nicht fertig: Angeblich zischt irgend etwas derart gefährlich und kracht auch so merkwürdig, daß sie sich an das Ding nicht heranwagen. Die Direktionsvorzimmerfrau telefoniert klagend um einen Heizungsmonteur, den ihr keiner schicken will, weil der Auftrag der Dienstbehörde fehlt.
In den Klassen ist Dampfbadklima, und der Professor Alois Haber besteht darauf, die Fenster geschlossen zu halten, weil seine kleine, dreißig Jahre vor Schülern strapazierte Stimme dem Straßenlärm nicht gewachsen ist. Die Schüler mögen, bitte sehr, nicht gar so empfindlich sein. Seinerzeit, im Krieg, sei er ganz anderen Temperaturschwankungen ausgesetzt gewesen. Zuerst Afrika, dann Rußland! Auch das verkrafte ein gesunder Körper, wenn die geistige Haltung entsprechend sei. Mens sana in corpore – ohne erstes Fingerglied des linken Zeigefingers. War beim Iwan geblieben, wie Alois Haber stets kundtat. Haber im Schützengraben, und oben weht der Wind, und Haber will wissen, aus welcher Richtung der Wind weht, und streckt den Finger zum Schützengraben hinaus, zeigt auf sozusagen, und eine kleine Iwankugel haut ihm das Zeigefingerglied weg. Oder Haber robbt unter Iwanbeschuß keuchend durchs weite russische Weizenfeld, und plötzlich ist da Hartes, Haber greift danach, und das Fingerglied ist weg. War nämlich eine Hamsterfalle, eine russische.
Oder Haber im Nahkampf.
Rennt »Heil Hitler« schreiend einem Iwan (Rieseniwan aus

Sibirien) nach, und der Iwan kriegt eine Wut und beißt dem Haber den Zeigefinger ab.
Hundert Möglichkeiten.
Immer, wenn der Haber erregt mit der Linken in der Luft herumwachelt und der zu kurze Zeigefinger unanständig hochsteht, malt sich Andreas eine von den hundert Möglichkeiten aus. Aber die Klasse schätzt den Alois Haber.
Harmloser, alter, saublöder Nazi von vorgestern. Römische Kriegslist – deutsche Kriegslist. Mehr braucht er nicht. Und immer ist er echt besorgt um den Notendurchschnitt, den läßt er nie unter drei Komma fünf absinken. Man hat also reelle Chancen. Auch die, die total vertrottelt sind, und die, die schlafen, und die, die Hausübungen abschreiben für die nächste Stunde.
Andreas hockt in der letzten Reihe, vor ihm das Mathe-Heft von der Erika, neben ihm die viel zu heiße Zentralheizung. Lustlos überträgt er Erikas Erkenntnisse in bezug auf einen Sinus in sein Heft. Er gähnt. Er möchte wirklich nicht mehr, er klappt die beiden Mathe-Hefte zu und schlägt seinen Livius auf und beginnt, alle kleinen ›e‹ einer Seite mit rotem Kugelschreiber auszufüllen. Dann nimmt er sich die ›b‹-Bäuche vor. Grün malt er sie aus und entdeckt dabei, daß er etliche ›e‹ übersehen hat, korrigiert konzentriert und wird ganz plötzlich von der Haberstimme aufgeschreckt, die sehr laut sagt: »Feininger, denudier dich gefälligst nicht!«
Andreas schaut hoch und sieht, daß die Michi den Pullover ausgezogen hat und in einem roten, gerippten Baumwollunterhemd dasitzt. Um Andreas herum ist Grinsen. Sogar der Nebenmann ist aus der Galaxis aufgetaucht und nimmt Anteil an der Szene.
Die Michi steht auf, zieht ihr Unterhemd stramm, lächelt den Haber brav an und sagt: »Bitte, Herr Professor, mir ist schweinsheiß, ich komme um!«

Sehr beifälliges Klassengemurmel.
»Feininger, jetzt zieh sofort den Pullover wieder an, aber sofort, das ist doch unerhört!«
Unwilliges Klassengemurmel, und der Nebenmann sagt: »Andreas, gleich kriegt er eine Erektion!«
Die Michi lächelt noch immer. »Aber bitte, Herr Professor, wieso denn, im Sommer da habe ich auch nicht mehr an!«
Zustimmendes Klassengemurmel.
»Jetzt ist aber nicht Sommer. Wenn du nicht sofort den Pullover wieder anziehst, dann schicke ich dich zum Herrn Direktor!«
Empörtes Klassengemurmel, und der Nebenmann sagt: »Let it be, Alois, schau und genier dich doch nicht!«
Der Haber wird zornrot im Gesicht, sein zu kurzer Zeigefinger wackelt in Richtung Michi. »Wir sind hier in keinem Puff! Du kannst nicht in der Unterwäsche dasitzen!«
»Hat er glatt Puff gesagt?« fragt der Nebenmann, und Andreas nickt, und der Nebenmann murmelt: »Hat der doch tatsächlich Puff gesagt!« Das ist ihm zuviel. Das verstört ihn. »Wieso weiß der, was ein Puff ist?«
Der Herbert dreht sich um, erklärt: »Puffs haben sie im Krieg auch gehabt. War er sicher jeden Samstag!«
Die Michi lächelt weiter, zieht ihr Unterhemd wieder stramm; daß sie keinen BH trägt, kann ein jeder sehen. »Herr Professor«, ihre Stimme klingt empört, »das ist kein Unterhemd, das ist doch ein T-Shirt, bitte!«
Der Haber starrt auf das rote Unterhemd. »Ich laß mich mit dir auf keine Diskussion ein, verstanden, entweder du ziehst den Pullover an oder du gehst in die Direktion!«
»Der Herr Hofrat ist heute nicht im Hause!« Die Michi setzt sich wieder hin. Alle beobachten aufmerksam den Alois Haber. Der Alois muß wissen, daß das eine Lüge ist, und sie alle wissen, daß die Lüge für den Alois ein Ausweg ist, er

droht gern mit dem Herrn Direktor, aber er will niemanden wirklich zum Direktor schicken. Der Direktor ist sein Feind. Der lauert ja nur darauf, ihm wieder ein Disziplinarverfahren anzuhängen, in seine Dienstbeschreibung wieder einmal einzufügen, daß der Kollege Haber mit den Schülern nicht zurechtkommt.
Er kennt die Mischpoche! Die haben sich gegen ihn verschworen.
Die Sozialdemokratie und das Weltjudentum!
Und vielleicht ist dieses rote Unterhemd da wirklich ein mögliches Kleidungsstück im ausgehenden zwanzigsten Jahrhundert. Die Zeiten schließlich, die sind ja danach. Verfall der Sitten. Verfall der Moral. Wie im Römischen Reich. Der Untergang ist nicht mehr fern. Die Unterhemden sind nicht mehr deutlich zu erkennen. Und so genau darf er ja auch gar nicht hinschauen, da ist nämlich eine Möglichkeit für eine Falle. Er kennt das schon: Der Professor Haber starrt den Mädchen nach, verschlingt sie mit den Blicken, zieht sie aus mit den Blicken, begeilt sich an ihren Formen. Die sind so gemein. Die unterstellen das einfach. Aber er hockt ja schon in der Falle. Weil er nicht in der Lage ist, das rote Ding, das notdürftig die Brüste der Feininger bedeckt, als Unterhemd oder als T-Shirt zu erkennen. Schickt er die Feininger nun T-Shirt-bekleidet zum Direktor, ist wieder einmal erwiesen, daß der Haber alt und verkalkt und verblödet in Frühpension geschickt werden muß. Läßt er die Feininger, bis aufs Unterhemd entblößt, in der Klasse sitzen – in einer gemischten Klasse dazu –, kann sich die Sache noch zu einem Skandal auswachsen.
Psychologisch interessierte Erika erlöst den Haber aus seiner zwiespältigen Ratlosigkeit. Sie bittet ihn freundlich und devot in der Übersetzungsarbeit fortzufahren, sonst

können sie ihr Pensum nie erledigen, die Parallelklasse beim Kollegen Tiek ist ohnehin schon zehn fette Liviusseiten weiter fortgeschritten...

Dankbar räuspert sich der Alois, darf endlich vom roten Unterhemd wegschauen und murmelt: »Das wird noch Folgen haben«, und meint durch Androhung von Folgen die Angelegenheit folgenlos für ihn aus der Welt geschafft zu haben und beauftragt den Schubert Andreas mit der Übersetzung fortzufahren.

Andreas schaut bekümmert in seinen Livius. Rote ›e‹ und grüngefärbte ›b‹ glotzen ihn an, er hat keine Ahnung, wo vor der roten Unterhemdsdebatte gerade übersetzend genagt wurde. Der Nebenmann kann ihm auch nicht helfen, der ist schon wieder in seinen Bradbury vertieft. Bis sich der Herbert zu Andreas gedreht hat und ihm die richtige Zeile gewiesen hat, hat ihm der Alois schon das Wort entzogen, auch etwas Rügendes über den Schubert in sein kleines Büchlein stenografiert und die Erika mit der weiteren Übersetzung betraut.

Andreas klappt den Livius zu. Zweimal in einer Stunde wird man vom Alois nicht drangenommen. Andreas lehnt sich zurück, kippt mit dem Stuhl nach hinten, so weit, daß die Sessellehne an die Wand stößt, daß die vorderen Sesselbeine hoch in der Luft sind – gefährlich ist das: rutschen nämlich die hinteren Sesselbeine nach vorne, dann kippt der Sessel ganz, dann ist es möglich, daß er sich das Kreuz bricht, den Schädel entzwei schlägt.

Das Gleichgewicht muß er halten.

Labil stabil indifferent. Labil in diesem Falle, weil der Schwerpunkt außerhalb des Sessels liegt. Aber nicht wirklich labil, weil die Sessellehne an die Wand stößt. Wahrscheinlich überhaupt kein Schwergewichtsproblem. Auch kein Gleichgewichtsproblem.

»Schubert, laß das Schaukeln sein, ja?«
Labil stabil indifferent. Wie kann man einen Menschen bloß so erschrecken! Der Stuhl kippt, weil Andreas zusammenzuckt. Würde ihn der Nebenmann nicht halten, könnte sein Kreuz schon gebrochen sein, der Schädel schon ein Loch haben. Andreas hat ganz sicher einen Papierschädel, nur bis jetzt ist noch niemand dahintergekommen. Aber bald wird es sich herausstellen. Demnächst wird er zu einer Wand gehen, und sein Hirn gegen die Wand hauen. Gar nicht fest, eher sanft. So wie es der Eisbär getan hat, den er einmal im vergitterten Zirkuswagen gesehen hat. Dem Eisbären hat das anscheinend nichts ausgemacht, aber der Papierschädel von Andreas wird in tausend Stücke zerbrechen. An einem Papierschädel sterben, ist ein sinnvoller Tod, der krönt ein Schülerleben.
Der Stuhl kippt, vom Nebenmann gelenkt, nach vorne, und Andreas schlägt sich den Ellbogen an der Tischplatte, und der Nebenmann sagt: »Gib doch acht, du Wappler!« Bei der Rettungsaktion hat der Nebenmann die Beine bewegen müssen, der Bradbury ist zu Boden geklatscht. Andreas bückt sich nach dem Bradbury, und dabei kugelt der rote Stift vom Pult. Er rollt nach vorne, Andreas reicht dem Nebenmann die Lektüre, steht dann auf und geht hinter dem rollenden Stift her.
Neben Michis Tisch bleibt der Stift liegen, und Andreas hält das für keinen Zufall.
Die Michi greift nach dem Stift und hält ihn Andreas hin und schaut ihn kugelrund an. Kugelrund ist nicht freundlich, kugelrund ist nicht unfreundlich, kugelrund läßt alle Deutungen zu.
Andreas nimmt seinen Stift. Er bleibt stehen. Er weiß, daß ihn jetzt alle beobachten, sogar stockend, stotternd liviusübersetzende Erika riskiert einen Blick.

Klasseneigene True-Love-Story. Da kriegt jeder was davon mit. Da hat jeder was davon.

Ob er in der großen Pause wieder mit ihr reden will?

In jeder großen Pause: Ich muß mit dir reden! Der kann nicht einsehen, daß reden da nichts mehr hilft. Der läßt sich von keinem erklären, daß reden da sinnlos ist. Der glaubt ihnen einfach nicht mehr.

Sie sind alle zu Feinden geworden.

Die, die nur beobachten, weil sie ihm nicht helfen. Die, die ihm Ratschläge geben, weil die Ratschläge nicht zu befolgen sind. Und Hauptfeind ist Erika, weil sie sich einmischt. Hat er die Michi in der großen Pause endlich am Gang draußen, kommt dieses miese Stück dazu, stellt sich einfach neben die Michi hin, legt auch einen Arm um Michis Schulter, läßt sich nicht wegschicken, sagt: »Ich kann genauso gut hier sein wie du!« und nickt der Michi verschwörerisch zu, und die Michi nickt zurück. Nie bringt er es fertig, dann wegzugehen, den Mund zu halten. Vor der fiesen Erika stottert er seine Vorwürfe, seine Verdächtigungen. Immer ist es wie ein Albtraum, den er schon hundertmal geträumt hat. Vor ihm die zwei Weiber, bei der Klassentür ein Haufen Neugieriger und die, die vorbeigehen, schauen erstaunt. Die merken auch, daß sich da etwas tut, wagen natürlich nicht, stehenzubleiben und zuzuhören, drehen sich aber im Gehen noch einmal um. Auch Rede und Gegenrede immer und ewig gleich: Was hab ich dir getan? – Nichts. – Warum willst du mich nicht mehr? – Sei doch nicht kindisch! – Früher war ich dir nicht zu kindisch. – Ach, hör doch auf!

Und mitten in den ergebnislosen, sinnlosen, erzwungenen Aussprachen immer wieder das Erstaunen, daß er diese Michi eigentlich haßt.

Alles an ihr haßt er. Ihren kugelrunden Blick. Die blöde Bewegung, mit der sie nach ihren Stirnfransen greift. Als ob sie den Verdacht hätte, die seien plötzlich nicht mehr da. Das idiotische Zucken mit den Schultern. Das miese Lächeln. Die hohe Stimme. Er muß wahnsinnig sein, daß er diesem Trampel Vorwürfe macht. Daß er dieses Idiotenweib zurückhaben will. Nur Wahnsinnige müssen nach etwas schreien, was sie gar nicht haben wollen. Nur Wahnsinnige warten ›b‹-Bäuche füllend auf die nächste große Pause, um dann hartnäckig etwas einzufordern, was sie hassen. Wahnsinnige mit Papierschädeln! Vielleicht, wenn er dann einmal zur Wand geht und den Schädel an die Wand schlägt und sein Hirn aus dem Schädel rausfällt und auf dem Boden liegt, vielleicht kann dann einer, der etwas davon versteht, sagen, warum das alles so ist. Sehen Sie, meine Herrschaften, wird der dann sagen, da haben wir es ja, die Windungen waren nicht korrekt, und die Farbe stimmt auch nicht. Und da, meine Herrschaften, da ist ein Reißnagel reingekommen, wenn Sie genau hinsehen, erkennen Sie ihn. Der muß das Hirn verfärbt haben, weil er verrostet ist. Ach, was muß der Mensch gelitten haben! Der Reißnagel ist nämlich gar nicht eingewachsen, der dreht sich und dreht sich, wie eine Wanderniere, wenn wir den Vergleich nehmen wollen...

»Schubert, was ist? Willst du vielleicht gefälligst deinen Platz wieder einnehmen! Oder schläfst du im Stehen?« fragt der Haber.

Andreas nickt dem Haber zu und geht nach hinten. Wenn sein Schädel in tausend Stücke zersprungen ist, wird aber keiner da sein, der etwas davon versteht. Psychologen-Erika wird den Reißnagel in seinem Hirn entdecken, und dann werden sie nach dem Schulwart rufen, daß er das Hirn wegkehrt, weil ihnen so graust.

Andreas, schon bei seinem Pult, starrt auf den roten Stift in der Hand. Der Stift fühlt sich nicht an, wie er sollte. Ist nicht hart und dünn. Fühlt sich dick und weich an. Was soll er mit dem Stift? Wieso steht er da und hält einen dicken, weichen Stift in der Hand?

Andreas schleudert den roten Kugelschreiber quer durch die Klasse nach vorne, bis zur Tafel hin.

»Schubert, bist du total verrückt geworden? Ich sage dir: hüte dich!« schreit der Alois Haber und schaut tatsächlich voll Angst zu Andreas her.

Andreas setzt sich.

»Sie sind ja wirklich wahnsinnig!« schreit der Haber. »Echt wahnsinnig!«

»Jawohl, Herr Professor«, sagt Andreas.

Dreimal versuchten Fritzi und Andreas zusammen, die Mathematik-Hausübung zu machen. Beim ersten Mal war Fritzi ziemlich ratlos. Er fand sich weder im Mathematikbuch noch in den Heften mit den halbleeren Seiten und den Kritzeleien zurecht und zog sich mit dem Mathematikbuch zum »Hineinfinden« auf die Grünsamtenen zurück. Als er nach Stunden, wissend, wieder ins Zimmer von Andreas zurückkam, fand er dort keinen Andreas mehr.
Beim zweiten Mal stellte Fritzi fest, daß Andreas seit zehn Jahren – zumindestens was die Mathematik betraf – völlig falsch unterrichtet worden sei. Ganz von vorne wollte er mit Andreas beginnen. Andreas protestierte. Susanna, die dazukam, weil der Protest ziemlich laut war, hielt vom Von-vorne-anfangen auch nichts und fand – genau wie Andreas –, daß Fritzi bloß den Mathematikbuchinhalt von Seite 37 bis 64 erklären sollte. Es ginge ja nicht darum, rief sie, daß der Andreas in den Wunderbau der Mathematik eindringe, sondern daß er in vier Wochen zumindestens ein Genügend in der Schularbeit schreibe.
»In vier Wochen«, sagte Fritzi, »kann er das alles, was ihm fehlt, nicht nachholen. Das wird viel, viel länger dauern!«
»Willst du, daß er sitzenbleibt?« fauchte Susanna.
»Von mir aus kann er ruhig sitzenbleiben«, sagte Fritzi. Es war freundlich gemeint, freundlich gegen Andreas. Susanna legte es ihm als Bösartigkeit aus. Als Bösartigkeit gegen sie. Und auch da kam Andreas abhanden.
Beim dritten Versuch lösten Andreas und Fritzi zwei Hausübungsbeispiele und waren miteinander ziemlich zufrieden, doch als sie mit dem dritten Beispiel beginnen wollten, hörten sie vom Wohnzimmer, vom Fernsehapparat

her, die Kennmelodie vom »Tatort«, und da wurde Fritzi unruhig. »Wer ist der Kommissar?« fragte er Andreas.
Andreas holte das Fernsehprogramm, sah, daß Trimmel aus Hamburg heute Dienst hatte.
Fritzi mochte den Trimmel besonders gern. Er diktierte Andreas das dritte Beispiel so schnell, daß Andreas kaum mit dem Schreiben nachkam, dann sagte er: »So, das hätten wir nun ja, oder ist noch was auf?« Natürlich hätte Andreas sagen können, daß er das dritte Beispiel überhaupt nicht verstanden hatte und er noch drei Beispiele aufhatte, die er überhaupt nicht kapierte.
Doch Andreas mochte den Hauptkommissar Trimmel ebenfalls besonders gern.
Dann kam eine Woche, in der Fritzi jeden Tag Überstunden machte und erst gegen neun am Abend vom Büro heimkam.
Andreas sagte zu Susanna, er käme jetzt auch ohne Fritzi sehr gut zurecht. Im Moment, erklärte er, sei der Stoff gar nicht schwierig.
Susanna fragte Andreas jeden Nachmittag bei ihrem Kontrollanruf eindringlich, ob er auch wirklich Mathematik lerne. »Aber echt mitdenken, Andi, ja, nicht bloß so vor dich hinträumen, ja, Andi?«

»Gina, Engel«, erklärte der Fette ein paar Mal, als er Susanna mit Andreas telefonieren hörte, »Gina, ich sag Ihnen eins! Wenn ich Ihr Sohn wäre, mir ginge das auf den Hammer. Ewig Ihr Gejammer!«
Susanna mußte dem Fetten recht geben. Sie jammerte Andreas zuviel vor. Und jeden Tag nahm sie sich vor, beim Anruf nicht nach der idiotischen Rechnerei zu fragen. Sie schaffte es nicht. Nach dem abgestandenen »Was hat der Opa zu Mittag gemacht? Hast du ordentlich gegessen?« und

den ja-ja-danke-gut-Antworten fragte sie in panischem Zwang: »Und du lernst doch Mathe, gelt, Andi? Aber echt mitdenken...«
Der Fette sagte, blöder könne sie es gar nicht anstellen. Er sagte voraus, Andreas werde über kurz oder lang durchdrehen, wenn er nur einen Hauch von »Sensibilität« habe. Susanna glaubte dem Fetten auch das. Ihre Anrufe blieben trotzdem die gleichen. Und ihre Panikstimmung wurde von Tag zu Tag größer, ärger, unheimlicher. Und dazu kam noch ein Verdacht. Der Verdacht, daß ihr momentaner panischer Zustand ganz unmöglich nur von den zwei Fünfern des Sohnes kommen könnte. Und – wiederum durch diesen Verdacht – ein Schuldgefühl, besser, der Verdacht auf eine Schuld: dem Sohn, dem Mann, dem Vater etwas anzulasten, was nur sie betraf.
Manchmal meinte sie, ein einziger Tag ohne Briefe, die zu tippen und zu übersetzen waren, ohne Geldeinteilen, ohne Nachtmahl kochen, ohne mit Fritzi beim roten Wein vor dem Fernsehapparat hocken zu müssen und darüber nachzudenken, ob der wirklich Überstunden machte, ein Tag ohne das Doppelkinn vom Fetten, ein einziger Tag ohne all das könnte ihre Schwierigkeiten beheben. Sie konnte doch denken! Sie hatte doch immer schon sehr gut denken können. Sie brauchte einen Tag, um alles durchzudenken. Jeder Mensch hatte ein Recht auf so einen Tag. Und sie jedenfalls könnte sich so einen Tag leisten. Und noch einen Tag davor, an dem sie mit sich selber klärte, warum sie sich so einen Tag nicht zugestand.
Panik und Verdacht, unheimlich und bedrückend, aber trotzdem eine tiefe Befriedigung; denn die Briefe, die Übersetzungen, die Telefongespräche, sogar das Nachtmahl: fehlerfrei, makellos, wohlschmeckend und gescheit wie immer. Sie drehte eben nicht durch. Sie behielt die

Übersicht. Sie arbeitete so gut wie immer. Ihr konnte keiner – und schon gar nicht der Fette – »Sensibilität« nachsagen. Nur freuen konnte sie sich nicht. Das war beunruhigend. Der Tischler hatte angerufen und gesagt, daß er den Vorzimmerschrank am Freitag, am Abend, liefern werde. Den Vorzimmerschrank mit den wunderschönen Beschlägen aus Italien. Den Schrank, auf den sie seit Jahren aus war. Trotzdem war ihr der Schrank jetzt scheißegal.

Gabi Kroupa

Andreas drehte nicht durch – wie der Fette vorausgesagt hatte. Er wurde auch nicht wahnsinnig – wie der Alois befürchtet hatte. Und lernte nicht – wie Susanna hoffte. Andreas war mit etwas anderem beschäftigt. Er erlebte, ratlos und staunend, merkwürdig Befremdliches, in sein Bild von sich und der Welt gar nicht Unterzubringendes: Jeden Morgen, punkt halb acht, kam die Kroupa Gabi aus der Kroupa Wohnung und stieg langsam, sehr langsam die Stiege hinunter. Wartete im ersten Stock. Ging dann weiter, noch langsamer. Wartete beim Haustor wieder. Kroch dann, langsam wie eine uralte Schnecke, in Richtung Schule. Wollte Andreas nicht zu spät kommen, mußte er sie einfach einholen. Seit drei Wochen, seit dem langen Kuß im Hausflur ging das so. Da latschte sie dann das letzte Wegstück neben ihm her, lächelte ihn an, daß ihre frischgeputzten Hasenzähne funkelten, und jedesmal, hinter dem Schultor, bevor er nach links mußte und sie den Gang geradeaus weiter, fragte sie: »Wann können wir uns denn sehen?«
Die ersten paar Male war es Andreas gelungen, keine Antwort zu geben. Auf seine Klasse war er zugerannt, als ob er ganz etwas Dringendes zu erledigen hätte; mit einem, den er überhaupt nicht leiden konnte, hatte er beim Schultor ein freundschaftliches Gespräch angefangen, sogar hinter einem Lehrer war er hergewieselt und hatte den etwas gefragt, nur damit er dem »Wann können wir uns sehen?« entkommen konnte. Doch dann war die Gabi in der Zehner-Pause zu seiner Klasse gekommen. Sie hatte sich auf das Fensterbrett gegenüber der Klassentür gesetzt, hatte mit den dicken Beinchen gebaumelt und ihre Wurstsemmel gegessen. Andreas hatte sie gesehen und war in den Teil der Klasse

geflüchtet, der auch von der offenen Tür her nicht zu sehen war und hatte die Lateinhausübung vom Herbert abgeschrieben. Doch dann war der Nebenmann vom Klo hereingekommen und hatte gesagt: »Wappler, die Kroupa will was von dir!«
Andreas hatte sehr erstaunt getan und war hinausgegangen. Er hätte nicht erstaunt tun müssen. Niemand in der Klasse hätte dem »schönen Andi« die Kroupa Gabi zugetraut. Nicht einmal Erika – in der ersten Reihe sitzend und nägelbeißend in der »Ursache« von Bernhard lesend, hochschauend, als er an ihr vorüberkam und zur Tür ging – hätte so eine gewagte Kombination angestellt. Die Möglichkeiten im Erotischen waren überschaubar: Elite zu Elite, Durchschnitt mit Durchschnitt, und weiß der Kuckuck, wie's die Unterschicht trieb. Andreas jedenfalls war ganz sicher Elite. Elite im Aussehen, Elite im Taschengeld, Elite in der Kleidung, auch – bis auf die letzten paar Monate – Elite mit Hirn. So sicher Elite, wie die Kroupa Gabi Durchschnitt war. Durchschnitt zur Unterschicht hin. Für Andreas waren die Michis! Auch, wenn es mal mit einer Michi nicht klappte. Unter Umständen sogar die Erikas, zwar nicht schön, zwar nicht wohlhabend, immerhin aber Psychologen-Elite.
Es lohnte nicht einmal, hinter Andreas herzuschauen. Was er da draußen mit der Kroupa verhandelte, war uninteressant, ging vielleicht um einen verlegten Turnschuh oder einen vergessenen Wohnungsschlüssel. Die Dicke wohnte ja in seinem Haus.
Als die Gabi den Andreas aus der Klasse kommen sah, sprang sie vom Fensterbrett, brustwackelnd und weiterkauend, Butter von den Lippen leckend. Sie lächelte ihm entgegen und fragte: »Soll ich heute nachmittag zu dir kommen? Ich habe heute Zeit!«

Die Gabi schaute Andreas so innig blöde an, daß er befürchten mußte, gleich würde sie ihm um den Hals fallen. Er machte einen Schritt von ihr weg, sagte sich, daß in der Schule um-den-Hals-fallen verboten sei und versuchte auch zu lächeln.
»Um zwei könnte ich kommen«, sagte die Gabi eifrig und aufgeregt. »Statt dem Nachmittagsturnen.«
Andreas sah keine Möglichkeit, das Besuchs-Anerbieten abzuschlagen. Er nickte.
»O.k., dann um zwei«, sagte die Gabi. Und fügte hinzu: »Vielleicht wird es ein paar Minuten später, aber ich komme garantiert!« Dann drehte sie sich um und rollte den Gang hinunter.
Andreas sah ihr hilflos nach.

An diesem Tag war die Gabi um punkt zwei Uhr zu Andreas in die Wohnung gekommen, und von diesem Tag an erschien sie jeden Tag. Immer nahm sich Andreas vor, ihr zu sagen, daß er morgen aber keine Zeit für sie habe. Auch übermorgen nicht. Auch nächste Woche nicht. Nie mehr Zeit. Wirklich nie mehr. »Es war, bitte, ein Irrtum von dir! Dieser eine lange Kuß im Hausflur sollte keinerlei Bedeutung für dich haben und keinerlei Konsequenzen für mich nach sich ziehen.«
Kann einer das sagen? Kann er nicht. Nicht so und auch nicht ähnlich. Und schon gar nicht nach drei Wochen, in denen die dralle Person täglich einmal irgendwann, wenn der Großvater den Mittagsschlaf hielt, wenn der Großvater spazieren war, wenn der Großvater im Kaffeehaus war, bei ihm in der Wohnung war. Mit ihm auf der grünsamtenen Wohnlandschaft hockte, mit ihm in den unteren Eisbergachteln herumlag.
In seinem Zimmer übrigens, waren sie nie.

Sie liebte ihn. Sie hatte ihm gestanden, daß sie ihn schon immer geliebt hatte. Sie schien der Ansicht zu sein, daß er sie auch liebte. Auch schon immer liebte. »Wie ich klein war, habe ich geweint, weil mich die Mama nicht mit dir hat spielen lassen!« sagte sie. »Aber ich hab immer geschaut, wenn du mir gewunken hast, und ich hab mich gefreut!«
Andreas konnte sich nicht erinnern, der Gabi je gewunken zu haben. Etliche Male, das wußte er noch genau, hatte er mit U-Hakerln hinter ihr hergeschossen und sie auch – zumindestens einmal – getroffen. An einem Sonntag war das gewesen, er war vor dem Pfarrhaus gestanden und sie war gerade aus der Kirche herausgekommen. Laut hatte sie aufgeröhrt, als das U-Hakerl ihr weißes Strumpfhosenbein getroffen hatte, über die drei Kirchenstufen war sie gestolpert und hingefallen. »Volltreffer«, hatte er zufrieden zu seinem Freund gesagt.
Daß Andreas auf sie geschossen hatte, war der Gabi damals gar nicht in den Sinn gekommen. Sie hatte auch nicht kapiert, daß er es gewesen war, der hinter ihr die Kellertür zugesperrt hatte und sie etliche Stunden in Angst und Schrecken auf der finsteren Kellerstiege hatte sitzen lassen. Und auch nicht, daß er ihr einmal absichtlich das Wasser über den Kopf geschüttet hatte. Tropfnaß, freundlich und blöde hatte sie zum Fenster des Großvaters hinaufgeschaut und gelächelt. Sie hatte es für ein Versehen beim Blumengießen gehalten. Nie hatte sie etwas kapiert. Warum sollte sie jetzt kapieren, daß Andreas sie nicht liebte. Er hatte ihr nie gesagt, daß er mit den U-Hakerln geschossen, das Wasser absichtlich geschüttet hatte und sie listig in den Keller gesperrt hatte. Er würde ihr auch nicht sagen, daß er sie *nicht* liebte. Und so einfach war das auch nicht. Wenn sie neben ihm in die Schule latschte, beinchenbaumelnd am Fensterbrett hockte, popowackelnd vor ihm herging, dann

war sie gewiß eine Zumutung. Doch neben ihm auf der grünen Wohnlandschaft oder im Bett der Eltern war das anders. Da kam ihm plötzlich der Maßstab für Zumutbarkeit abhanden.
Was er sich vor dem ersten Kuß erwartet hatte: dicker, daunengefüllter Plüschteddy – das war sie jetzt. Kein bißchen mehr: uralte Eiche, überhaupt nicht: I break, but I do not bend.
Und das war neu für ihn. Das hatte er noch nie gehabt.
Seine Michis waren alle lang und mager. Er hatte immer geglaubt, das müsse so sein, daß man beim Streicheln und Anfassen, beim Zugreifen Rippen fühlte und Beckenknochen und Schulterblätter. Daß Vergnügen auch möglich war an Fett und Fleisch und Wölbungen und Wülsten, hatte er nicht geahnt. Er hatte nicht gewußt, wie es ist, in jeder Hand eine dicke, weiche Brust zu halten. Brust zum Gesicht darin vergraben. Nichts mehr spüren als warme Haut und weiches Fleisch.
Auf dem grünen Samt und im weißen Plüsch war die Gabi keine Zumutung, sondern eine Möglichkeit. Manchmal meinte er, die einzige Möglichkeit überhaupt.
Nachher, wenn sie wieder gerade saß und ihre Blusenknöpfe zumachte – häßliche Knöpfe an häßlichem Stoff –, fiel ihm sein Maßstab für Zumutbarkeit wieder ein, und er war froh, wenn sie schnell verschwand, womit er rechnen konnte, denn sie blieb nie länger als eine halbe Stunde. Und schon diese halbe Stunde mußte sie sich mit den unmöglichsten Lügen herausschinden: einer Erika ein Vokabelheft bringen – von einer Monika ohne Telefon die Rechenbeispiele erfragen – einen Radiergummi kaufen – zur Litfaßsäule laufen, um zu schauen, ob das Jeunesse-Konzert angeschlagen sei. Und jedesmal, wenn sie dann bei ihm im Vorzimmer stand, zitterte sie noch eine Minute vor Aufregung, ob ihre

Mutter nicht doch vielleicht bemerkt hatte, daß sie statt zum Haustor hinaus bei Schubert hinein war.
Die Mutter hätte ja bloß aus dem Fenster schauen müssen; schon wäre alles aufgeflogen. Und es war gar nicht auszudenken, was dann passiert wäre. Nicht einmal mit Schulfreunden ins Kino durfte sie. Bei einer Party war sie noch nie gewesen. Und soweit man es den Schilderungen ihres Vater aus seiner Schule entnehmen konnte, hielt der seine vierzehnjährigen Schülerinnen, wenn sie mehr als nötig mit Buben sprachen, für gefährdet. Und Mädchen, die Buben küßten, hielt er für Schlampen. Was er von Mädchen hielt, die sich wie seine Tochter benahmen, war für Gabi gar nicht vorstellbar. Was er tun würde, falls er dahinterkäme, wo seine Tochter täglich und heimlich war, noch viel unvorstellbarer. Aus dem Haus weisen? Totschlagen? Ein Horsti Kroupa weist nicht aus dem Haus und schlägt nicht tot. Unvorstellbar blieb es trotzdem. Mehr als »ungeheuerlich!« konnte die Gabi nicht denken, wenn sie an einen alleswissenden Vater dachte. Und eine Gänsehaut kriegte sie dann.
Gänsehaut am ganzen Körper, in nichts von der Gänsehaut zu unterscheiden, die sie bekam, wenn sie den Atem von Andreas an der Ohrmuschel spürte. Schaute sie ihren Vater an, dann erschrak sie und dachte: »ungeheuerlich!« und bekam eine Gänsehaut und meinte, den Atem von Andreas am Ohr zu spüren. Lag sie neben Andreas und spürte seinen Atem, bekam sie eine Gänsehaut und mußte an die andere Gänsehaut denken und an den Vater und an »ungeheuerlich«. Aber das störte sie nicht sehr. Sie glaubte, das müsse so sein. An Gänsehaut und Angst vor dem Vater war sie gewohnt. Immer hatte es etwas gegeben, was der Vater nicht wissen durfte. Immer hatte sie etwas getan, was ihr Gänsehaut machte. Angst und Gänsehaut und Freude und Lust gehörten für sie zusammen.

Eine Woche vor der Mathematikschularbeit rief der Mathematiklehrer Susanna im Büro an. Warum denn Andreas um Himmels willen noch immer keine Nachhilfe habe, wollte er wissen. Und daß es sehr fraglich sei, ob Andreas bei seinem Wissensstand die nächste Schularbeit positiv machen könne, sagte er. Er wolle der verehrten gnädigen Frau ja nicht Angst machen, Panik sei immer das Schlechteste in solchen Situationen, aber Andreas gäbe ihm zu denken. Er kenne den Burschen doch seit acht Jahren, mit dem müsse etwas los sein, am Intelligenzquotienten liege das sicher nicht. Hochintelligente Kinder, jahrelang tüchtige Schüler können doch nicht plötzlich blöd werden. Er sei ja auch nicht der Klassenvorstand, so gut kenne er ihn ja auch wieder nicht. Aber irgendwas ist mit dem Burschen los! Und in Mathematik jedenfalls äußere er sich überhaupt nicht mehr. Wenn das kein schlechtes Ende nehmen soll, dann muß etwas geschehen, aber bald!
Susanna rief den fabelhaften Nachhilfelehrer vom Fetten an, der Fette hatte ihr gesagt, für Vorschuß in jeder Menge sei die Firma im Falle Gina natürlich jederzeit bereit. »Lohnt sich ja, Gina! Können Sie ja einmal – he-he – vom Herrn Sohn zurückfordern, wenn er was geworden ist – he-he!« Doch der Fabelhafte sah sich außerstande. Er konnte keinen Schüler mehr unterbringen. Höchstens, sagte er, einer bliebe in der nächsten Zeit aus, dann könne er Andreas irgendwo einschieben. Vor Semesterschluß jedenfalls sei nichts zu wollen.
Susanna saß, nach dem Telefongespräch mit dem Fabelhaften, zehn Minuten lang an ihrem Schreibtisch und malte Männchen auf die Schreibunterlage.

Männchen und Pfeile und Blumen und Galgen mit baumelnden Männchen. Dann ging sie zum Fenster, weil Autos auf der Straße wild hupten, wie verrückt hupten die plötzlich, mußten lauter Irre unterwegs sein, hupten bloß, weil da einer, als es Grün geworden war, nicht gleich weggesaust war. Einer auf einem Moped fuhr zwischen den Autos durch. Andreas hätte auch gern ein Moped. Wenn du das Schuljahr in Mathematik positiv abschließt, dann kaufe ich dir ein Moped, Andi! War das ein Handel, auf den man sich einlassen konnte? Mopeds sind gefährliche Fahrzeuge, und Kinder keine Handelspartner. Aber irgend etwas muß man trotzdem unternehmen. Der Kroupa Horsti als Nachhilfe? Billig und gut und im Haus! Blöd ist es. Und gerade den Horsti! Vor einem knappen Jahrhundert ist der Kerl zu ihr gekommen, wenn sein kleines Hirn für die Hausaufgaben nicht gereicht hat. Auch in Mathematik. »Susanna kannst du mir erklären?« Und nun soll man bei dem, dem sie einmal das Sinuskurvenzeichen beigebracht hat, um Nachhilfe einkommen?
Susanna ging zum Schreibtisch zurück und malte sich ein anderes Leben aus. Urlaub könnte sie nehmen. Und wenn ihr der Arsch-Zwetterl keinen Urlaub gäbe, könnte sie kündigen. Nach Hause könnte sie gehen, dem Andreas die Scheiß-Mathematik erklären, so wie er sie für die Schule brauchte, nicht mit der Fritzi-Methode: bei Leibniz in den Wunderbau der Mathematik eindringen. Nicht mit der Lehrer-Methode: beim Einheitskreis beginnend. Es mußte noch eine andere Art geben, dem Andreas alles zu erklären, alles. Die Mathematik war nicht so wichtig. Nichts, was sie in der Schule verlangen, ist wichtig. Wenn einer keinen Gehirnschaden hat, schafft er das Gymnasium spielend; und wenn er es trotzdem nicht schafft, liegt das an anderen Dingen. Susanna jedenfalls wird jetzt Urlaub nehmen oder

kündigen und heim zu Andreas gehen. Sie wird nicht gleich mit dem Rechnen beginnen, überhaupt nicht mit der Schule beginnen. Was er gern essen möchte, wird sie fragen, und erzählen wird sie ihm was. Was Komisches. Vom Zwetterl. Da hat er früher sehr gelacht. Sie kann komisch sein. Sie kann ihn zum Lachen bringen. Und vorsichtig wird sie ihn nach dieser Michi fragen. Mit dieser Michi hat er anscheinend Schwierigkeiten. Vielleicht will er darüber reden. Diese Michi ist ein merkwürdiges Mädchen, hat die Mutter von der Beate gesagt. Alle Mädchen sind merkwürdig, und wenn eine nicht haargenauso ist wie die andern, dann sagen die andern, die ist merkwürdig. Was man mit sechzehn für Schwierigkeiten hält, sind gar keine. Das muß sie dem Andreas beibringen. Das Praktische muß sie ihm beibringen, die Tricks. Auch die Tricks bei den Mädchen. Schließlich war sie selber ein merkwürdiges Mädchen. Sie kennt die Tricks.

»Gina«, brüllte der Fette aus seinem Zimmer. Ob sie seinen Zahnarzttermin umgebucht habe, wollte er wissen.

Sie hatte.

»Herr Doktor, haben Sie einen Moment Zeit für mich«, fragte Gina-Susanna.

Wenn's unbedingt sein müsse, sagte der Fette, dann habe er natürlich immer Zeit für Gina. Aber eigentlich habe er ihr gerade einen Brief diktieren wollen, der müsse heute noch weggehen. Der Fette diktierte immer, benutzte nie das Tonband, sagte, er brauche Hautkontakt, müsse einem Menschen ins Auge sehen können beim Formulieren, benötige sogar Ginas Arpege-Duft in der Nase. »Wie Schiller die Äpfel – he-he!«

Gut. Daß sie dringend Urlaub will, kann sie ihm ja noch nach dem Brief sagen, da ist er dann erschöpft und willig.

Susanna nahm ihren Block, ihren Bleistift. Wenn der Fette

diktierte, hatte Susanna Zeit zum Nachdenken. Er diktierte langsam, machte lange Pausen, und die Sätze, von denen er schließlich sagte: »Das streichen wir wieder!«, die schrieb Susanna erst gar nicht hin. Wer dem Fetten beim Diktieren zehn Jahre hatte Publikum sein müssen, kannte sich da aus, schrieb nicht: »in die Wege leiten«, wenn er es dann doch ewig und immer auf »instradieren« verbesserte.
»... wir wären an einem Meinungsaustausch...« sagte der Fette, und Susanna dachte darüber nach, ob sie unter Umständen mit dem Geld, das Fritzi verdiente, leben könnten. Angeblich hatte Fritzi in den letzten drei Jahren keine Gehaltserhöhung bekommen; was sie ihm nicht glaubte. Schon deswegen nicht, weil er nie mehr Gehaltsabrechnungen herumliegen ließ, und sogar seinen Steuerausgleich machte er selber. Wenn einer so faul wie Fritzi war und ihr freundliches Anerbieten ausschlug, das Steuerzeug zu erledigen, dann steckte da was dahinter. Aber das herauszubekommen, war sicher nicht schwierig. Nicht schwierig, aber demütigend. Eine Susanna, die Schubladen durchsucht? Sich bei Sepps Frau erkundigt? Eine Susanna, die zehnmal soviel erfährt, als sie wissen will? Wozu brauchte er denn das Geld, das er ihr verschwieg? Sollte sie sich dann einfach aufstellen und schreien, sie verbiete ihm die Geliebte, sie verbiete ihm, für dieses Weib Geld auszugeben, er habe gefälligst sie und niemand anderen zu lieben und zu versorgen!
Unmöglich und ausgeschlossen.
Dann noch lieber den Kroupa Horsti anrufen. Aber nicht sie wird anrufen. Schließlich hat Fritzi auch seine Pflichten. Schließlich hat Fritzi als Nachhilfslehrer versagt. Und anrufen ist überhaupt lächerlich. Einen, der eine Treppe höher wohnt, einen, den man ein Leben lang kennt, den ruft man nicht an. Bei dem klingelt man. Gleich heute abend

wird Fritzi klingeln. Das vergönnt sie ihm: Hochnäsiges Fritzi, Nachhilfe erbittend beim »Spießer«, beim »Schleimscheißer«, beim »Seicherl«.
Das Nachhilfestunden-Geld kassiert immer Regine. Alles kassiert Regine. Sie teilt das Geld ein. Der Horsti kriegt ein Taschengeld. Kein Grund zum Grinsen, rügt sich Susanna. Kein Grund für eine, die nicht weiß, was ihr Mann verdient, die Zweifel hat, ob er bereit ist, sie zu ernähren, wenn sie dem Fetten den Job aufkündigt.
Der Fette hatte sein Problem mit dem »Meinungsaustausch« hinter sich, war jetzt für »Kontaktnahme«, und erschöpft war er auch. Gina möge den Brief in seinem Sinne fortsetzen, das Wesentliche habe er ja bereits – und den Rest halt wie üblich.
Susanna schaute ihren Chef an. Nein, gesund, zufrieden und glücklich schaute der auch nicht aus. Gelbstichig wurde er in letzter Zeit, und das Fett wurde immer weicher. Manchmal holte er so komisch Atem, als ob er auf Asthma üben wollte. Einer der raren Augenblicke war da, wo der Fette Susanna leid tat. Wo sie sich an einen Doktor Zwetterl erinnerte, der ihr gar nicht so übel gefallen hatte. Schlank war er nie gewesen, hübsch auch nicht. Aber allerhand war vorstellbar gewesen.
Für ihn noch mehr als für sie.
Die Idi war damals noch bei ihr im Zimmer gesessen, Riesenweib Idi mit Sinn für die Erotik der Mitmenschen: »Heute knistert es wieder zwischen euch« und »Jetzt hat er aber geglupscht« und »Mensch, zwischen euch gehen ja Sternschnuppen nieder!«
Riesen-Idi, längst nicht mehr hier. Mit Mann und drei Stück Kind in Linz. Hat auf Sozialarbeit umgelernt, wollte etwas mit Menschen zu tun haben, gut geht es ihr angeblich. Gut geht es ihr sicher. Auf Riesen-Idi hätte Susanna hören

sollen: »Wenn ich dein Hirn hätte, säß ich nicht mehr hier!« Sehnsucht nach Idi und Idi-Zeiten.
»Entweder, Gina, du machst noch selber was aus dir, oder du läßt den Fritzi sausen und nimmst den Fetten!« Dröhnendes Idi-Gelächter. »Damit der Unfug wenigstens Dimensionen hat!«
Die hat eben Hirn gehabt. Die war zum Reden und zum Lachen auch. Die hätte ihr jetzt auch sagen können, was bei Andreas schief läuft. Die hätte verhindert, daß sie das Falsche macht.
Auf die würde sie heute hören.
Susanna stand auf, ging zum Fetten hin und beugte sich vor. Sie dachte kaum etwas, reine Muskelarbeit war das. Sie schaute die Stahlstäbe-Landschaft an, blies sachte zwischen den Stäben durch, sagte leise »Staubfänger« und war sehr nah am Dicken. Arpege-Duft-Schiller-und-die-Äpfel... knisterte was, glupschte er, war wo ein Funke von einer Sternschnuppe?
»Kann ich das mit rausnehmen?« Susanna griff nach einem Stoß Papier – Rundschreiben an die Vertreter –, jetzt war sie Haut an Haut mit dem Fetten, ihr Brust direkt an seiner Nase. »Pardon, Doktor.«
Na klar, glupschte er. Freilich knisterte es.
Susanna richtete sich auf, sah tief drinnen im fetten Kopf des Chefs ein cleveres Gesicht, nicht böse, nicht unsympathisch. Zu gelb, sicher, aber vorstellbar war noch immer etwas. Nur eigentlich nicht wünschenswert. Sinnlos. Relativ sinnloses Zwetterl. Zwetterl vor zwanzig Jahren: lediges, auf alle Fälle hochstrebendes Doktorchen mit der Garantie auf den Geruch, der den Unterschied ausmacht. Zwetterl jetzt: hochgestrebter Fetter und die Garantie auf regelmäßige Stunden in einem 1 A-Hotel, wo er sich als Dr. Kummer einträgt. Dazu die Genugtuung, daß sie ihm immer noch

mehr zu bieten hat als der blonde Engel aus der Buchhaltung, achtzehnjährig, aber ohne Busen. Und Arbeitserleichterung natürlich. Seiner Geliebten kann keiner was anschaffen.

»Gina«, sagte der Fette und blinzelte unsicher. Er hatte gespürt, was da vorging, konnte es aber nicht recht glauben. Wartete auf ein weiteres Indiz. Und das konnte er schließlich haben.

»Ja, Doktor?« fragte Gina und wußte nicht recht, ob ihr der Blick, der sagenhafte-verjährte Gina-Blick noch immer zu Gesicht stand.

»Wir könnten eigentlich wieder einmal essen gehen«, sagte der Fette, »und ein bißchen miteinander reden. In der Knochenmühle kommt man ja zu nichts! ... Was Schönes essen, Spanferkel mit Rotkraut oder so...«

»...mit Weinkraut«, verbesserte Susanna und ging in ihr Zimmer hinaus.

Zwetterl und Gina beim Spanferkel. Gut, daß er es noch wußte. Rotes Tischtuch, schielender Ober und Wodka als Aperitif. Damals war das noch etwas Besonderes. Zwetterlhand auf ihrer Hand, und beim allerletzten Rotwein: Zwetterlwange an ihrer Wange. Über der Spanferkeletage waren Hotelzimmer, und niemand kam nur wegen der Spanferkel her. Aber schließlich hatte sie dann trotzdem so getan, als ob sie bloß wegen des fetten Viehs, des schielenden Obers und des Wodkas gekommen wäre. Weil man keinen Zwetterl nimmt, wenn man einen Fritzi liebt.

Die Chancen waren damals auch noch ziemlich gleich:

Junges Doktorchen der Rechte.

Junger Diplomingenieur für Hochbau.

»Daß du nur nicht aufs falsche Pferdchen setzt«, hatte Idi oft gewarnt.

Gina war sich damals sicher, die Idi könne bloß den Fritzi

nicht leiden. Weil der Fritzi sehr schön war. Und schöne Männer, sagte Idi immer, seien ihr suspekt. Überhaupt Unsinn, die alten Geschichten zu erinnern, darauf kam es doch jetzt nicht mehr an. Das war jetzt scheiß-egal. Es ging darum, daß es wieder knisterte, daß Spannung da war und eine winzige Sternschnuppe. Daß Idi-Frau etwas zum Grinsen hätte. Um einen Arbeitstag mit weniger Langeweile, weniger an-was-anderes-denken ging es. Und nicht nur das. Man braucht zwischenmenschliche Kontakte. Die werden nicht hergestellt durch »Meinungsaustausch gegen Kontaktaufnahme«. Es führt auch kein Weg über die Nachhilfelehrer der Söhne. Hauptsache, es knistert.
»Gina!« Der Fette kam aus seinem Zimmer heraus. »Wollten Sie nicht was von mir?«
Susanna schüttelte den Kopf.
»Ich spinn doch nicht, Mädchen, Sie haben mich doch vorher gefragt, ob ich Zeit hab, sie wollten doch was?«
»Das hat sich erledigt«, sagte Susanna.
Der Fette staunte. Was erledigte sich, während er Gina einen Brief diktierte, mit ihr ein Nachtmahl verabredete? Unsinn! Der Fette war neugierig. Alles, was mit Gina zu tun hatte, das Unerledigte und das Erledigte, interessierte ihn heute. Sie sollte ihm sagen, was erledigt war.
»Ich hatte daran gedacht, Urlaub zu nehmen!« War ja egal, er konnte ruhig wissen, was sie für Probleme hatte.
»Sie waren doch schon im Urlaub!«
»Unbezahlten Urlaub wollte ich!«
»Mädchen«, gütig beugte sich der Fette zu Susanna, »wenn Sie ein paar Tage frei nehmen müssen, dann melden wir Sie krank, das wird das Unternehmen ja verkraften!«
»Ich hab an ein halbes Jahr gedacht oder so.«
Der Fette schaute Susanna an, als sei sie wahnsinnig geworden. Wie sollte er ein halbes Jahr ohne sie auskom-

men? Außerdem wußte sie doch, daß die Firmenleitung prinzipiell keinen unbezahlten Urlaub gab. Selbst wenn er sich dafür einsetzte. So mächtig war er nun auch wieder nicht, daß er das erreichen konnte.
»Ich hab ja ohnehin gesagt, es hat sich erledigt!«
Susanna wandte sich ihrer Schreibmaschine zu, wollte nicht mehr über den unbezahlten Urlaub reden. Doch der Fette war jetzt richtig in Fahrt gekommen, fühlte sich bedroht. Ein für alle Mal mußte er Gina diesen Unsinn ausreden, sonst fing sie vielleicht morgen oder übermorgen wieder davon an. Wenn die Weiber einmal auf so eine saudumme Idee kamen, war alles möglich. Ohnehin klar (sie brauchte ihm da gar nichts zu sagen – das kannte er auch schon –), das waren die blödsinnigen Schuldgefühle einer berufstätigen Mutter. Bloß: ohne die Mütter könnte die ganze Wirtschaft baden gehen. Auch klar, daß sie das jetzt nicht schluckt! Aber verdammt noch einmal, was wollte sie denn – eine Frau wie die Gina – zu Hause? Kochen-Sockenstopfen-Staubwischen-Patience legen? Da soll sie seine Frau einmal fragen, die kann ein Lied von der Kehrseite der Medaille singen. Die kann ihr sagen, wie wenig der Nachwuchs in fortgeschrittenem Alter der mütterlichen Betreuung zur Verfügung steht. Einsamer ist man da als eine Kriegerwitwe und unbefriedigter als eine Klosterfrau. Und wie stellt sie sich das denn mit dem Geld vor? So wenig verdient sie ja nun auch wieder nicht, daß sie da so einfach drauf verzichten kann.
So? Andere haben noch viel weniger und vier Kinder, und ihr Fritzi verdient sehr gut!
Da möchte er aber dann doch wissen, wieso sie vor jedem Erstem blank ist? Wieso sie alle drei Monate Vorschuß braucht. Wie sie – gerade sie – mit dreizehn Riesen weniger auskommen kann, das möchte er sehen! Sie soll sich doch

nichts vormachen! Wie hoch ist denn der Zins für die Riesenwohnung! Wieviel Kredit hat sie denn noch abzuzahlen! Und wieviel Raten für die Möbel? Und was kostet denn allein eine Flasche von dem Zeug, nach dem sie so köstlich duftet? Seiner Frau, das muß er ihr einmal sagen, kann er nicht die Aigner-Stiefel kaufen, auf denen sie durchs Büro stöckelt. Und sein Sohn...

»Jetzt machen Sie aber einmal einen Punkt«, fauchte Susanna den Fetten an. »Sie tun mir ja fast schon leid, Sie armer Ausgleichsrentenbezieher!«

Ja, er hörte ja schon auf, war ja ohnehin ganz erschöpft. So lange Reden führte er selten.

»Es war ja nur eine Idee«, verteidigte sich Susanna. Mußte dem Fetten recht geben. Bis auf den Stiefel-Vorwurf. Der Fette war ja schon wie der Fritzi. Wie der Großvater. Ein einziges Paar Luxushufe hatte sie! Und die hielt ihr jeder Mann, mit dem sie zu tun hatte, vor. Lächerlich war das. Und gemein.

»Ideen!« Kopfschüttelnd wanderte der Fette in sein Zimmer zurück. »Solche Ideen schlag dir aus dem Kopf, Mädchen.« Und dann, schon begleitet von Sesselknarren: »Ich werd schaun, Gina, ob ich eine Gehaltserhöhung für Sie herausschlagen kann!«

Fritzi

Fritzi fluchte beim Fahren vergrämt vor sich hin. Da hatte er sich ein scheißteures Hemd gekauft, in einem arschvornehmen Laden, zum ersten Mal hatte er es jetzt an, und schon war der Stoff unter dem zweiten Knopf von oben eingerissen. Knopf baumelte an rechtem Stoffwinkel, scheußlich sah das aus. Das war überhaupt kein Hemd zum Wohlfühlen, zu eng war es ihm, und die Kragenleiste wetzte, scheuerte ihm an der rechten Halsseite die Haut wund. Ein 40er Hemd hatte er verlangt, aber die Kuh in der Herrenboutique (kam ihm ja schon das Kotzen, wenn er »Boutique« hörte, alles war ja heutzutage eine »Boutique«) – die Kuh, die hatte ja nur *small* und *medium* und *large* gehabt, und Eveline hatte behauptet, er passe garantiert in »medium«, und die Kuh hatte genickt. Wahrscheinlich hatte sie überhaupt kein »large« gehabt; die Himbeerburlis, die in solchen Scheißläden Stammkunden sind, haben ja keine Oberweiten! So ein Arschhemd konnte einem den ganzen Tag versauen. Bevor er den Weber abholt, nahm sich Fritzi vor, fährt er nach Hause, das Hemd ausziehen. Einen Rollkragen wird er sich um den geschundenen Hals tun und Babycreme auf die wunde Stelle tun.
Dreimal kurvte Fritzi um den Häuserblock, bis er einen Parkplatz entdeckte, und dann mußte er einen weghupen, der ihm das Parkloch streitig machen wollte. Beim Einparken, beim Nach-hinten-schauen wetzte der Kragen zum Laut-Schreien. Ab jetzt, nahm er sich vor, würde er sich ganz andere Hemden kaufen. Hemden ohne Kragen. Urgroßvater-Nachthemden. Und dazu ein Jankerl, wie der Miles Davis beim letzten Jazz-Konzert eins getragen hat. Fritzi lachte. Miles Davis auf der Baustelle, und die Poliere

trifft der Schlag. Die Poliere soll ruhig der Schlag treffen. Alle soll der Schlag treffen. Er sollte wirklich einmal ausprobieren, wie weit er es im Leben gebracht hat. Einer, der aus dem Tweedröckchen und dem Button-down steigen darf, den sie auch als Miles Davis im Hochbau akzeptieren, der hätte es richtig weit gebracht.
Fritzi stieg aus dem Auto, ging zum Haus hin, rannte die Stiege hoch, eilig hatte er es, sehr eilig, holte den Schlüssel aus der Tasche, war sicher, daß niemand zu Hause war. Der Alte machte um diese Zeit seinen Mittagsschlaf, und Andreas, das sagte Susanna ja immer, brauchte Stunden, bis er von der Schule heimfand. Warum sie sich eigentlich darüber aufregte? Konnte ihr doch gleich sein. Gluckhennensyndrom. Wie ihre Mutter. Wie seine Mutter. Ein Glück für den Burschen, daß die Frau berufstätig war. Nicht auszudenken, wenn die Frau Hausfrau wäre. Kein Leben für den Burschen.
Fritzi sperrte die Wohnungstür auf, sah die Schultasche von Andreas nicht, wußte ja nicht einmal, daß der grasgrüne Kinderturnbeutel seit ein paar Wochen Schultasche spielte, machte die Wohnzimmertür auf und starrte staunend zu den grünsamtenen Hügeln hin. Zuerst begriff er es gar nicht; denn Wohnlandschaften sind unübersichtlich. Sah bloß zwei auseinandergerutschte Sitzelemente und zwei dicke Beinchen – von den runden Knien bis zu den winzigen Zehen –, die über die Rückenlehne eines Grünsamtenen baumelten. Er sagte verstört »guten Tag« zu den Beinchen und beobachtete verwirrt, wie die Beinchen hochsausten, kerzengerade in die Luft ragten, dann zur Seite schwangen und hinter der Rückenlehne des anderen Grünsamtenen in Deckung gingen. Die Samtenen hielten dem heftigen Beinchenschwung nicht stand und rutschten komplett auseinander. Irgendwo im Vorzimmer mußten noch diese

Haftstoppel sein, die das Möbelgeschäft mitgeliefert hatte. Ewig wollte er die schon einsetzen!
»Pardon«, sagte Fritzi und machte einen Schritt ins Vorzimmer zurück und schloß die Tür.
»Oh, Pardon«, murmelte er noch einmal im Vorzimmer draußen.
Aus dem Wohnzimmer kam kein Geräusch.
Fritzi setzte sich auf die Bauerntruhe und glotzte in den Spiegel an der Wand gegenüber.
Ein Mensch muß nicht mehr zur Kenntnis nehmen, als er mit eigenen Augen gesehen hat. Aber was er gesehen hat, muß er wohl zur Kenntnis nehmen. Gesehen hat er: in viel grasgrünem Samt den Kopf seines Sohnes, auch einen Arm seines Sohnes – Arm mit dunkelbraunem Hemdärmel drüber –, auch einen Fuß seines Sohnes – Fuß mit rostrotem Dessertboot drüber –, und dann: enorm viel nacktes, pralles Fleisch. Das kam zwischen dem Samt hervor, als die Beinchen verschwinden wollten. Schenkelfleisch und Bauchfleisch und Brustfleisch. Der Kopf war hinter der Lehne geblieben. Fritzi versuchte sich einzureden, daß das nicht Kroupa-Gabi-Fleisch gewesen war. Fette gibt es schließlich in rauhen Mengen. Aber Fritzi hatte einen Blick für Schenkel, Beinchen, Hinterteile und Brüste. Schon beim Türaufmachen, beim Starren und Staunen hatte er gewußt, daß da Kroupa-Fleisch herumlag. Hatte es nur nicht glauben wollen.
Da ist ja nun wohl die Scheiße am Dampfen, dachte Fritzi zu seinem Spiegelbild hin, und dann fiel ihm ein, daß er sehr ungünstig da hockte, jeglichen Rückzug und Abzug behindernd. Er stand auf und ging in die Küche. Und dort wieder fiel ihm ein, daß die beiden in Wohnzimmer nicht wissen konnten, wie taktvoll Fritzi-Vater war. Er stellte das Radio an, sehr laut, und dann, als Andreas schon kapiert haben

mußte, daß sein Vater in der Küche war, schlug er noch mit wändewackelndem Knall die Küchentür zu. Er ließ sich auf den Hocker fallen und fragte sich, ob ein Vater mehr für seinen Sohn tun könne. Im Radio sang André Heller vom Belami, der Glück bei den Fraun hat. Den Belami hatte Fritzi schon nicht leiden können, als ihn noch der Willi Forst gesungen hatte. Susanna – geliebte Susanna mit acht Jahren – hatte das Radio immer ganz laut aufgedreht, wenn der Willi Forst gesungen hatte. Fritzi drehte das Radio leiser, nicht nur, weil er den Heller nicht aushielt, schließlich wollte er endlich in den Eisberg hinein, zum Rollkragenpullover. Er mußte hören, wann die da drinnen abzogen.
Fritzi hörte Flüstern, das nicht von André Heller kam, dann Schritte, dann klappte die Wohnungstür zu. Schön wäre es gewesen, wenn Andreas jetzt in sein Zimmer gegangen wäre, wenn er ihn gar nicht hätte treffen müssen. Was sollte er ihm denn jetzt sagen? Wenn Andreas ins Kinderzimmer ging, mußte er an der Küchentür vorbei. An der Küchentür mit der Milchglasscheibe. Fritzi wartete. Kein Andreas kam als Schatten an der Tür vorbei. Der Heller hatte seine drei Minuten gehabt. Jetzt ritt ein Jonny für die CIA, ITT und die Fruit Company.
Fritzi drehte lauter und hörte genau hin.
Das gefiel ihm. Er hoffte, daß der Plattenbruder hinterher ansagen würde, wie die hießen, die da gesungen hatten. Der Plattenbruder wiederholte sich nicht und pries eine Dame an, die in Deutschland Hitparade-Erste war. Bevor die Dame noch einen Laut hatte geben können, drehte Fritzi das Radio ab und steuerte seufzend den Eisberg an.
Andreas war im Wohnzimmer, lehnte beim Fenster, die Grünsamtenen standen wieder in Reih und Glied.
»Tag, Papa«, sagte Andreas.
»Grüß Gott, Herr Sohn«, sagte Fritzi, durchquerte das

Wohnzimmer, ging ins Schlafzimmer, holte den Pullover aus dem Schrank, zog Rock und Hemd aus. Ging ihn das Ganze überhaupt etwas an? Betraf es ihn? War das eine Sache, wo die elterliche Verantwortung zum Tragen kommen mußte? Fritzi schaute sich seinen Hals im Spiegel an. Tatsächlich rot, regenwurmdick über zehn Zentimeter lang rot. Edgar-Wallace-der-Gehenkte, dachte Fritzi, streckte dem Spiegel die Zunge raus, zog den Pullover über, schaute weiter in den Spiegel. Spiegelschauen hatte im Eisberg nichts mit Eitelkeit zu tun. Susannas Innenarchitektur zwang zur Selbstbetrachtung.

Wohin man auch sah, überall spiegelte man sich.

Andreas kam zur Tür her. »Erzählst du es der Mama?«

Fritzi kämmte jetzt, sorgfältig, konzentriert, kämmte sich einen Seitenscheitel.

»Ob du es der Mama erzählst?« fragte Andreas wieder.

Herr im Himmel! Als ob das seine Sorgen wären. Warum, von allen Fragen, die möglich waren, fragte der Bub gerade so etwas? Fritzi zuckte mit den Schultern, mußte sich beim Schulterzucken zuschauen, mußte sich sagen, daß er unfair war. Andreas würde schon wissen, warum er gerade das fragte. Seine Frage war anscheinend wichtig. Seine Frage hieß: Erzähl es nicht Susanna.

»Ich schweige wie eine Familiengruft«, sagte Fritzi und hätte gern noch gefragt, warum er nichts sagen sollte, und hätte gern noch gewußt, warum er nicht fragte. Er steckte den Kamm ein, zog das Tweedsacko über und verließ Eisberg und Sohn.

Im Auto, auf der Fahrt zum Flugplatz (sehr langsam ging es, rote Welle überall, und ein kleiner Unfall mit Sachschaden, bei dem ein Beteiligter nach der Polizei schrie und den fließenden Verkehr damit behinderte, was ihm der andere Beteiligte erregt vorhielt) versuchte Fritzi, Ordnung zu schaffen, auszusortieren, was ihn an der ganzen Sache anging und was ihm scheißegal sein durfte. Die Möglichkeit, Susanna die Angelegenheit zu übertragen, hatte er sich mit seinem Versprechen an Andreas leider verbaut. Vor allem aber wollte er herausbekommen, was ihn so beunruhigte, denn beunruhigt war er.

Beim ersten Tor vom Zentralfriedhof, mitten in einem Stau, war er mit dem Ordnung-schaffen so weit, daß er meinte: Die Kroupa beunruhigt mich, weil es mit der demnächst Schwierigkeiten geben wird. Spießer-Horsti und Silberblick-Regina fallen in Ohnmacht, wenn sie draufkommen, was ihr minderjähriges Kindchen treibt. Und ich leg keinen Wert drauf, mit dem Schleimscheißer und seiner klavierbeinigen Tante darüber zu streiten, wie man sich jugendlicher Erotik gegenüber verhält!

Beim zweiten Tor vom Zentralfriedhof wußte Fritzi, daß ihn noch etwas beunruhigte. Etwas, das ihn eigentlich, sagte er sich, gar nichts anging. Aber warum hatte er keine Michi-Mädchen-Beine über dem grünen Samt baumeln gesehen? Was findet sein Sohn an der Kugel? Schätzt er die enormen Brüste mit den großen, dunkelbraunen Brustwarzen? Andreas fixiert auf Riesenbusen? Oder baumeln da jeden Nachmittag andere Beinchen?

Am Flughafen dann, wie er schon durch die Halle ging, fiel Fritzi ein, daß das alles nur die sehr vordergründigen Beunruhigungen waren. Wußte plötzlich, was ihn wirklich störte: Es störte ihn, daß die Kroupa Gabi nackt gewesen war und der Andreas angezogen.

Freundliche Erotik kann so nicht sein. Der Andreas hatte die Kugel einfach ausgepackt!

Ausgepackt und angeschaut und angegriffen!

Weber verzollte nie etwas, also stellte sich Fritzi beim Ausgang ohne Zöllner auf und schaute durch die mit

Blumengirlanden verzierte Glasscheibe, schaute den Koffern zu, die langsam heranrollten und wieder wegrollten, weil noch niemand da war. Jetzt kamen Leute. Lauter Männer und Frauen.
Die Linienflüge gehören den Männern. Einer gewissen Kaste von Männern, den Stahlrahmen-Köfferchen-Männern, den Blau-Ulster-Männern.
Einer wie Weber, im Leder-Architekten-Clan-Anzug, fiel da schon auf unter den leitenden Vertreter-Herren. Wie ein Clown in der Tragödie wirkte er, wie der Fotoreporter auf der Leiche.
Und wiff genug war er auch nicht. Die Blau-Ulster hatten schon alle ihr Gepäck, schritten schon aus dem Foyer, nur Weber stand noch beim Fließband und wartete, weil seine Reisetasche wieder davongerollt war, während er der Einzeldame mit ihren sieben Hutschachteln behilflich gewesen war.
Fritzi war nie gierig darauf gewesen, einen Sohn zu haben. Erst langsam hatte er sich an den Burschen gewöhnt und mochte ihn nun. Und wollte, daß es ihm gutgeht. Ohne freundliche Erotik kann es keinem Menschen gutgehen. Man muß etwas unternehmen, dachte Fritzi.
Weber hatte seine Reisetasche! Er wieselte zum Ausgang, begrüßte Fritzi, klopfte ihm auf die Schulter, grinste. Fritzi fragte, wie es so war, und hätte unheimlich gern gefragt, was der Weber von Sex hielt, bei dem einer nackt und einer angezogen ist, doch Weber war nicht der richtige Mann dafür! Der kalauerte doch bloß herum. Vielleicht mit Susanna reden? Trotz des Versprechens? Über Andreas und Sexualität kann man aber mit Susanna nicht reden. Da hat sie eine Meise, das hat er früher schon bemerkt. Ihr Andi, das geschlechtlose Wesen! – Ausgeschlossen, lieber Fritzi, da leg ich meine Hand ins Feuer: Der Andi doch

nicht! Ein Kuß hinter der Haustür vielleicht, aber sonst doch nichts! – Ob sie sich vielleicht gefälligst daran erinnern könne, was sie seinerzeit mit ihm getrieben habe im Park und hinter den Haustüren, und nicht einmal noch fünfzehn waren sie! Ob sie das vielleicht für verwerflich hält? – Natürlich kann sie sich daran erinnern, und verwerflich war es nicht. Aber der Andi ist eben noch nicht so weit. Sie fühlt das, schließlich ist sie seine Mutter, wenn sie es nicht fühlt, wer denn sonst?... Nein, mit Susanna darüber zu reden, war völlig sinnlos. Überhaupt, Susanna und er und Sex! Da wären seit Jahren wohl zuerst einmal die eigenen Angelegenheiten zu besprechen!
Weber fragte Fritzi, ob sie gleich jetzt ins Büro müßten, ob sie nicht vorher essen gehen könnten. Er hatte nämlich riesigen Hunger. Im Flugzeug aß er aus Prinzip nichts. Das Hühnerbein Marke AUA im Plastikkoffer war ihm ein Graus, und überhaupt mochte er die Fluglinienfreßbetreuung nicht. Kaum saß man drin und hatte sich angeschnallt, fuhren sie schon mit den Rollwagen vor und hielten einem bis zum Aussteigen unter Nahrung. Nach einem Beuschl mit Knödel sehnte sich Weber; wer wochenlang in Norddeutschland war, hat solche Gelüste.
Fritzi fuhr den Weber zur *Goldenen Glocke* und nahm sich vor, von dort Evelin anzurufen. Vom Büro aus, ruft er Evelin nicht gern an. Sepp und Weber, und der Chef auch, wissen zwar, daß er eine Evelin hat, aber er mag das Vertrauliche nicht, das sie dann kriegen. Fast-Kumpanen, theoretische, werden sie dann. *Seine* Evelin, *ihr* Silberstreifen am Horizont. Evelinen gibt es ja genug. Kann er – könnten sie auch. Nur sind sie noch nicht so weit. Sie müssen noch dauernd fragen: Ahnt Susanna? Weiß Susanna? Was sagt sie, wenn du erst nach Mitternacht kommst? Was kostet dich das Mädchen? Nicht aus Neugier fragen sie. Sie

brauchen die Antworten, um ihren Silberstreifen realistisch ausgestalten zu können. Besser, man weiß, auf was man sich einläßt, wenn man sich mit einer einläßt. Man kann nicht nur durch Schaden klug werden, man kann auch durch Fritzis Erfahrung klug werden. Nur gut durchkalkuliert wollen sich die Scheißer auf Evelinen einlassen!
In der *Goldenen Glocke* hatten sie das Beuschl von der Speisekarte gestrichen, und Krautfleckerln, flüsterte ihnen der Ober zu, seien wirklich nicht anzuraten. Der Weber greinte, daß er quer durch Europa nur mehr Pfeffersteaks ins Maul bekam, erzählte, daß er in einem runden Dutzend norddeutscher Lokale kniefällig um Labskaus eingekommen war – aber Schnecken, Labskaus oder Beuschl nirgendwo vorhanden. Überall Pfeffersteaks! Weber entwarf eine scheußliche Vision von einem Mitteleuropa, wo es nur mehr Steak-Houses, Pizzerien und die verdammten Jahn-Hendln gab. Und setzte an zu einer Rede über Hendl und Hendl, über »Biafra-Hendl« a la »Wienerwald« und dem Hendl, dem göttlichen Vieh, welches Gras und Würmer und Käfer fressen darf, friedlich im Sande scharrend, erregt durchs Gras laufend, und – was dem Weber am wichtigsten schien – vom großen Gockel mehrmals täglich bestiegen wird. Weber schwor, daß reges Hühnergeschlechtsleben einer Hühnerbrust erst so richtig Saft und Kraft gibt.
»Und wie steht es bei dir zu Hause?« fragte Weber auf einmal, sich selbst in der Hendl-Rede unterbrechend. »Alles zum Besten, Fritzi?«
Fritzi, tatsächlich darüber sinnend, wie, chemisch gesehen, Geschlechtsverkehr in Fleischgeschmack übergehen könnte, war auf die plötzliche Frage nicht gefaßt, murmelte: »Fatal steht es!«
Weber hakte sofort ein, wollte wissen, was sich tat, tippte auf eifersüchtige Susanna, auf alles wissende Susanna.

Nur um diesen Unsinn zu entkräften, erzählte Fritzi dem Weber von den baumelnden Beinchen, und der Weber lachte. »Wie der Vater, so der Sohn«, kicherte er. »Ja, ja, Fritzerl, einmal kommt der Tag, wo wir merken, daß der Nachwuchs auch schon im Geschäft ist! Das ist eben hart, Fritzerl!«
Fritzi schilderte dem Weber detailliert und haargenau, was er gesehen hatte, nur damit der Weber endlich kapierte, worüber er sich Sorgen machte.
Der Weber hörte ihm zu, kicherte nicht mehr, schüttelte aber den Kopf. »Fritzerl, dein Papa hätt deine Kindergschpusi auch net goutiert! Keinem Papa, Fritzerl, gefällt's, wenn die Kinder bumsen, das ist schon so, und nichts kann man da ändern!« Der Weber seufzte. »Wennst a bisserl fortschrittlich sein willst, Fritzi, dann misch dich nicht ein. Hast eh das Richtige tan, wennst nix tan hast, glaub ma das, Fritzerl!«
Der Ober brachte das Pfeffersteak, und Weber betrachtete melancholisch den Fleischklumpen und verdächtigte ihn, ein durch den Steakmaster gedrehtes, lange in Öl gelagertes Stück Gulasch zu sein. »Sechshundert Kilo Ochs, Fritzerl, haben leider nur sechs Kilo Filet, nie im Leben, Fritzerl, ist ein Filet so langfaserig, das ist kein Filet, Fritzerl, das ist ein Betrug!«
Der Weber haute die Gabel in den Fleischklumpen, setzte das Messer an, wollte gar nicht mehr auf den weichgeklopften, ölgelagerten Brocken schauen, schaute den Fritzi an und sprach: »Mein Neffe, Fritzerl, der Bub von meiner Schwester, der ist homosexuell. Was willst tun? Nix kannst tun. Nie kannst was tun, Fritzerl!«

Der Grossvater

Seit Monaten hielt der Großvater keinen Mittagsschlaf mehr, obwohl er nach dem Essen immer sehr müde war. Er zwang sich dazu, wach zu bleiben, herumzugehen, etwas zu tun. Mit dem Schlaf mußte er vorsichtig umgehen, sparsam sein. Mehr als fünf Stunden pro Nacht waren nicht mehr möglich. Normal für sein Alter, hatte der Arzt gesagt. Aber besser, er schlief die fünf Stunden in der Nacht. Schlief er auch am Nachmittag, lag er in der Nacht stundenlang wach, und das waren Stunden, vor denen er sich fürchtete, weil er in diesen Stunden Angst hatte. Das Atmen fiel ihm dann schwer, der linke Arm tat ihm weh bis hinunter zu den Fingern, die Füße waren taub, und in der Brust brannte, stach und drückte es. Ein ekelhaftes Brennen kam auch vom Magen hoch in den Hals hinauf, und dann war überhaupt nichts mehr da von der geduldigen Einsicht, mit der er tagsüber an die Endlichkeit seines Lebens denken konnte. Nur Angst und der Schmerz waren dann da. Im Zimmer war es nie dunkel, die Straßenlampen und die Leuchtschrift von gegenüber ließen ihn die Wände sehen, die Fenster, den Tisch, die Sessel und das Sofa, sogar die Bilder an den Wänden. Doch wenn die Angst da war, rückten die Wände mit den Fenstern und den Bildern weg, mitten in einem Riesensaal lag er dann, auch Tisch und Sofa unendlich weit weg, nicht einmal mehr das Wasserglas am Nachkastel war erreichbar. Er schwitzte und zitterte. Er befahl sich, ruhig zu werden, jede Panik zu vermeiden, zwischen sich und dem Schmerz zu unterscheiden, den ganzen, entsetzlichen Riesensaal nicht zur Kenntnis zu nehmen. Nur selten gelang es ihm. Es gelang nur, wenn er den Arm, der bis in die Finger hinunter weh tat, nach dem unerreichbaren Wasserglas

ausstreckte, das Glas auch wirklich zu fassen kriegte, den Oberkörper auch so weit heben konnte, daß er das Wasserglas an die Lippen bekam. Dann kamen die Wände wieder zurück, und die Sessel und der Tisch und das Sofa. Die Fenster und die Bilder waren dann wieder da, und der Großvater konnte zwischen sich und dem Schmerz unterscheiden. Es stach in der Brust, das Atmen fiel schwer, der Arm tat weh, und die Füße waren taub.
Aber andere in seinem Alter waren längst schon tot. Und die alte Kroupa kann nicht mehr liegen. Die muß im Bett sitzen, die ganze Nacht, an zwei harte Polster gelehnt, sitzen. Die betet in der Nacht. Stundenlang betet sie. Manchmal glaubt er, ihr Beten zu hören. »Gegrüßetseisdumaria-vollergnaden-derherr-ist-mit-dir!« Dabei sind die Wände doch nicht so dünn.
Aber in der Nacht hört man eben viel, weil alles still ist. Man hört fast alles. Hört auch den Schwiegersohn nach Hause kommen. Der Fritzi hat eine kleine Schelle am Schlüsselbund. In letzter Zeit hat der Großvater die Schelle oft in der Nacht gehört: Der Fritzi hat wieder eine! Der Großvater ist sich da ganz sicher. Nur, ob Susanna das weiß, ist ihm nicht klar. Überstunden-Kaffeehaus-Saufereien, daran kann man schon glauben, wenn man unbedingt will. Will sie? Oder will sie nur mit ihm nicht darüber reden?
Auch eine Millionenstadt ist ein Nest. Immer ist da jemand, der jemanden kennt, der alles genau weiß. Dem Prowaznik hat die Nichte gesagt, daß sie eine Freundin hat, die im Büro mit einer zusammensitzt, die eine Liebschaft mit dem Ingenieur Schubert hat. Einen schwarzen Kater hat ihr der Schubert geschenkt, und Evelin heißt die angeblich.
»Blödsinn«, hat der Großvater zum Prowaznik gesagt, »alles Blödsinn.« In genau demselben Tonfall, uninteressiert und ungläubig, in dem er vor einem Jahr zum Alois

»Blödsinn, alles Blödsinn!« gesagt hat, als ihm der vom Fritzi und einer Frau Burg erzählt hat. Es interessiert den Großvater wirklich nicht. Der Fritzi soll tun, was ihm Spaß macht. Früher – seine Frau, die hat das immer erregt. Die war immer Partei. Alles für Susanna. Nichts gegen Susanna. Hat so was auch gleich Susanna erzählt und Ratschläge erteilt. Saudumme Ratschläge. Die haben alles nur schlechter gemacht. Fritzis Liebschaften gehen den Großvater nichts an.
Ihn geht nur Andreas etwas an. Und darum geht ihn auch die Kroupa Gabi etwas an. Er ist ja nicht blöd, er merkt doch, daß da was los ist. Er muß mit Andreas reden.
Aber das ist nicht so leicht. In den langen Nächten, wenn die Angst endlich weg ist, denkt er sich Sätze aus, verwirft sie später wieder, hat dann, schon nahe an den friedlichen Träumen, ein paar Sätze beisammen, die zu sagen wären – und merkt am nächsten Tag beim Frühstück, daß die auch nicht taugen.
Einfach wäre es zu sagen: »Andi, such dir eine andere! Die Kroupas werden Schwierigkeiten machen, die Gabi ist zu jung, verstehst du, und die Leute, die sind Spießer!«
Oder: »Andi, mit einer, die man nicht mag, nicht richtig mag, treibt man es nicht! Das ist unmoralisch!«
Aber der Großvater will keine Zensuren verteilen, und Liebesangelegenheiten sind immer unmoralisch, einer gibt, einer nimmt, einer hat was davon, einer zahlt drauf.
»Besonders, wenn man sehr jung ist«, sagte der Großvater laut. Er spülte sein Kaffeeheferl ab, tat den Brotwecken ins Nylonsackerl, wischte mit der Hand die Brösel vom Küchentisch und stellte die Butter in den Eiskasten. Dann nahm er die Schlüssel von der »unteren Wohnung« – er sagt immer »untere Wohnung« – und ging hinunter. Er überlegte, was er kochen sollte. Fisolen hatte er gestern gemacht,

Gulasch vorgestern. Manchmal mochte der Andreas auch etwas Süßes. Aber eben nur manchmal, und dann ganz plötzlich. Vielleicht hatte ihm Susanna aufgeschrieben, was er kochen sollte. Hin und wieder tat sie das. Der Großvater suchte in Susannas Küche nach einem Zettel, fand auch einen.

Lieber Papa, stand darauf, sei so gut und trag mir das blaue Kostüm in die Putzerei, und wenn du sehr lieb bist, dann geh nach dem Mittagessen zum Horsti rauf und frag ihn, ob er dem Andi Nachhilfe geben kann. Ganz egal, ob der Andi will oder nicht.

Drei Rufzeichen hatte Susanna dahinter gemacht und unterstrichen hatte sie »ganz egal«.

Na schön, würde er den Horsti fragen.

Aber den Andreas würde er vorher fragen.

Ganz egal, ob er wollte oder nicht – so ging das nicht! Und wenn er ihn dann fragt, dann kann er vielleicht – so ganz nebenbei – mit ihm über die Gabi reden. Und Linsen mit Speck wird er kochen. Vor Linsen mit Speck hat dem Andi noch nie gegraust.

Hinter dem Türl, wo die Stielgläser standen, war auch die alte Zuckerldose mit dem Haushaltsgeld. Der Großvater zählte das Geld. Es fehlte ein Hunderter. Seit gestern nachmittag, seit er Geld für den Schinken herausgenommen hatte, war doch nichts mehr eingekauft worden. Wahrscheinlich hatte sich Andreas den Hunderter genommen. Und Susanna würde Krach schlagen. Wenn nur mehr so wenig Geld in der Zuckerldose war, merkte sie, daß etwas fehlte. Sollte er einen Hunderter dazulegen? Er griff nach dem Geldbörsel in der Hosentasche, öffnete es und zögerte.
– Was ist, wenn Susanna den Hunderter genommen hat? Dann merkt sie, daß er etwas dazugelegt hat und weiß auch genau, warum er das getan hat, sagt dann zu Fritzi: Der Alte

hat schon wieder Schutzengel gespielt! – Der Großvater holte den Hunderter aus dem Geldbörsel. Hunderter dreimal zusammengefaltet, er streifte ihn glatt, legte ihn in die Zuckerldose. Zuviel Geld hatte Susanna noch nie gestört. Zuviel Geld fiel Susanna nämlich gar nicht auf. Sie machten aus dem Burschen einen Dieb, weil sie ihr Geld nur zählten, wenn sie knapp dran waren.
Susanna hatte ihnen nie Geld genommen. Sie hatten immer nachgezählt. Waren ja auch immer knapp dran gewesen. Susanna hätte ihnen die Butter vom Brot gestohlen. Andreas stahl ihnen den siebenundvierzigsten Messingbeschlag vom Vorzimmerschrank. Susanna *hatte* sich ausgekannt im Leben. Susanna kennt sich aber nicht mehr aus im Leben. Das muß irgendwann einmal angefangen haben, und er hat es nicht bemerkt. Sehr lange war Susanna Hoffnung gewesen. Nicht nur: was er nicht hatte, sollte sie bekommen, auch: was er nicht denken konnte, sollte sie denken lernen. Was er nicht verstand, sollte sie begreifen. Wo er nicht genug Mut gehabt hatte, sollte sie tapfer sein. Wo für ihn kein Glück gewesen war, sollte sie ums Glück kämpfen. Schief und krumm war alles gelaufen. Kein Kampf, kein Mut, kein Verstand – und Gedanken ausschließlich um Messingbeschläge und Bauerntruhen und Wohnlandschaften und Teppichböden.
Er konnte es nicht begreifen. Da war eine Generation, die es viel leichter hatte! Und gescheit war sie doch immer gewesen. Und viel hübscher als der Durchschnitt. Und überall beliebt. Die Voraussetzungen waren gegeben gewesen.
Andreas war nicht einmal heiter. Auch nicht gescheiter als die anderen. Hübscher allerdings. Aber das half ihm nichts. Mut, Tapferkeit, Denken – der Großvater war bescheiden geworden und forderte es in der letzten Generation schon

nicht mehr ein. Hoffnung war keine mehr da. Auch nicht auf Glück. Solange es ihn gab, wollte er die Umstände mildern, die Schwierigkeiten ebnen, alles ein bißchen erträglicher machen. Irgend jemand mußte die Schuld daran haben, daß das Leben für seinen Enkel nicht so geworden war, wie er sich das vor vielen Jahren erwartet hatte. Nicht nur für seinen Enkel, für alle Enkel.

An einem Enkel, einem Vater und einem Großvater konnte das nicht liegen. Ein Enkel, ein Vater und ein Großvater konnten da nichts ausrichten.

Einmal, das ist jetzt schon wieder lange her, da hatte einer mit einer Hacke ein Auto angefallen. Draußen vor der Stadt. Aus dem Gebüsch am Straßenrand ist der gesprungen, auf das fahrende Auto einfach los. Ein betrunkener Schriftsteller ist das gewesen, haben sie gesagt. Und ewig ist es her. Der Großvater interessierte sich nicht für Schriftsteller, kannte auch den Namen von dem mit der Hacke nicht mehr. Aber der Großvater liest jeden Tag die Zeitung, ganz genau liest er, auch den Sport, den er nicht leiden kann, und den Wirtschaftsteil, über den er sich ärgert, und den Kulturteil, der ihm gleichgültig ist. Und da las er alle paar Jahre einmal einen Namen und wußte plötzlich: Das war der mit der Hacke! Und nicht nur, wenn er den Namen wiedererkannte, dachte er an den. Oft fiel ihm der ein. Wie sie ihn an seinem Geburtstag mitgeschleppt hatten, aus der Stadt weg, zum Essen im Grünen, im Freien und Vollgeparkten, da ist ihm der mit der Hacke wieder eingefallen. Fritzi hat ihm den Namen gesagt. Aber Fritzi hat auch nicht gewußt, was aus dem geworden ist. Was der heute denkt? Ob der heute noch eine Hacke hat? Er wird ein Auto haben, hatte Susanna gemeint, und gegen die, die ihm sein Auto kaputtmachen wollen, mit einer Hacke angehen.

Der Großvater, Linsendosen öffnend, Linsenwasser abgießend, hinterher Speck klein schneidend, fragte sich, ob Autos zerhacken ein Anfang hätte sein können. Und was nachher hätte kommen müssen, damit es ein Anfang geworden wäre. Er hatte keine Antwort. Sooft er sich auch fragte; denn er blieb immer bei dem Problem stecken, welcher Generation er die Schuld geben sollte.

Susanna oder er?

Der Großvater wollte sich von Schuld frei sprechen. Alle Großväter wollte er freisprechen:

Babys bei Franz-Josef und ein Krieg mit viel Hunger.

In die Volksschule waren sie gekommen, als die Massen von Beamten, Angestellten, Kleinbürgern und Bauern unter dem Eindruck des verlorenen Krieges sozialdemokratisch gewählt hatten.

In die Bürgerschule hatte man sie geschickt, als die Massen von Beamten, Angestellten, Kleinbürgern und Bauern in das Lager der bürgerlichen Parteien zurückgekehrt waren.

»Aber Wien war rot! Ein Stück Sozialismus!«

Der Großvater sagte es laut vor sich hin.

»Eine sozialistische Insel! Ein Jahrzehnt Erleichterungen und Verbesserungen. Was wir auf Jugendhorte verwenden, ersparen wir an Gefängnissen – lauter Illusionen«, sagte der Großvater.

In den langen Nächten ohne Schlaf hatte er sich das zurechtgelegt und geordnet. Vor sich selber sagte er es immer wieder auf, immer wieder: »Lauter Illusionen! In der Wirtschaft hat doch die Bourgeoisie geherrscht, und der ganze Staatsapparat war in den Händen der Reaktion, und die Finanzen sind den Auswirkungen der kapitalistischen Wirtschaftskrise unterlegen. Was hätten wir denn tun sollen! Arbeitslos waren wir, bevor wir richtig zu arbeiten begonnen haben: Versicherung – Unterstützung – Notstandshilfe – ausgesteuert!«

Sechzehn war der Großvater, als der große Streik war, als der Justizpalast brannte. Warum sie damals die Waffen nicht ausgegeben haben, weiß er heute noch nicht. Was die Kommunisten dazu sagen, will er noch immer nicht glauben. Was die Sozialdemokraten dazu sagen, kann er noch immer nicht glauben. Dabei hätte er genug Zeit gehabt, darüber nachzudenken. Zuerst arbeitslos, dann eingesperrt wegen illegaler sozialistischer Arbeit, auch im Krieg – oft genug Zeit zum Denken!

Und doch ist er nie zum Nachdenken gekommen. Wollte einfach nicht. »Geborener Sozialdemokrat!« hat ihn der Meisl, der Kommunist, immer geschimpft.

Aber der Meisl hat auch nicht recht behalten. Seit Stalin hält der den Mund. Und seit Prag ist er nicht mehr in der Sektion gewesen, hat er dem Großvater gesagt. Aber da hat der Meisl schon recht gehabt, daß der Großvater immer zuviel Loyalität zur Partei gehabt hat. Und später, aus Wut über die Nazis, diese Verklärungssucht! Alles war besser als die! Wirklich alles! Und immer noch der friedliche Weg zur Macht! Nein, jetzt nicht mehr. Seit Chile nicht mehr. Seit Allende tot ist, kann der Großvater nicht mehr an den friedlichen Weg glauben. Solange Allende da war, hat er dem Meisl sagen können: »Es geht, du siehst doch, daß es geht!«

Jetzt geht es nicht mehr.

Der Großvater möchte das gerne mit jemanden bereden. Andreas interessiert sich nicht dafür. Susanna will nichts davon hören. Der Fritzi ist zu reden bereit. Aber der Fritzi kann an nichts glauben. Der sehnt sich nach nichts. Der ist Susanna ohne Messingbeschläge. Der Fritzi lacht, wenn sein Chef die Beamten schmiert, um öffentliche Aufträge zu bekommen, lacht, wenn ein Supermarkt ausgeräumt wird, wenn die Leute stehlen, lacht, wenn die RAF eine Bank

ausräumt, wenn die Gewerkschaft gegen einen Streik ist, wenn der deutsche Bundesstaatsanwalt umgebracht wird. Lacht auch, wenn der Bundeskanzler einem SSler die Hand zur Freundschaft reicht. Der Fritzi hat einen anarchistischen Humor. Und dem Großvater ist nicht einmal klar, ob es der Fritzi ernst meint, wenn er behauptet, daß die Amis ihre radioaktiv verseuchten U-Boote samt verseuchter Besatzung im Bermuda-Dreieck zu versenken belieben. Alles ist möglich, weiß der Großvater. Es ist möglich, daß auch Fritzi alles für möglich hält.
Der Großvater suchte ein Lorbeerblatt; denn Linsen ohne Lorbeerblatt schmecken nach nichts, Linsen ohne Lorbeer kochte nur Susanna. Der Großvater fand das Lorbeerblatt, roch daran, roch gar nichts, nichts hatte mehr Geruch; der Großvater legte das Lorbeerblatt auf die Linsen und begann, wieder einmal mit dem zu reden, der nicht da war.
»Wir haben kaum Chancen gehabt«, sagte der Großvater zu dem, »wirklich nicht! Und nach dem Krieg? Da war es zu spät. Nach Stalin war bei uns nichts mehr zu machen«, sagte der Großvater zum Lorbeerblatt.
»Wer zu Fuß nach Moskau geht und wieder zurück«, sagte der Großvater zu den Linsen, »der ist für den Sozialismus verloren.«
Er schüttelte den Kopf, fand sich kindisch. Fast siebzig, und die Hoffnung noch immer nicht aufgegeben!
»Es ist nicht mehr meine Sache«, erklärte der Großvater dem kleingeschnittenen Speck. »Es geht mich nichts mehr an.«
Beim Wirt, der Sedelmeier, als er mit dem Sedelmeier darüber hatte reden wollen, hatte der Sedelmeier nur gesagt: »Franz, demnächst sind wir tot! Die soll'n sich aufhängen!«
Von der Schuldfrage hatte der Sedelmeier nichts wissen

wollen. Hatte gar nicht verstanden, was der Großvater gemeint hatte.
Der Sedelmeier war mit dem Großvater seinerzeit in der sozialistischen Jugend gewesen, und nach 1933 waren sie zusammen eingesperrt gewesen, im Ständestaat. Der Sedelmeier hätte das verstehen müssen, aber der Sedelmeier hatte sein eigenes Problem. Das eigene Problem waren seine Zehen. Alle zehn Zehen waren weg. Seit dem kalten Winter in Rußland. Er hatte den Krieg nicht ausgehalten. Er hatte Angst gehabt. Er war fest davon überzeugt gewesen, nicht mehr lebendig nach Hause zu kommen, wenn er nicht etwas unternimmt. Und da hatte er sich auf einen Lastwagen gesetzt, obwohl das streng verboten war, und hatte seine Beine vom Lastwagen hängen lassen, so lang, bis alle Zehen abgefroren gewesen sind.
Das hatte gar nicht lang gedauert.
Im Lazarett dann hatten sie ihm die Zehen weggeschnitten, und hinterher ist er vor das Kriegsgericht gekommen und dann zu einer Strafeinheit, wegen Selbstverstümmelung. Alles ist für die Katz gewesen. Und seit fünfunddreißig Jahren humpelt er nun in Spezialschuhen herum und fragt sich, ob das damals unsinnig gewesen ist, ob er nicht auch eine Chance gehabt hätte, samt zehn Zehen aus dem Krieg heimzukommen. Jedem erklärt er den damaligen Frontabschnitt und die Lage seiner Einheit.
Alle Toten zählt er auf.
Und dem Großvater neidet er die Hühneraugen auf den alten Zehen. Das ist dem Sedelmeier sein eigenes Problem. Mit dem muß er fertigwerden. Alles andere hat er vergessen, und wenn der Großvater »Kapitalismus« sagt, dann sagt der Sedelmeier, der Großvater soll die uralten Geschichten bleiben lassen.
Vor fünfzig Jahren hatte der Sedelmeier in seinem Unter-

mietekabinett ein Bild von der Rosa Luxemburg hängen. 1934 hatte er es dann heruntergenommen und verbrannt, aus sehr vernünftiger Angst. Jetzt hat der Sedelmeier in seinem Kabinett ein kreuzgesticktes Bild, das hat seine Tochter selber gemacht, Sonnenblumen in einer blauen Vase sind darauf. Von der roten Rosa gibt es keine Kreuzstickvorlagen.
Der Großvater weiß das alles genau. Trotzdem fängt er mit dem Sedelmeier, wenn er ihn im Wirtshaus trifft, immer wieder von den alten Geschichten an. Der Großvater möchte sich auskennen, bevor er stirbt. Vegetieren-krepieren und nicht erkannt haben, wer da mit wem was gespielt hat, das hält der Großvater für Sünde. Für eine der wenigen Sünden, die er gelten läßt.
Die alte Kroupa in der Wohnung nebenan betet. Der Fritzi lacht. Susanna gähnt. Andreas will von nichts etwas wissen, und alle anderen sind tot. Der Großvater muß sich mit dem Sedelmeier begnügen. Oder mit dem, der gar nicht da ist.

Andreas ist sich nicht klar, warum er nicht mehr in die Schule geht. Ganz plötzlich ist das gekommen. Am Morgen, im Badezimmer, gähnend, vor sich hinfluchend, hatte er noch an die Tristesse der bevorstehenden Lateinstunde gedacht und ohne Aufregung an die nachfolgende Mathestunde, für die ihm die Hausübung fehlte. Zuerst waren seine Bewegungen beim Waschen träge geworden. Dann hatte er die Zähne ganz langsam geputzt und ein Haar an der Oberlippe im Spiegel beschaut, weggezupft, mit den Händen den Waschbeckenrand umklammert und dem Spiegel Gesichter geschnitten. Aber alles ohne Absicht auf irgendwas.

»Andikind, es wird spät«, hatte die Mutter aus dem Vorzimmer gerufen, beim Spiegel war sie gestanden, überprüfte ihr Make-up.

»Die erste Stunde entfällt heute«, hatte er der Mutter zugerufen und in diesem Moment wirklich gemeint, bloß der Lateinstunde und dem Alois Haber entgehen zu wollen.

»Glückliches Kind«, hatte Susanna gemurmelt. Sie hatte es eilig gehabt. Dr. Zwetterl war schon längst vor dem Haustor gewesen. Das würde er von nun an immer tun, hatte er ihr versprochen. Schließlich war es kaum ein Umweg für ihn, und ihr ersparte es eine Menge Zeit. Und ein BMW war ein bequemeres Gefährt als die Straßenbahn. Erste Früchte im Zwischenmenschlichen! Susanna war heiter gewesen. Sogar am Morgen. Sogar, wenn Andreas das Badezimmer besetzt hielt und sie ihr drittes und allerletzes Wimperntuschen vor dem Vorzimmerspiegel erledigen mußte.

»Dann tschüß, old fellow!« hatte sie gerufen und war weg gewesen. Plisseerockflatternd, brustwippend und jung wie

noch nie, an den Beinen die Strumpfhosen mit Naht. Wie vor zwanzig Jahren, sowohl Strumpf als auch Bein.
Andreas hatte, im Badezimmer gesichterschneidend, das immer leiser werdende Stöckelschuhgeklapper abgewartet, war dann ins Wohnzimmer gegangen – sollte er vielleicht doch noch einen Endspurt einlegen und sich dem Alois Haber an den Hals werfen? Irgendwoher brauchte er ja schließlich eine Entschuldigung. Gefälscht hatte er noch nie eine. Bisher, wenn er nicht in die Schule hatte gehen wollen, hatte er immer krank gespielt und Bauchweh bekommen. Das war einfach. Siebenmal aufs Klo gehen, Spülung ziehen und das Nachtmahl verweigern und Tierkohle fressen. Der Vorschlag, im Bett zu bleiben und ja nicht in die Schule zu gehen, war dann jedesmal von Susanna gekommen. Sie war keine, die bei solchen Dingen Verdacht schöpfte. Die Bauchweh-Vorbereitung war aber heute nicht möglich gewesen, er hatte ja nicht geahnt, daß er plötzlich nicht dorthin gehen konnte. Aber er konnte wirklich nicht. Es war ausgeschlossen. Es war sinnlos.
Andreas war dann zum Fenster gegangen, hatte den Zwetterl-BMW gesehen, seine Mutter einsteigen gesehen. Dann war die Gabi aus dem Haus gekommen, hatte die Straße überquert. Er hatte hinter ihr hergeschaut und an den gestrigen Tag gedacht. Blödsinnig, wie plötzlich Fritzi-Vater in der Tür gestanden war. Wie er »guten Tag« gesagt hatte. Ob er noch einmal davon reden würde? Vielleicht hatte er schon wieder darauf vergessen. Er vergaß ja viel. Und viel interessierte ihn auch gar nicht.
»Keine Schule heute?«
Andreas drehte sich um: Fritzi, nackt und gähnend, mitten in den Grünsamtenen, kratzte sich den Hintern, blinzelte verschlafen.
»Später«, sagte Andreas.

»Kaffee?«
Andreas nickte und ging in die Küche. Der Vater folgte ihm. Der Vater mußte sehr spät nach Hause gekommen sein. Nur wenn er sehr spät kam, blinzelte er so. Aber betrunken war er nicht gewesen. Seine Augen waren nicht rot. Und die Lider nicht verschwollen.
»Ein Ei?«
Der Vater nickte, nein, getrunken hatte der garantiert nicht. Nach betrunkenen Nächten grauste ihm vor Eiern.
Andreas holte ein Reindl für die Eier heraus, setzte das Kaffeewasser auf.
Der Vater lehnte am Türstock, gähnte, murmelte: »Kann ich doch auch«, tapste in die Küche herein und nahm Andreas das Reindl weg. »Du auch?« und »Mit oder ohne?« Verstümmelte Morgensprache eines Nachtmenschen, verständlich nur für Insider. Kopfbewegung zur Tiefkühltruhe hin hieß soviel wie: Haben wir Brot, oder toasten wir uns Semmeln auf?
Andreas nickte und holte zwischen versteinerten Marillen und hartgefrorenem Bauernspeck den Semmelbeutel hervor, drehte das Backrohr auf. Eilig hatte es der Vater anscheinend nicht. Kratzte und blinzelte und gähnte wieder und deckte den Küchentisch, als ob einer von ihnen Geburtstag hätte, mit Untertassen und Servietten und stellte den Blumenstock in die Mitte.
Andreas schaltete die Kaffeemühle ein. Das Mahlwerk schnarrte los, tat dem Vater in den Ohren weh, machte ihn aber munter; er gähnte ein letztes Mal, ging dann zum Fenster und schaute in den Hof hinunter. Den Hof mochte er. Der Hof war im vertraut. Seit er denken konnte, mochte er den Hof. Als er noch gegenüber gewohnt hatte, im Fünfzigerhaus, hatte er diesen Hof schon geliebt. Damals hatte er auch Susanna geliebt.

An der Fensterscheibe rieselten langsam hellgraue Flocken vorbei. Staubwuwer vom Kroupabesen. »Sau die«, sagte Fritzi und war nun ganz munter. Und konnte wieder Sätze sagen. »Muß die verdammte Sau ihren verdammten Besen dauernd beim Fenster ausputzen?«
»Tut sie doch jeden Morgen«, sagte Andreas. »Die sind eben eine saubere Familie. Kein Fuzerl Dreck ist bei denen!« Andreas grinste. Andreas wollte auf einmal über gestern reden. Mit seinem Vater über die Gabi reden und beim Reden auf etwas draufkommen. Klarheit durch Reden. Das mußte doch möglich sein. Nur der Anfang war schwer.
Das Kaffeewasser brodelte. Fritzi füllte den Filter mit Kaffee. Andreas goß Wasser über den Kaffee. Sie standen und starrten in den schwarzen, blubbernden Sud.
»Wie kann ich denn die Gabi loswerden?« fragte Andreas und ärgerte sich, weil das grundfalsch gefragt war. Darum ging es ja gar nicht.
»Einfach ignorieren ist immer am besten«, sagte Fritzi und ärgerte sich, weil das eine dumme Antwort war.
»Sie kommt aber und klingelt und will.«
Was grundfalsch anfängt, geht auch grundfalsch weiter.
»Echt?« Fritzi staunte. »Mach einfach die Tür nicht auf!«
Eine kleine Chance, das Gespräch in die richtige Richtung zu treiben.
»Wenn sie aber klingelt, dann...« Andreas zögerte.
»Was ist dann?« Fritzi fragte voll Interesse. Er hatte nichts gegen die richtige Richtung.
»Dann will ich sie!«
»Echt?« Fritzi staunte wieder. »Warum?«
Andreas zuckte mit den Schultern. Darum ging es ja. Das will er ja selber wissen!
Fritzi seufzte. Der Kaffee war durch den Filter. Fritzi nahm

die Kanne, wanderte zum Tisch, Andreas hinter ihm her. Fritzi schenkte Kaffee ein, und Andreas wartete auf eine gescheite Antwort. Fritzi-Vater war ein erwachsener Mann, angeblich hatte er schon viele Frauen gehabt, angeblich hat er noch immer welche, nicht nur die Mutter. Fritzi muß das erklären können!

Fritzi ging zum Backrohr, holte die Semmeln raus, verbrannte sich die Finger an den heißen Semmeln, fluchte und fragte: »Nimmt sie wenigstens die Pille?«

Was sollte denn das? Andreas schaute den Vater ratlos an. Warum sollte die Gabi die Pille nehmen? Meinte der Alte vielleicht, daß er ganz richtigen Geschlechtsverkehr mit ihr hatte? Andreas wurde rot und merkte es und ärgerte sich.

»Ich bums doch mit der Kuh nicht«, sagte er entrüstet.

»Will sie nicht?« fragte Fritzi.

Andreas zuckte wieder mit den Schultern. Wahrscheinlich, wenn er sie sehr gedrängt hätte, hätte sie sicher nachgegeben. Aber Andreas hat noch nie mit einem Mädchen richtig geschlafen. Keiner in seiner Klasse hat das. Keiner in seinem Alter. Zumindest hat ihm noch keiner davon erzählt.

»Oder magst du nicht?«

Es war irre. Zuerst so etwas Ähnliches wie ein Schuldgefühl, weil er mit der fetten Gabi beim Schmusen ertappt worden war. Und nun so was Ähnliches wie ein Schuldgefühl, weil er mit der fetten Gabi nicht geschlafen hatte.

»Sowieso besser, wenn du nicht mit ihr bumst«, sagte Fritzi. »Bei der ihren Alten, das würd nur Scherereien geben. Ich sag dir«, Fritzi grinste, »halt dich da überhaupt raus, von denen kommt nichts Gutes«. Fritzi hörte zu grinsen auf. »Was ist denn mit der dünnen Blonden, die Michi heißt? Ist da nichts mehr?«

»Aus ist es!« sagte Andreas. »Einen anderen hat sie!«

Andreas hatte plötzlich eine Wut auf Fritzi-Vater. Eine

große Wut. Der andere, den die Michi jetzt hatte, war nämlich eher Fritzi als Andreas. Auto wie Fritzi. Geld wie Fritzi. Mann wie Fritzi. Kleineres Auto, weniger Geld, weniger Mann, aber jedenfalls erwachsen. Jedenfalls, dachte Andreas, würde die Michi eher Fritzi-Vater nehmen als ihn.
»Einen mit Geld und Auto hat sie«, sagte Andreas. »Einen, der sie zum Nachtmahl ausführt, eine Wohnung hat der auch!«
»Brauchst du mehr Geld?« fragte Fritzi. Blöde Frage, jeder brauchte mehr Geld.
Aber Geld alleine machte es nicht.
Andreas schüttelte den Kopf. Fritzi stand trotzdem auf, ging ins Vorzimmer, kam mit der Brieftasche zurück. Splitternackter Vater mit Brieftasche blätterte sechs Hunderter auf den Küchentisch und sagte: »Nimm nur, Knabe!«
Andreas nahm. Aber was sollte er damit? Warum gerade sechs? Und warum gerade jetzt?
»Wann gehst du denn in die Schule?« fragte Fritzi.
»Heute nicht mehr«, sagte Andreas.
Fritzi nahm es wortlos hin, trank Kaffee, löffelte seine Eier, kaute Semmel. »Ich gehe heute auch nicht«, sagte er dann, schaute auf die Uhr, hatte es anscheinend plötzlich sehr eilig.
»Wohin gehst du denn?« erkundigte sich Andreas.
Fritzi zögerte. Wollte etwas sagen, sagte dann doch nichts und stand auf und ging ins Badezimmer. Aus dem Badezimmer heraus, rief er: »Heute abend wird es vielleicht spät. Wenn Susanna fragen sollte, sag ihr, ich bin mit einem deutschen Baumeister unterwegs!«
Andreas ging in sein Zimmer, suchte seine Kleider zusammen, nickte vor sich hin. So viele deutsche Baumeister in Wien konnte es gar nicht geben. Zumindestens beim Lügen

könnte sich der Vater ein wenig mehr Mühe geben; dauernd war er in letzter Zeit mit deutschen Baumeistern unterwegs. »Vielleicht solltest du einmal einen Engländer nehmen zur Abwechselung! Damit es der Mama nicht zu langweilig wird!« schrie Andreas zum Badezimmer hin.

Drei Vormittage lang wanderte Andreas kreuz und quer durch die Stadt und kam durch Gegenden, die er bisher noch nie gesehen hatte. Er bestaunte Kirchen und Barockhäuser mit weit mehr Aufmerksamkeit, als er je dafür in der Kunsterziehungsstunde aufgebracht hatte. Besonders für Details interessierte er sich. Die Kurve, die ein barocker Schnörkel hatte, war ihm wichtig. Das kleine Muster in einer Zierleiste an einer Kirchentür. Eine Türklinke, handgeschmiedet, durchbrochen.
Gegen zehn Uhr, wenn in der Schule die große Pause war, ging er in ein Kaffeehaus und trank einen großen Braunen und las die Zeitung. Bisher hatte er kaum Zeitungen gelesen. Pünktlich wie sonst nie – pünktlicher noch als die Gabi Kroupa – kam er gegen Mittag nach Hause. Der Großvater freute sich. Am Nachmittag blieb Andreas in seinem Zimmer, las Science-fiction-Romane, die er seit langem vom Nebenmann geborgt hatte, und erklärte dem Großvater, daß er Mathematik lerne. Der Großvater freute sich. Vielleicht, schaffte es der Bub doch alleine. Dumm wäre das nicht, dachte der Großvater. Es ist doch immer am besten, einer schafft es alleine. Das gibt Selbstvertrauen! Und das mit der Gabi, dachte der Großvater, das hatte er sich anscheinend auch nur eingebildet. Mißtrauisch schalt er sich. Voll von alter, dreckiger Phantasie. Die jungen Leute waren überhaupt nicht so. Die letzten Tage hatte er genau aufgepaßt. Einschreiten hatte er wollen. Der Gabi einfach die Tür weisen. Aber keine Gabi war gekommen. Wenn er

in seinem Bett oben lag und nicht schlafen wollte, dann hörte er alle Geräusche im Haus. Es war ja auch lächerlich, sein Andi und diese stumpfe Kuh! Nein, es würde schon alles in Ordnung kommen. Es geht ja schon wieder. Sogar am Mittagessen hat der Andreas nichts mehr auszusetzen. Richtigen Hunger hatte er wieder. Wenn einer Hunger hat, dann geht es bergauf!

Am vierten Vormittag regnet es. Andreas fährt mit der Straßenbahn bis zur Endstation, steigt dann in den Anschluß-Bus um, fährt wieder bis zur Endstation, steht im naßkalten Regen, der Regen ist hier fast Schnee. Die drei, die mit ihm bis zur Endstation gefahren sind, verschwinden die Straße hinauf. Er geht einen Weg zwischen Gartenzäunen mit kahlen Sträuchern entlang. Holzhäuser überwintern hinter schwarzen Beeten, eine Krähe, die auf einem Baum hockt, kommt ihm sehr alt vor. Die Zweige, an die er streift, tropfen. Auf seinem Gesicht werden die Schneeflocken wieder zu Wassertropfen. Er wünscht sich einer zu sein, dem der Schnee und der Regen und die Krähe und die verschlossenen Häuser hinter den schwarzen Beeten angenehm sind. Einer, der aufatmend sagt: endlich. Einer, der sich das alles wünscht. Einer, der Gedanken bekommt, wenn er einer Krähe nachschaut, wenn er Schnee auf den Lippen spürt.
Er weicht den Regenpfützen nicht aus. Manchmal ist er knöcheltief im Schlammwasser, bis zu den Knien saufen sich die Jeans mit Dreck und Wasser voll und werden bockig, steif. Dann gibt es die Zäune und die Holzhäuser nicht mehr, nur eine Wiese. Der Schnee bleibt dort schon liegen. Dann ist da Wald mit viel nassem, glänzendem Laub. Und eine rotweißrote Markierung an den Stämmen. Der geht er eine Zeitlang nach.

Er sieht ein Emailschild mit einem schwarzen Pfeil und dem Hinweis auf einen zweistündigen Wanderweg bis zu einem gelbmarkierten Ziel. Er will dem Pfeil nicht nachgehen, er will die rotweißrote Markierung nicht zurückgehen. Neblig wird es auch. Er lehnt sich an einen Baumstamm und spürt plötzlich, wie naß seine Jacke ist. Er friert hundserbärmlich und will wo im Warmen sein, im Hellen, wo Leute sind. Aber er sieht nicht die geringste Möglichkeit, je wieder vom Baumstamm wegzukommen. Über zehn Minuten bleibt er so stehen, dann klappert er vor Kälte mit den Zähnen, zittert am ganzen Körper.

Er rennt plötzlich los, ohne eine bestimmte Richtung einzuschlagen, kommt zu einer Straße, die überquert er, läuft weiter durch den Wald. Jetzt schneit es dicht. Seine Kreppsohlen rutschen auf dem nassen Laub. Zweimal fällt er hin. Es schneit zum ersten Mal in diesem Winter. Und es ist das erste Mal in seinem Leben, daß er sich nicht über den ersten Schnee freut.

Mittag ist es, als Andreas in die Stadt zurückkommt. Volksschulkinder, mit Taschen auf dem Rücken, laufen nach Hause. Der Regen hat aufgehört; Schnee hat es hier gar keinen gegeben. An einer Straßenecke ist ein Wirtshaus. Andreas geht hinein. Es riecht nach verschüttetem Bier. Zwei Männer sitzen an einem Tisch; er hält sie für Installateure. Alle anderen Tische sind leer. Er steht zuerst herum, entschließt sich dann für den Tisch, der dem Ölofen am nächsten steht. Der Wirt kommt und wischt mit einem feuchten, stinkenden Lappen über die Tischplatte. »Kaffee«, sagt er, »gibt es erst am Abend. Die Espressomaschine ist noch nicht angeheizt.«

Die, die Andreas für Installateure hält, trinken Bier. Andreas bestellt auch ein Bier.

»Zu essen?« fragt der Wirt. Andreas hat keinen Hunger, hat

aber das Gefühl, hier essen zu müssen, um dem Wirt gefällig zu sein.
Die Wirtin bringt das Bier und legt ein Eßbesteck, in eine Papierserviette gewickelt, neben das Bierglas. Andreas findet ihren Blick feindselig. »Wolln's net die nasse Jacke ausziehen?« Andreas grinst blöde, steht auf, zieht die Jacke aus, legt sie auf die Sitzbank. Die Wirtin schaut noch feindseliger. »Da wird's net auftrocknen.« Sie nimmt seine Jacke und hängt sie an den Kleiderständer. In der Jacke ist die Brieftasche. Andreas hat Angst um die Brieftasche. Aber er wagt nicht, zum Kleiderständer zu gehen und die Brieftasche herauszuholen. Das könnte so aussehen, meint er, als ob er den Installateuren und den Wirtsleuten mißtraut.
Die Wirtin kommt wieder und stellt einen Teller vor ihn hin. Fettes, gekochtes Fleisch in grauer Suppe, Karottenscheiben und Kren darüber, zwei graue Erdäpfel am Tellerrand. Unmöglich kann er das essen. Nicht einmal riechen kann er das. Erst jetzt fällt ihm ein, daß der Wirt keine Speisekarte gebracht hat, auch nicht gesagt hat, was es zu essen gibt. Essen ist hier anscheinend immer so ein Fleisch-Fettberg. Aufstehen-Jacke-holen-zahlen-hinausgehen – die einzige Möglichkeit! Aber Andreas hat Angst vor der Wirtin. Die steht jetzt drüben bei der Theke vor der kalten Espressomaschine und schaut zu ihm herüber. Iß schon, heißt der Blick. So iß doch schon! Andreas wickelt langsam das Besteck aus der Papierserviette, stochert auf dem Teller herum, schneidet ein Stück vom Fleisch herunter, ein Stück, das ihm weniger fett vorkommt. Er führt die Gabel zum Mund, steckt den Fleischbrocken in den Mund. Speiübel wird ihm, noch nie im Leben hat er etwas derart Widerwärtiges im Mund gehabt, ohne es gleich wieder auszuspucken. Er versucht, den Brocken zu schlucken, würgt, Tränen kom-

men ihm in die Augen. Er greift zum Bierglas, trinkt, schwemmt den üblen Brocken hinunter.
Noch einmal schafft er das nicht. Der eine Installateur steht auf und wirft Geld in die Musikbox. Die Musikbox mag nicht. Die Wirtin geht hin, drischt der Box eins drauf: »Griechischer Wein« plärrt los. Die Wirtin freut sich und schaut nicht mehr feindlich. Der Wirt bringt Schnaps zum Installateurtisch und redet mit den beiden. Die Installateure sind Elektriker und bereit, am nächsten Sonntag dem Wirt einen Sicherungsautomaten einzubauen.
Jetzt ist eine Chance für Andreas da, endlich zu verschwinden. Er steht auf, holt die Jacke, geht zum Wirt, zahlt und rennt aus dem Wirtshaus, bevor die Wirtin den vollen Teller auf seinem Tisch gesehen hat.
Die Jeans sind jetzt weit bis über die Knie hinaus feucht. Die Jacke kommt ihm sehr schwer vor. Bei jedem Schritt schlägt ihm der bocksteife Hosenstoff gegen die Waden. Bei jedem Windstoß zuckt er zitternd zusammen. Er fühlt sich sehr krank. Er hat Sehnsucht, krank zu sein. Bettliegen, Fieber haben, zugedeckt sein, warm rundherum. Andreas geht schneller. Bett-Fieber-Decke-warm. So lang ist der Weg nach Hause gar nicht. Wenn man läuft, braucht man nur eine halbe Stunde.
Der Großvater macht ihm die Tür auf, bevor er noch den Schlüssel aus der Jackentasche geholt hat. Ob er Hunger hat? Hat er nicht. Er geht in sein Zimmer, zieht sich aus, läßt die Kleider vor dem Bett liegen, schlüpft ins Bett. Der Großvater kommt herein und hebt das nasse Zeug auf, bestaunt Schuhe und Hosenbeine, sagt: »Es regnet doch seit einer Stunde nicht mehr.« Sagt: »Da ist ja lauter Wald dran.« Sagt: »Das ist ja alles waschelnaß.« Fragt: »Warst du im Wald?« Fragt: »Warst du nicht in der Schule?« Fragt: »Warum warst du denn nicht in der Schule?«

»Ich bin krank«, sagt Andreas, schließt die Augen, hört die Großvaterschritte aus dem Zimmer gehen, zieht die Decke über den Kopf, zittert noch immer vor Kälte.
Der Großvater kommt wieder, zieht ihm die Decke weg, zwängt ihm den Fiebermesser unter die Achsel. Wartet, fünf Minuten sind lang, und niemand redet.
»Sechsunddreißig-drei«, sagt der Großvater dann. »Absolut kein Fieber, Andreas!« Freundlich klingt das nicht. Aber man kann auch ohne Fieber krank sein.
»Du warst seit vier Tagen nicht in der Schule«, sagt der Großvater. »Der Herbert hat angerufen. Ich hab gleich gemerkt, daß da etwas nicht stimmt. Ich bin doch nicht blöde. Ich hab ihm gesagt, es ist gescheiter, wenn er die Wahrheit sagt.«
Der Großvater seufzt. »Er wollte dir sagen, daß morgen oder übermorgen mit der Post ein Brief von der Schule kommen wird, weil die Entschuldigung fehlt.«
Der Großvater wartet auf eine Antwort. Andreas sagt nichts. Also redet der Großvater weiter. »Da hab ich dann gleich in der Schule angerufen und gesagt, daß das alles leider ein Mißverständnis ist, daß ich geglaubt habe, meine Tochter ruft in der Schule an, und meine Tochter habe geglaubt, ich rufe an. Sie haben es mir glauben müssen!«
Andreas sagt noch immer nichts. »Und morgen in der Früh«, sagt der Großvater, »hab ich mich bei deinem Klassenvorstand angemeldet.«
»Dann kannst du mich gleich bei dem Scheißer abmelden«, schreit Andreas, »ich geh nämlich nicht mehr hin. Überhaupt nicht mehr! Daß du es weißt!«
Der Großvater möchte gern freundlich sein, aber es gelingt ihm nicht. Drei Tage Hoffnung, drei Tage es-wird-schon-werden, es-geht-schon-wieder, und nun alles böser als vorher!

»Wegen zwei blöder Mathefünfer wirst du doch die Schule nicht aufgeben«, sagt der Großvater, »sei doch nicht so wehleidig und angerührt!«
Es ist sinnlos, dem Großvater etwas erklären zu wollen, was er selber nicht versteht. Er kann nicht mehr in die Schule gehen, die Gabi kann er nicht mehr sehen, die Michi auch nicht. Was Susanna will, ist unwichtig geworden, was Fritzi meint, ist total gleichgültig, was der Großvater sagt, geht ihn nichts mehr an. Wenn sie ihn hier nicht liegen und krank sein lassen, wird er eben aufstehen und wieder Straßenbahn fahren und im Regen und im Schnee herumgehen. Oder in einem Wirtshaus sitzen und das Wurzelfleisch nicht essen.
»Ich will einfach nicht mehr«, sagt Andreas. Er macht die Augen auf, läßt endlich die Decke sinken.
»Will nicht mehr, will nicht mehr.« Der Großvater schüttelt den Kopf. »Aufs Wollen kommt es nicht an!« Etwas Besseres fällt dem Großvater nicht ein.
»Es ist sinnlos«, schreit Andreas, »nichts hat einen Sinn! Sinnlos ist alles!«
Endlich hat er einen formulierbaren Zipfel vom ungeheurer unformulierbaren Berg erwischt.
»Nichts hat einen Sinn! In die Schule muß ich, damit ich Matura mach, und die Matura brauch ich, daß ich studieren kann, aber ich pfeif auf ein Studium und auf die Matura, also brauch ich auch die Schule nicht!«
Immer besser kriegt er den Zipfel zu fassen.
»Glaubst, ich will wie ein Idiot in einer Bank hocken oder bei einer Versicherung? Oder so einer werden wie der Papa? Genossenschafts-Fertigteile neun Stock hoch zusammenpicken? Überhaupt! Mich scheißt das alles an! Die Mama, wenn ich die nur anschau, dann graust mir! Ein Trampel ist sie! Bussi-bussi, Schatzikind, schön lerni-lerni machen! Und sonst nix! Und der Papa ist auch nicht besser, verstehst? Der

hätt überhaupt nicht heiraten sollen oder eine andere heiraten! Zum Anspeien ist das alles, wie wir leben, verstehst? Da is nix, was klass ist, nix, was eine Hetz ist!«
Der Großvater sagt, Andreas ist kein kleines Kind mehr. Was seine Eltern tun, ist doch nicht seine Sache. Er kann doch – in Grenzen – sein eigenes Leben führen. Keiner macht ihm Vorwürfe, wenn er spät nach Haus kommt, Geld kriegt er auch mehr als genug, er kann sich doch Leute suchen, die ihm gefallen.
»Kann ich?« Andreas schreit jetzt laut. »In der Schule«, schreit er, »sind lauter Trotteln«. Auf den Hammer fallen sie ihm alle, und mag er einmal wirklich eine, die Michi zum Beispiel, dann will die nach ein paar Wochen von ihm nichts mehr wissen. Lacht sich einen an, der älter ist und ein Auto hat und eine Wohnung hat und Geld hat.
»Alles, was ich kann«, schreit der Andreas, »ist, drüben zu hocken« – er zeigt zum Wohnzimmer hin – »und mit der bladen Kroupa schmusen!«
»Zwingt dich ja keiner dazu«, sagt der Großvater. Und kann nicht anders, als hinzufügen: »Ich versteh auch gar nicht, wie du dir mit der Gabi was anfangen kannst!«
»So leckt's mich doch alle am Arsch«, schreit Andreas, vergräbt sein Gesicht wieder in die Decke und rührt sich nicht mehr.
Der Großvater steht neben dem Bett und weiß nicht, was er tun soll. Viel von dem, was Andreas gebrüllt hat, versteht er, aber er begreift nicht, daß das so wichtig sein soll. Und er fragt sich, ob das wirklich die Gründe sind, weswegen Andreas so verzweifelt ist.
Das Telefon klingelt.
Der Großvater geht sehr langsam zum Telefon, am liebsten möchte er gar nicht abheben, er tut es trotzdem, Susanna ist am Apparat, der übliche Nachmittagskontrollanruf. Sie

klingt heiter, fragt nicht einmal, ob Andreas brav lernt, sagt nur, daß sie heute zum Nachtmahl nicht da sein wird, weil sie mit ihrem Chef essen geht. Spät kann es werden, sagt sie. Und fragt dann, weil der Großvater so wenig redet, ob etwas ist. Ob es ihm nicht gut geht? Aber nein, sagt der Großvater. Dann tschüß und Bussi an Andreas!
Der Großvater legt den Hörer auf und ist plötzlich unheimlich müde. Als ob er drei Stockwerke hoch – ohne Stufenpausen dazwischen – gestiegen wäre. Er setzt sich auf einen Grünsamtenen. Es wird ihm nämlich schwindlig. Die anderen Grünsamtenen fangen zu wackeln an. Fangen an, sich im Kreis um ihn herum zu drehen. Drehen sich immer schneller, sind grüne Striche, die um ihn herumrasen. Dabei tut ihm gar nichts weh, kein Stechen in der Brust. Auch der Arm schmerzt nicht, sogar Atem kann er ruhig holen. Nur die Beine sind plötzlich weg, er spürt sie nicht mehr, als ob er nie Beine gehabt hätte.
Lang sitzt der Großvater so. Endlich stehen die Grünsamtenen still, auch die Beine spürt er wieder; er wartet noch ein paar Minuten, dann wagt er aufzustehen. Mit ganz kleinen Schritten geht er ins Vorzimmer hinaus, sein Gesicht, im Vorzimmerspiegel, kommt ihm fremd vor. Herztropfen würde er jetzt brauchen. Unvorsichtig von ihm, daß er in der unteren Wohnung keine Herztropfen hat. Er weiß nicht, ob er die achtzehn Stufen zu seiner Wohnung hinauf schaffen wird. Dem Andreas sollte er sagen, daß die Mutter heute spät kommt, daß aber kein Brot mehr im Haus ist. Er geht nicht zu Andreas ins Zimmer, er muß sich alle Kraft für die achtzehn Stufen aufsparen. Vielleicht, wenn er die Tropfen genommen hat, wenn er sich ein bißchen hingelegt hat, kann er dann wieder herunterkommen, vielleicht sogar Brot kaufen gehen.
Bis zum nächsten Morgen sah Andreas keinen Menschen.

Der Großvater kam nicht, Andreas meinte, weil er böse auf ihn sei. Irgendwann einmal, mitten in der Nacht, hörte er Schritte und dann Wasserrauschen im Bad. Das mußte Susanna gewesen sein, Fritzi wusch sich nie, wenn er spät heimkam.

Am Morgen wachte Andreas auf, weil Susanna in kurzen Abständen schrill seinen Namen rief. Er rührte sich nicht. Dann hörte er die Türglocke, hörte, wie Susanna mit der Gajic sprach, wie sie sagte, daß sie leider verschlafen habe und daß die Gajic so nett sein sollte und den Andreas aufwecken möge, weil der leider auch noch schlafe. Sie jedenfalls müsse jetzt weggehen, ihr Chef warte schon vor der Haustür.

»Herr Schubert schlaft auch noch?« hörte er die Gajic fragen.

»Herr Schubert«, sagte Susanna, »hat vorgezogen, gar nicht nach Hause zu kommen, Milena!«

Dann fiel die Wohnungstür zu, und Andreas fühlte Erleichterung. Der Gajic würde er einfach sagen, daß er krank sei. Die Gajic ging das ja einen Dreck an.

»Andi, mußt aufstehen, ist schon sehr spät, Mama hat verschlafen!« Die Gajic steht in der Tür.

»Komm, Andi, aufwachen!« Sie kommt zu seinem Bett, zieht an der Decke. »Kommst eh schon zu spät!« Sie rüttelt ihn an der Schulter, meint, er schläft noch fest.

Andreas tut, als wache er eben auf, murmelt: »Mir ist nicht gut!«

»Was ist?« Die Gajic beugt sich zu ihm.

»Ich fühle mich krank!« Andreas macht die Augen auf.

»Krank?« Die Gajic legt eine Hand auf seine Stirn. »Kein Fieber, sicher kein Fieber! Bist nicht krank! Bist nur faul!« Sie lacht und zieht ihm die Decke weg. »Mama hat gesagt, du mußt aufstehen!«

Andreas ist nackt. Ohne Unterhose, ohne Pyjama, ganz nackt. Darauf ist die Gajic nicht vorbereitet. »Oh, Entschuldigung«, sagt sie. Eher erstaunt als erschrocken. Und dann grinsend: »Zieh was an, wirst sonst noch ehrlich krank!«
Sie starrt den nackten Andreas an.
Andreas schreit: »Gib meine Decke her!«
Die Gajic lacht und gibt ihm die Decke nicht.
Andreas richtet sich auf, greift nach der Decke, die Gajic hält die Decke fest. Andreas zieht an der Decke, reißt die Decke an sich, die Gajic läßt noch immer nicht los, die ganze Decke samt der ganzen Gajic ist auf einmal auf Andreas drauf.
»Meine Decke laß los«, brüllt Andreas. Das Gesicht von der Gajic ist nah bei seinem Gesicht, dann unter seinem, weil die Gajic lachend nach hinten aufs Bett kippt, ein Deckende hält sie noch immer fest.
Andreas schaut auf das Gajic-Gesicht mitten in seinem rotweiß karierten Kopfkissen und begreift nicht, daß das das Gesicht der Gajic sein soll, die dreimal die Woche bei ihnen den Dreck putzt. Jung ist das Gesicht und schön. Wunderschön ist das Gesicht. Er läßt die Decke los, starrt in das Gajic-Gesicht, als ob er es auswendig lernen müßte, wie eine lebensrettende Landkarte, die man nur sehr kurz sehen darf. Er hört erst zu starren auf, als die Gajic den Kopf hebt und sich hochrappeln will. Da drückt er den Kopf der Gajic auf das Kissen zurück, tritt mit beiden Füßen die Decke vom Bett, beugt sich über den Gajic-Kopf und küßt die Gajic. Die wehrt sich zuerst, zappelt mit den Beinen und trommelt mit den Fäusten auf seinen Rücken, dann gibt sie nach, küßt ihn und lacht beim Küssen und schaut ihn an beim Küssen. Mit ihren Händen ist sie in seinen Haaren, auf seinem Hals, streichelt seine Schultern, fährt mit zarten Fingern seine Rückenwirbel hinunter, schiebt ihn dann weg und steht vom

Bett auf. Er will sie festhalten, so kann sie ihn doch jetzt nicht allein lassen, das darf sie nicht – das tut sie auch nicht. Sie schaut ihn freundlich an, freundlich und ruhig und macht den Hosenzipp auf und steigt aus der Hose, aus der Unterhose, streift die Ringelsocken von den Füßen, sagt: »Gleich, Andi« und zieht den Pullover über den Kopf und steht nackt da und sagt: »Ohne Kleider ist besser!«
Sie ist schön, schöner als Michi, genauso dünn, aber doch runder.
Sie hebt die Arme und zieht etliche Haarnadeln aus der Aufsteckfrisur. Andreas schaut zu, wie die vielen dunkelbraunen Haare langsam auf die Schultern fallen. Sie legt die Haarnadeln auf sein Bücherbrett und sagt: »Haarknoten drückt beim Liegen!«
Andreas hält den Atem an, er kann nicht wirklich glauben, daß sie jetzt einfach zu ihm herkommt, sich neben ihn legt, ihn wieder küßt. Aber sie tut es, kommt zu ihm, küßt ihn, fragt ihn: »Ist schön, Andi?« Murmelt: »Komm, Andi!« Und: »Mußt nicht aufpassen, Andi, ich habe Pille!«
Nachher liegt sie neben ihm, mit dem Kopf auf seinem Arm, der ihm eingeschlafen ist, und summt leise eine merkwürdige Melodie.
Andreas stört der eingeschlafene Oberarm nicht.
Gar nichts stört ihn. Alles ist ziemlich in Ordnung. Er sagt, was er noch keiner Frau gesagt hat: »Ich liebe dich!« Er merkt, daß er das gern sagt, wiederholt: »Ich liebe dich!« Es fällt ihm ein, daß die Gajic mit Vornamen Milena heißt; er sagt: »Milena, ich liebe dich! Milena, ich liebe dich!«
Er zieht seinen steifen Arm unter ihrem Kopf hervor und kniet sich ins Bett, küßt ihren Hals, ihre Schultern, ihre Brüste, ihren Bauch und murmelt in jeden Kuß hinein: »Ich liebe dich, Milena.« Und bekommt wieder ungeheure Lust auf Milena. Milena hat nichts dagegen, ist bereit, ist froh,

sagt: »Ist gut mit dir, Andi!« Etwas Schöneres hat ihm noch nie jemand gesagt: »Ist gut mit dir, Andi!« Es ist nicht mehr alles sinnlos, es ist gut mit ihm.
Wieder nachher fragt Milena: »Kommt Opa nicht?« Sie steht auf, nimmt von Andreas' Schreibtisch eine Zigarette, steckt sie in den Mund, sagt: »Größter Genuß nachher ist Zigarette!«
Andreas greift unter das Bett, eine Schachtel Zündhölzer muß da wo liegen, er bekommt die Schachtel zu fassen und will sie Milena zuwerfen.
»Ich bin Nichtraucher«, sagt Milena. »Hab nur jemand gekannt, der hat immer so gesagt!« Sie läßt die Zigarette im Mundwinkel hängen und zieht sich an. »Wenn Opa kommt, trifft ihn der Schlag«, sagt sie. Sie zieht den Pullover über, die Zigarette ist abgeknickt, als sie den Rollkragen über den Kopf gezogen hat. Sie nimmt die Ringelsocken. »Mußt jetzt aber wirklich aufstehen, Andi«, sagt sie, und das ist haargenau derselbe Ton, in dem sie vor zwei Stunden gesprochen hat. Sie will aus dem Zimmer gehen.
»Bleib bei mir«, sagt Andreas.
Sie schüttelt den Kopf, der Spaß sei vorbei, erklärt sie, die Arbeit muß jetzt anfangen. Im Schlafzimmer muß sie den Boden saugen, die Vorhänge im Wohnzimmer sollen herunter genommen werden.
»Ich helf dir«, sagt Andreas.
»Du geh in Schule, bist da nicht angestellt für Bedienung!«
Andreas steigt aus dem Bett und läuft Milena ins Vorzimmer nach und will sie festhalten und läßt es dann bleiben, weil er auf dem Gang Schritte hört, schleppende Hausschuhschritte, Großvaterschritte.
Milena geht zur Abstellkammer. Andreas schlüpft in Susannas Bademantel, den er von der Garderobe reißt.
»Wie alt bist du, Milena?« fragt Andreas.

»Ziemlich alt«, sagt Milena. »Fünfundzwanzig schon vorbei.« Sie verschwindet in der Abstellkammer.
Der Großvater macht die Wohnungstür auf. Andreas ruft zur Abstellkammer hin: »Ich kenne ein Ehepaar, da ist die Frau um sechzehn Jahre älter als der Mann!«
»Hildegard Knef«, sagt Milena, kommt mit dem Staubsauger aus der Kammer heraus und verfängt sich mit einem Bein in der Staubsaugerschnur. Sie nickt dem Großvater zu und zeigt auf Andreas und sagt: »Andi fühlt sich nicht wohl, er geht heute nicht in die Schule!«
Der Großvater nickt, sagt: »Ich weiß!«
»Aber morgen geh ich wieder«, sagt Andreas zum Großvater.
Der Großvater schaut ihn zweifelnd an und findet, daß Andreas tatsächlich so aussieht, als ob er morgen wieder in die Schule gehen könnte. Als ob es ihm besser geht als gestern. »Da soll sich einer auskennen«, murmelt der Großvater. Er geht in die Küche. Andreas schaut dem Großvater nach, kommt zu Milena, gibt, als der Großvater nicht mehr zu sehen ist, Milena einen Kuß auf das Ohr. Milena weicht zurück. »Laß das sein«, sagt sie leise.
»Übrigens«, ruft der Großvater aus der Küche, »die Mama will, daß der Horsti Kroupa dir Nachhilfe gibt!«
»Der Kroupa?« Andreas geht zur Küchentür, fragt: »Ist das dein Ernst?«
Der Großvater nickt bestätigend.
»Aber der Papa..«
»Der Papa«, unterbricht ihn der Großvater, »hat keine Zeit. Das hat sich ja schon herausgestellt. Wo ist er denn überhaupt? Ist er schon weg? Ich hab ihn gar nicht weggehen gesehen.«
Andreas gibt keine Antwort. Milena grinst ihm zu. Der Großvater zuckt mit den Schultern. Heißt soviel wie: Ihr

braucht mir gar nichts sagen, ich weiß sowieso, daß er nicht nach Hause gekommen ist.
»Die Mama hat gesagt«, Andreas kommt in die Küche, nimmt dem Großvater das Butterbrot, das der gerade geschmiert hat, aus der Hand und beißt hinein, »die Mama hat gesagt, der Dr. Zwetterl hat einen…«
»Der ist ausverkauft«, unterbricht ihn der Großvater.
»Was hast gegen Herrn Kroupa?« fragt Milena. »Besser Herr Kroupa als Frau Kroupa!« Milena ist heftig mit der Staubsaugerschnur beschäftigt. Drei Knoten hat die Schnur. Milena zerrt schnaufend den Stecker durch die spröden Schnurschlaufen.
»Also, willst du, oder willst du absolut nicht?«
»Er will schon«, sagt Milena und hat die Schnur endlich knotenfrei.
Der Großvater schaut Andreas an, wartet auf Antwort.
»Ist mir eh wurscht! Ist eh einer so deppert wie der andere, von mir aus«, sagt Andreas. Dabei schaut er Milena an, und es macht ihm großen Spaß, als er dann fragt: »Frau Gajic, soll ich Ihnen vielleicht beim Vorhänge-Herunternehmen helfen?«

Gabi Kroupa

Seit einer Woche kam die Kroupa Gabi nicht mehr zum Angreifen und Auswickeln auf die Grünsamtenen. Angst und Gänsehaut und Freude und Lust, ganz so einfach war das doch nicht. Viel mehr Angst war plötzlich nicht viel mehr Lust. Seit dem Knarren der Wohnzimmertür, seit dem »guten Tag« zu ihren Beinchen war die Lust weg, und die Freude, auch die Gänsehaut. Nur mehr Angst war da. Jetzt war alles vorstellbar: Der Ingenieur Schubert wird toben! Der Schubert tobte nicht, machte bloß die Tür wieder zu. Also wird der Schubert zu ihrer Mutter hinaufgehen. Der Schubert ging nicht zu ihrer Mutter hinauf, ging in die Küche! Also wird der Schubert zuerst mit seiner Frau alles bereden, und dann werden sie am Abend zusammen zu ihren Eltern hinaufkommen! Es kann ganz unmöglich anders sein. Verbotenes getan – drauf gekommen – Strafe zu erwarten! Schweißhände, Brechreiz, trockener Zittermund – und trotzdem klingelt niemand an der Tür. Bis zum späten Einschlafen nicht. Und immer daneben das »Na, wenn schon!« von Andreas im Kopf. Einfach »Na, wenn schon!« mit Schulterzucken. »Na, wenn schon!« hatte er gesagt, als sie, ratlos und verstört, die Bluse schief zugeknöpfelt hatte und in die Strumpfhose falsch eingestiegen war; dick verbeulte Ferse an den Zehen und rotes Zopfmuster quer ums Beinchen geringelt. Ihre Angst und sein »Na, wenn schon!«. Da stimmte etwas nicht, vermerkte der Kroupasche Hausverstand. Angst hätte er um sie haben müssen. Sorge. Auch Trost. Und vielleicht einen Ratschlag. Falls die Angst, die sie jetzt hatte, einmal vorübergehen sollte, wird sie darüber nachdenken müssen. Das hat nämlich etwas zu bedeuten.

Das hätte er nicht sagen dürfen!
Der Ingenieur Schubert mit seiner Frau kam weder an diesem Abend noch am nächsten. Und am übernächsten auch nicht. Es war unerklärlich. Stundenlang hockte sie im Kinderzimmer und zupfte an der Gitarre und ließ die Aufforderung der Mutter, endlich etwas Vernünftiges zu tun, über sich ergehen, zupfte und wartete. Und hatte Angst. Am Vormittag, in der Schule, war die Angst am größten, weil sie nicht wußte, was inzwischen zu Hause los war. Am allerärgsten war der Heimweg. Die Stiegen raufsteigen und keine Ahnung haben, ob sie schon alles wissen, und keine Ahnung haben, wieso sie es *nicht* wissen.
Den Andreas hätte sie fragen können, aber der Andreas war nicht in der Schule.
Jeden Tag schaute sie in seine Klasse hinein, fragte nach ihm, jeden Tag erfuhr sie, sie müsse das doch besser wissen, sie wohne doch im selben Haus wie Andreas. Und sie solle dem Andreas ausrichten, daß der Klassenvorstand schon grantig sei, der habe gesagt, wenn nicht bald eine Entschuldigung einträfe, müsse er etwas unternehmen.
Bis eine Minute vor acht wartete die Gabi jeden Morgen bei der Kreuzung vor der Schule – er kam nicht, und sie stellte sich die sonderbarsten Sachen vor: Totaler Hausarrest für Andreas, totaler Nervenzusammenbruch von Andreas, totale Verschickung in ein Internat bei Nacht und Nebel, damit er sie nicht mehr sehen konnte.
Sie überlegte oft, ob sie nicht einfach an der Schuberttür läuten sollte? Dann mußte sich herausstellen, ob er zu Hause war. Sie hätte auch den Großvater fragen können. Ein paarmal am Tag sah sie den Alten. Sie brachte es nicht fertig. Die Angst allein war es nicht, die sie hinderte. Das »Na, wenn schon!« kam dazu. Und die Ahnung, daß ihre Schwierigkeiten nicht die Schwierigkeiten von Andreas

waren. Und das Erstaunen, daß alles, was früher in ihr war und wofür sie das Wort »Sehnsucht« gewählt hatte, nicht mehr vorhanden war. Keine Sehnsucht nach Andreashänden, nach Andreasstimme, nach Andreasmund. Sogar eine gewisse Erleichterung bei der Vorstellung, daß sie Andreas bei Nacht und Nebel verschickt haben könnten. Und ganz langsam, Tag für Tag mehr, kam die Absicht, alles auf Andreas abzuwälzen. Verführt! Gar nicht gewußt, was da vor sich ging. Ahnungslos! Das war eine Möglichkeit. Das ließ einem die Angst leichter ertragen, wie einen Buckel, mit dem man sich abgefunden hat, wie einen Rucksack, den man immer trägt. In der großen Pause, in der Schule, hatte sie schon zweimal wieder gelacht. Und sie begann auch alles nachzuschreiben, was sie in den Tagen vorher nicht mitgeschrieben hatte, weil es ihr sinnlos vorgekommen war, etwas über Papst Innozenz, über Pantoffeltierchen, über Gerundiva in ihr Heft zu schreiben, wenn demnächst alles zu Ende gehen mußte. Langsam wurden die Gerundiva, die Pantoffeltierchen und der Innozenz wieder wichtig. Hausverstand siegt immer. Wer schon einen Buckel mit sich herumschleppt, soll wenigstens seine Schulhefte in Ordnung haben. Alles wird einmal aufgerechnet. Sündhafte Taten gegen Lernerfolge sicher auch. Jedenfalls war sie eindeutig in einer besseren Position als Andreas. Der hatte doch überhaupt keine Hefte, war nicht in der Schule und hatte sie verführt. Und niemand konnte ihr nachweisen, daß sie mehr als ein einziges Mal unten gewesen war. Bringen hatte sie ihm etwas wollen. Einer aus seiner Klasse hatte ihr etwas für ihn mitgegeben. Er hatte sie in die Wohnung gebeten und war über sie hergefallen. Aus Scham hatte sie hinterher der Mutter nichts erzählt. Gelogen? Na, wenn schon!
Dann, es war an einem Nachmittag, die Gabi kam von der Gitarrenstunde nach Hause, klingelte er an der Wohnungs-

tür (Schlüssel haben die Kroupakinder nur in Ausnahmefällen), die Mutter machte die Tür auf, und die Gabi sah hinter der Mutter, bei der Tür zum Wohnzimmer hin, den alten Schrödl stehen. Und daneben ihren Vater. Sie bekam feuchte Hände – blitzschnell ging das –, der Gitarrensack polterte gegen den Türstock, überhaupt keinen Speichel hatte sie mehr im Mund. Der Hausverstand murmelte ihr zu: Ruhe bewahren – nichts zugeben – alles auf Andreas schieben...

Aber die Mutter lächelte, und der alte Schrödl schaute wie sonst auch. Der Vater grinste. Die Gabi blieb in der offenen Tür stehen und starrte rundäugig. Die drei redeten. Der Andreas sollte raufkommen. Gleich jetzt. Soviel Zeit sei ja nicht mehr. Und man müsse sich mit seinem Mathe-Professor in Verbindung setzen. Das mache sich immer gut. Nicht wegen des Stoffes, der sei dem Vater ganz sonnenklar, aber aus Höflichkeit. Nein, den Namen vom Mathe-Lehrer kennt der Großvater nicht.

Die Gabi machte zwei Schritte in die Küche hinein; sie kapierte nichts. Aber jetzt schaute sie der Vater an. Sagte etwas zu ihr, sagte: »Aber die Gabi kennt doch den Mathe-Lehrer vom Andreas!«

Der trockene Mund brachte keinen Ton heraus.

»Ist dir was, Kind?« fragte die Mutter und schaute besorgt.

Langsam bekam der Mund wieder Speichel, sagte: »Brettschneider. Der Andreas hat den Brettschneider!«

Der Vater nickte. Der Großvater, erinnernd, nickte auch. Die Mutter sagte, daß der Brettschneider angeblich ein gutmütiger Mensch sei, das habe sie an Sprechtagen schon oft gehört. Der Vater sagte, der Herr Schrödl solle den Andreas gleich jetzt raufschicken, damit sie die Stunden festlegen könnten, am liebsten wäre ihm der Dienstag und der Freitag. Da könne er noch einen Schüler unterbringen.

Die Gabi ging ins Kinderzimmer, lehnte den Gitarrensack in die Ecke, lächelte der kleinen Schwester zu, obwohl die kleine Schwester an ihrem Schreibtisch saß und mit ihren Filzstiften auf ihr Zeichenpapier Männchen malte.
Sie setzte sich aufs Bett und lächelte weiter.
»Zum Nachtmahl gibt es Karpfen«, sagte die kleine Schwester lauernd. Gabi haßte Karpfen. »Na, wenn schon!« sagte sie. Die kleine Schwester wunderte sich. Gabi legte sich aufs Bett, auf den Rücken, machte die Augen zu und lächelte noch immer.
»Du magst doch keinen Karpfen«, sagte die kleine Schwester. »Na, wenn schon!« wiederholte Gabi. Es ging ihr gut, es war ihr noch nie besser gegangen; der Buckel war weg. Am liebsten hätte sie laut gelacht. Und eine zarte, sanfte Gänsehaut kroch ihr über den Rücken und den Hals hinauf, bis zu den Ohren. Zweimal die Woche also wird der Andreas jetzt hier in der Wohnung sein und Nachhilfe bekommen! Er ist nicht im Internat, er hat keinen Hausarrest, er ist ein Depp, der Nachhilfe braucht. Und der Ingenieur Schubert hat ihre Beine, ihre Brüste, ihren Bauch gesehen und zur Kenntnis genommen und nichts getan! Es ist nicht zu verstehen, aber es ist gut so. Und es eröffnet Möglichkeiten, ungeahnte Möglichkeiten.
Beim Karpfennachtmahl dann hatte die Mutter einen Glitzerblick, und der Vater schaute zufrieden. Die Mutter spuckte Gräten und redete davon, daß eben in so einer Familie aus den Kindern nichts werden könne. Wenn die gnädige Frau nur auf sich selber schaut. Die gnädige Frau war Susanna. Gabi hörte voll Interesse zu. Sonst wurde nie über die Schubert geredet. Sonst erfuhr man nichts. Heute konnte man viel erfahren. Die Mutter weiß anscheinend gut Bescheid. Drunter und drüber geht es bei denen. Er hat eine Geliebte. Und sie ist habgierig und hochnäsig. Da kann aus

dem Kind auch nichts werden. Und dem Alten tanzt der ja auf der Nase herum. Schulden haben sie auch. Die Mutter hat es genau gesehen. Am ersten auf der Post, da gibt der Alte immer die Erlagscheine für seine Tochter auf. Natürlich lauter Ratenzahlungen. Tarockieren könnte der Alte mit den Scheinen, so viele sind es.
Die Mutter redete, eifrig wie sonst nie, heiter wie sonst nie. Am Versagen der anderen läßt sich der eigene Erfolg messen. Nicht Wohnlandschaften, nicht fette Autos sind Erfolg, gut funktionierende Kinder sind Erfolg. Nicht zwei und ein halbes Zimmer, ohne Vorzimmer, mit Klo auf dem Gang, sind Versagen: Kinder mit Nichtgenügend sind Versagen.
Wer muß jetzt zu wem kommen? Wer braucht jetzt was von wem? Haben wir schon einmal was von ihnen gebraucht? Na eben! Da sieht man: Wir sind auf dem richtigen Weg!
»Und dann schicken sie den Alten«, sagte Regine und holte eine dicke Gräte zwischen den Lippen hervor. »Eigentlich hättest du nein sagen sollen.« Sie schleckte die dicke Gräte schmatzend ab und legte sie zu den anderen Gräten, immer schön in Reih und Glied, an den Tellerrand. »Und daß du denen ja keinen Ausnahmepreis machst, das kommt gar nicht in Frage!«
»Eigentlich versteh ich nicht«, sagte die Gabi und würgte ein Karpfenstück hinunter, »wieso ihm sein Vater keine Nachhilfe geben kann, der ist doch ein Ingenieur, kann ein Ingenieur so was nicht?«
Gut gemacht! Neue Nahrung für den Glitzerblick. Regine nickt ihrer Tochter liebevoll zu. »Wahrscheinlich ist er sich zu fein dazu!«
»Oder der Bub ist einen Volltrottel«, sagte Horsti.
»Dumm ist der nicht«, widersprach Regina, »aber geistig verwahrlost, das sag ich dir!«

»Und heute kommt er anscheinend auch nicht mehr herauf, der junge Herr«, sagte der Vater und sah auf die Uhr.
Gabi stand auf, stapelte brav die Teller übereinander. »Vor einem Jahr, glaub ich«, erklärte sie, »war er aber noch ein ganz guter Schüler!«
»Ja, das geht schnell, mein Kind«, sagte die Mutter, lächelte und freute sich an ihrer tüchtigen Tochter.

Später dann, im Bett, unter der mit den Zähnen ewig knirschenden Schwester, neben der schnarchenden, anderen Schwester, entwarf sich Gabi ein neues Leben. Lag da, wollte nicht schlafen, obwohl sie müde war, und dachte an morgen-übermorgen und überübermorgen. Von der Straße her fiel Licht in das kleine Zimmer, der Drahteinsatz über ihr, sooft sich die kleine Schwester im Stockbett bewegte, fing zu glitzern an. An die Wellen im Schwimmbad erinnerte Gabi das Glitzern. An die Wellen, die sich auf dem Kachelboden des Bades als Schattenschlangen bewegten. Ins Schwimmbad könnte sie auch mit dem Andreas gehen. Hände auf ihrer Haut, unter dem Wasser, waren ihr schon immer besonders angenehm gewesen. Sie wird sich einfach beim Schwimmverein anmelden. Gegen Vereine haben ihre Eltern nichts. Aber einen neuen Badeanzug braucht sie. Den wird sie sich zum Geburtstag wünschen. Und ins Kino wird sie mit dem Andreas gehen. Das wird möglich sein. Und spazieren gehen werden sie. Auf der Alszeile draußen, wo alle spazieren gehen, die sich liebhaben. Jetzt, wo die große Angst weg ist, ist wieder viel möglich. Und jetzt, wo die Erfahrung da ist, daß die große Angst nicht nötig war, ist noch viel mehr möglich. Wenn man erst einmal weiß, wie dumm sie alle sind, dann kann man alles machen. Der Schubert hat eine Geliebte. Das wird sie dem Andreas erzählen. Morgen zu Mittag wird sie an der Schuberttür

läuten, wenn der Großvater den Mittagsschlaf hält. Zuerst wird sie dem Andreas das von seinem Klassenvorstand sagen, dann das von der Geliebten und dann? Das wird sich ergeben. Vielleicht werden sie ins Wohnzimmer hineingehen, vielleicht wird er sie umarmen, ihre Bluse aufknöpfen, ihr erklären, wie er um sie gezittert hat, wie er sich um sie gesorgt hat. So verwirrt war er, daß er nicht einmal in die Schule gehen konnte. Gekämpft hat er für sie. Seine Eltern hat er davon abgehalten, zu ihren Eltern zu gehen. Sonst bringt er sich um, hat er zu seinen Eltern gesagt. Und gefleht und gedroht hat er, bis sie nachgegeben haben. Und Botschaft hat er ihr nur deswegen keine zukommen lassen, weil er zuerst alles in Ordnung bringen wollte. Aus dem Weg ist er ihr gegangen, obwohl es ihm schwergefallen ist, damit sie keine zusätzlichen Schwierigkeiten bekommt. So muß es gewesen sein, genau so!
Die Gabi lächelte dem glitzernden Drahteinsatz zu. Sie war sehr munter. Nur der Hausverstand schlief. Der war zusammen mit der Angst schlafen gegangen. War ja auch nicht nötig zum Lächeln und Träumen. Wenn man die Sehnsucht zurückholt, muß der Hausverstand still sein. Kein Sinnen mehr über »Na, wenn schon!«, nur erinnern an Zärtlichkeit und Streicheln und feste Griffe. An Gänsehaut. An Lust. Andreas' Zunge auf ihren Brustwarzen. Seine Hände auf ihrem Bauch. Das brauchte sie wieder. Vorsichtig legte die Gabi ihre Hände auf ihre Brüste und fühlte, wie die Brustwarzen groß und fest wurden. Sie fuhr mit ihren Händen über den festen Speck auf den Rippen. Bis zum Nabel hinunter. Dort trafen sich die Hände und verschränkten sich. Weiter nach unten wanderten sie nicht. Das konnte sie nicht. Das war ihr unmöglich. Der Andreas durfte dorthin greifen, dann wehrte sie sich nicht. Ganz im Gegenteil! Nur sie selber kann das nicht! Sie weiß nicht

mehr, wie das gekommen ist, hat keine Erinnerung mehr an die Mutterhand, die ihr oft auf die Finger geschlagen hat. Auch keine Erinnerung mehr an die Mutterstimme, die »Pfui, Gabi, schäm dich!« gerufen hat. Sie weiß nicht einmal mehr, daß es streng verboten war, mit den Händen unter der Bettdecke zu schlafen. Sie kann gar nicht wissen, daß die Mutter in der Nacht noch nachschauen gekommen ist, ob die Kinderhändchen auch schön ordentlich auf der Decke liegen oder um das Pölsterchen geschlungen sind, und die Kinderhände, wenn sie unter der Bettdecke waren, hervorgezogen hat.

Es ist immer die allerbeste Erziehung, an die man sich nicht mehr erinnert. Erinnerungslos scheint es dann so, als wolle man selber nicht. Als habe man sich selber Schranken gesetzt. Alles freier Entschluß. Natürliche Abscheu. Moralischer Ekel. Ganz normal.

Und manchmal, fast schon im Schlaf, wenn die eigenen Hände trotzdem zart und nur ganz leise und leicht über die Schamhaare streichen, wenn dann Sehnsucht wach wird nach mehr, nach viel kräftigerer Berührung, dann hilft nur mehr einschlafen; denn für das, was im Schlaf geschieht, ist man nicht verantwortlich. Dafür kann man nicht zur Rechenschaft gezogen werden. Wenn man träumt, daß man die eigene Mutter umgebracht hat, kann man auch nichts dafür. Für Träume kann man nichts, hat der Religionslehrer gesagt. Da sollen sie sich bloß keine Sorgen machen. Für alles, was im Schlaf geschieht, muß man keine Rechenschaft ablegen. Und die Mutter kommt längst nicht mehr nachschauen in der Nacht.

Erziehen muß man die Kinder, sagt Regine, wenn sie klein sind. Was man nicht bei den Kleinen schafft, wird nie mehr erreicht.

Der Klassenvorstand war ein Dicker – so um die vierzig – mit einer traurigen Brille und einem Hängebauch. Er sah nicht sehr klug aus und auch nicht sehr böse. Eher verstört. Und das Verhängnis mit der Entschuldigung ließ er sich freundlich nickend erklären. Anscheinend glaubte er dem Großvater. Anscheinend nahm er die Sache nicht so wichtig. Anscheinend interessierte ihn ganz etwas anderes. So frustriert seien alle Schüler, klagte er dem Großvater. Hockten in den Bänken, gähnten und wollten ihre Ruhe haben und friedlich bis zur Matura schlafen. Ein paar natürlich, die protestierten unentwegt, gegen alles und jedes, wollten nicht einmal Brecht interpretieren, nicht einmal etwas von der französischen Revolution erfahren, liefen nur dauernd mit dem Schulunterrichtsgesetz unter dem Arm herum und versuchten, den Lehrern Verstöße gegen das Gesetz nachzuweisen. Aber zu denen gehörte der Andreas ja nicht. Voriges Jahr, sagte der Klassenvorstand, da habe es fast so ausgesehen, als würde aus dem Andreas ein »Revoluzzer«. Bei »Revoluzzer« lachte der Klassenvorstand. Aber das habe sich gelegt. Und heuer, am Schulanfang, da wieder habe es so ausgesehen, als ob sich der Andreas in etwas einließe mit dieser Michi, aber auch diesbezüglich könne er den Großvater beruhigen, eine Beziehung über das üblich Kameradschaftliche hinaus habe sich da nicht entwickelt. Gottlob! sagte er. Denn diese Michi, das müsse der Großvater wissen, sei ein echter Sargnagel als Schülerin. Eine, die nichts im Hirn habe als ihre erotische Ausstrahlung. Lang erzählte er dem Großvater von der Michi, und der Großvater hörte geduldig zu. Diese Michi nämlich habe ein besonderes Vergnügen daran,

auch die männlichen Lehrer mit ihrer erotischen Ausstrahlung zu verwirren. Und das mache einem schon zu schaffen, seufzte der Klassenvorstand.
Der Großvater versuchte, den Klassenvorstand zu unterbrechen, versuchte darauf hinzuweisen, daß die Schule den Schülern auch allerhand zu schaffen machte, nicht nur den Lehrern. Den Alois Haber wählte er sich als Beispiel. Zitierte den Habersatz, den er von Andreas erfahren und der ihn so empört hatte: »Ab Mussolini ging es in Italien wieder bergauf!«
Ja, ja, sagte der Klassenvorstand, der Kollege Haber, der sei schon ein Problem. Aber auch da seien die Schüler das größere Problem. Warum wehrten sie sich denn nicht? Vor etlichen Jahren noch, die Schüler, die so um 1970 herum maturiert hatten, die hatten sich den Haber einfach nicht gefallen lassen! Zu Szenen sei es da gekommen! Und zwei Disziplinarverfahren habe der Kollege da durchzustehen gehabt. Leuchtende Augen bekam der Klassenvorstand, wenn er von den 1970ern sprach. Und von den noch Älteren. Das waren Burschen gewesen! Sogar die Mädchen waren Burschen gewesen. Leicht hatte man es mit denen nicht gehabt. Geschwitzt hatte er oft bei den Diskussionen mit ihnen. Aber geschlafen hatten die wenigstens nicht. Sogar die Lehrer hatten die munter gehalten. Alles hatten die verändern wollen. Wohin der ganze Schwung, der ganze Elan gekommen sei, konnte sich der Klassenvorstand nicht erklären. Jedenfalls, schwor er dem Großvater, seien ihm die aufsässigen Diskutierer der späten sechziger Jahre lieber gewesen als diese frustrierten Bengel, die er jetzt zu unterrichten habe.
Der Dicke mit der traurigen Brille und dem Hängebauch redete sich seinen Kummer weg, bis die Glocke die Sprechstunde ausläutete, dann drückte er dem Großvater

innig die Hand und entließ ihn mit der Versicherung, daß der Andreas die Schule schon schaffen werde. Der Großvater verließ das stinkende, verdreckte Schulhaus mit dem Gefühl, etwas für Andreas geleistet zu haben. Aber er fand, daß das noch viel zuwenig Leistung war, er meinte, daß er nicht mehr allzuviel Zeit zum Helfen habe, und ging deshalb zum Arzt. Er wollte bessere Pillen, bessere Tropfen, wenn es unbedingt sein mußte, sogar Injektionen. Es durfte nicht mehr passieren, daß die Grünsamtenen im Kreis um ihn herumrasten, daß er alle Kraft für die achtzehn Stufen aufbrauchte. Er brauchte alle Kraft für Andreas.

Der Arzt war mit dem Großvater »gar nicht zufrieden«. Er schrieb ihm einen Überweisungsschein zum EKG. Der Blutdruck des Großvaters bekümmerte ihn auch. Der müsse unter Kontrolle gebracht werden, erklärte der Arzt. Und ob der Großvater zu Hause eine ausreichende Pflege habe, erkundigte er sich. Der Großvater wurde grantig. Er brauchte doch keine Pflege. Er war nicht krank. Alt war er. Aber nicht krank. Den Herzfehler hatte er aus dem Krieg. Mit dem kam er schon zurecht. Daß der Herzfehler in den letzten dreißig Jahren nicht kleiner geworden war, war nur normal. Und in seinem Alter hatte keiner mehr einen richtigen Blutdruck. Eine Durchuntersuchung im Spital schlug der Arzt vor. Das sei am vernünftigsten. Der Großvater solle doch nicht so kindisch sein! Drei, vier Tage Spital, dann könne er wieder nach Hause gehen. Und wenn er nicht nach Hause gehen könne, dann sei das eben ein Zeichen dafür, daß er wirklich schwer krank sei. Aber auch das sei heute keine große Sache mehr. Es gäbe doch Herzschrittmacher! Im Spital jedenfalls können sie am besten feststellen, was für den Großvater gut ist.
»Ich geh doch nicht ins Spital«, sagte der Großvater.

Wiederholte es ein paarmal stur, bis der Arzt nachgab, einige Rezepte schrieb und dem Großvater auftrug, nächste Woche wiederzukommen.
»Ins Spital legen!« Laut und empört sagte es der Großvater, als er aus dem Doktorhaus auf die Straße kam. »So ein Unfug, der macht sich das leicht! Will mich einfach ins Spital legen! Aber da hat er sich geschnitten!«
Der Großvater hatte seit langer Zeit die Absicht, sich einen Tag vor dem Sterben ins Krankenhaus zu begeben, einen Tag vorher und nicht eher. Zu Hause sterben wollte er nicht. Seine Frau hatte das getan, und ekelhaft war es gewesen. Daß er im Spital starb, war er der Susanna schuldig.
Kalt-starr-blauverfärbter Vater in der oberen Wohnung, vor dem Bett wahrscheinlich. Warten, bis der Leichenbeschauer kommt, warten, bis die mit dem Sarg kommen und so viel Trinkgeld kriegen, daß sie den stocksteifen Alten in seinen Sonntagsanzug stopfen und ihm dabei ein paar Knochen brechen – das war Susanna nicht zuzumuten. Wenn einer tot ist, fällt ihm das falsche Gebiß aus dem Mund. Und Scheiße und Urin kommt aus den Toten noch heraus. Was soll seine Tochter mit einem beschissenen Vater und einem einsamen Gebiß? Tote, beschissene Väter ohne Zähne gehören dem Krankenhaus. Gehören den Krankenschwestern. Zum Sterben ist das Spital. Aber nur zum Sterben. Ein Tag vorher genügt völlig. Krankenhäuser sind schrecklich. Nicht einmal auf Besuch geht der Großvater dorthin. Er haßt Krankenhäuser, weil Krankenhäuser Lazarette sind. Ärzte sind nichts anderes als Stabsärzte. Krankenschwestern sind kriegsdienstverpflichtete Frauen, die dumm sind. Der Großvater weiß das, er kennt sich aus. Über ein Jahr lang, nach den Schüssen ins Bein, haben sie ihn in Lazaretten traktiert. Und daß er dort nicht gestorben ist, war ein Zufall. Lazarette waren zum Sterben da. Überall

neben ihm sind welche gestorben. In der Nacht und am Tag und am frühen Morgen besonders gern. Daß er nicht gestorben ist, war wirklich nur ein Zufall. *Ein* Zufall reicht für ein Leben. Auf einen zweiten ist nicht zu hoffen. Hofft der Großvater auch nicht. Nur jetzt kann er noch nicht ins Lazarett gehen, weil er darauf schauen muß, daß der Andreas wieder in die Schule geht, daß der Andreas so heiter bleibt, wie er seit gestern morgen heiter ist. Er muß Wache stehen.

Es nützt also doch, wenn er da ist. Er hat sich das so zurechtgelegt: Der Andreas war verzweifelt, was kein Wunder ist, weil das Leben schon zum Verzweifeln sein kann. Und dann, wie der Andreas im Bett war und krank gespielt hat, da hat er ihm zum Reden gebracht, und da hat sich der Bub alles von der Seele gebrüllt, und jetzt ist ihm leichter und es geht wieder.

Wäre ich nicht dagewesen, sagt sich der Großvater, hätte er niemanden zum Anbrüllen gehabt. Wäre ich nicht dagewesen, hätte niemand in der Schule angerufen. Wäre ich nicht zu diesem verwirrten Klassenvorstand gegangen, hätten sie Andreas in der Schule blöd gefragt und nachgeforscht, und er wäre wahrscheinlich wieder nicht hingegangen. Ein paar Monate noch, ein paar Jahre noch Wache stehen, sagt sich der Großvater, nützt dem Andreas mehr als ein ewiger Großvater im Lazarett. Außerdem verstehen die Ärzte nicht viel. Die Ärzte verstehen etwas von den Krankheiten, aber nichts vom Sterben. Der Großvater hat schon viele sterben gesehen, nicht nur im Lazarett. Krankheit und Tod, meint er, haben nicht viel miteinander zu tun. Seine Frau, die war immer gesund, gesünder als die hat man nicht sein können. Und die hat sich ins Bett gelegt, einen Apfel gegessen, die Zeitung gelesen, gute Nacht hat sie noch gesagt und daß sie morgen seinen Anzug in die Putzerei

bringen wird, dann ist sie eingeschlafen, und am nächsten Morgen war sie tot.
Die alte Kroupa, die war schon immer krank, die war schon krank, als sie den Horsti zur Welt gebracht hat, und die ist noch immer krank, todkrank sagen alle – und sie stirbt und stirbt nicht. Sitzt im Bett, an die vielen harten Polster gelehnt, betet und jammert und stirbt nicht, weil sie nicht sterben will.
Und der Sedelmeier, der ohne Zehen, der wird auch noch lange nicht sterben. Der muß darüber nachdenken, ob er seine Zehen nicht voreilig geopfert hat. Das hält den am Leben. Dem können sie ruhig einen Magenkrebs zu seinem Darmkrebs dazugeben. Der wird trotzdem weiterleben. Leiden und stinken wird er, einen Kotbeutel unter die Hose wird er kriegen, die Haare werden ihm ausgehen, die Nägel werden ihm abbrechen, aber sterben wird er erst, wenn ihn sein Zehenproblem nichts mehr angeht.

Was hat sie denn? fragte sich Fritzi, sie ist nicht wie sonst. Schon, wie sie die Tür aufgemacht hat, hat man es gemerkt!
Irgendwie gehemmt wirkte sie, distanziert und unsicher.
Fritzi setzte sich auf das indische Sesselmonstrum, unbequem hockte er da, die Sitzfläche viel zu klein, die Riesenrückenlehne drückte ins Kreuz. (Susanna hatte vor ein paar Tagen erklärt, sie wolle so ein Monstrum für den Eisberg erstehen, damit das Zimmer freundlicher wirke. Er hatte protestiert, auf diese geflochtenen Undinge geschimpft. Susanna war erstaunt gewesen, daß er überhaupt Bescheid wußte. »Seit wann kennst du dich bei Sesseln aus?« Er hatte erklärt, der Sepp habe so einen. Möge sie nie auf den Gedanken kommen, den Sepp nach seiner Erfahrung mit dem indischen Stuhl zu fragen!) Der Kater kam und sprang das Sesselmonstrum an. Er setzte seine Krallen ins Geflecht und zog sie wollüstig wieder heraus und hieb noch einmal hinein und freute sich über die brechenden Geflechtsfäden.
»Kerl, laß das«, sagte Fritzi und griff nach dem Kater, hob ihn auf den Schoß und kraulte ihn hinter den Ohren. Der Kater war nicht in Schnurrelaune. Er sprang vom Schoß und lief zu Evelin hin, die beim Fenster stand und seit Minuten in den einfärbig grauen Himmel schaute. Der Kater rieb seinen Kopf an ihren Beinen, das hieß: Ich will fressen! Evelin rührte sich nicht.
»Was ist denn?« fragte Fritzi und bereitete sich darauf vor, das »Was-ist-denn-nichts-ist-aber-ich-merk-doch-daß-was-ist-Spiel« zu spielen. Einer über vierzig, der sich eine zwanzigjährige Geliebte nimmt, muß nicht nur finanziell

etwas investieren, der hat auch Geduld und väterliche Güte einzubringen.
Ohne vom Fenster wegzugehen, melancholisch-blauäugig ins Graue hinein, den Spielregeln entsprechend: »Nichts ist!«
»Aber ich merk doch, daß du was hast!« Fritzi schaute auf die Uhr. Eine halbe Stunde veranschlagte er für das Idiotenspiel. Dann blieb hinterher noch Zeit, Mittagessen zu gehen. Er hatte Hunger.
»Na, Mädchen, was ist?« Fritzi wurde ungeduldig. »Mädchen, nun komm schon!«
Um drei, spätestens vier Uhr wollte er wieder zu Hause sein. Er mußte mit Andreas reden, bevor Susanna heimkam. Der Bursche war in letzter Zeit so sonderbar. Der hatte irgendwas, stand auch so herum wie Evelin, brauchte auch das »Was-ist-denn-Spiel«.
»Mädchen, fahren wir essen!«
»Ich habe keinen Hunger!« Immer noch melancholischer Blick ins Graue.
Er war sich keiner Schuld bewußt. Weiße Blumen hatte er ihr gebracht, weil sie weiße Blumen mochte. Den Tag hatte er sich freigenommen für sie, weil sie gestern gejammert hatte, sie habe es satt, seine Spät-Abend-Geliebte zu sein. Was wollte sie also? Was hatte sie ihm vorzuwerfen? Sie würde doch nicht – guter Gott im Himmel! –, aber nein, sie hatte ja eine Spirale eingesetzt, Spiralen waren so sicher wie die Pille, solche Geschichten gab es nicht mehr, das waren Angstträume aus vergangener Zeit. Mit einer, die sich diesbezüglich nicht vorsah – und wär sie Miss Universum und hätt sie den IQ von Einstein –, ließ er sich gar nicht mehr ein.
Einmal, vor ein paar Wochen, hatte sie auch so melancholisch aus dem Fenster geglotzt, weil sie ihn am Tag vorher

mit Susanna in einem Restaurant gesehen hatte. Zu freundlich, zu intim, zu heiter waren sie ihr vorgekommen. »Daß deine Ehe so mies ist, kannst du mir nicht mehr erzählen, daß du nur wegen dem Kind mit ihr zusammen bist, glaub ich nicht mehr!« Susannas Aussehen hatte sie so beunruhigt. Wahrscheinlich hatte sie sich eine fette Mama erwartet, eine mit Bauch und Hängebrust und Lockenwicklerfrisur. Ein gutes Dutzendmal hat sie ihn seither verhört, warum er ein Verhältnis mit ihr habe, wenn er doch mit einer verheiratet sei, die so aussehe wie Susanna. Jedesmal hatte er ihr sämtliche Nachteile von Susanna aufgezählt, nur dieses »Weil ich dich liebe«, auf das sie immer gewartet hatte, hatte ehrliches Fritzi nicht geschafft. Er liebte sie wirklich nicht. Wirklich geliebt hatte er nur zweimal: Susanna, als sie vierzehn war und mit ihm auf den Bänken hinter dem Spielplatz gesessen war. Und Susanna, als sie zwanzig gewesen und aus der Schweiz bitter enttäuscht heimgekehrt war. Vielleicht wird es möglich sein, Susanna ein drittes Mal zu lieben. Es kann sich viel ändern. So alt sind sie noch nicht.
Wenn dieses kleine Mädchen beim Fenster bloß wieder eine Liebeserklärung von ihm erpressen wollte, war es klüger, das vertrottelte »Was-ist-denn-Spiel« nicht weiterzuspielen. Oder brauchte sie Geld? Hatte sie wieder einmal Schulden? Wieder einen Mietrückstand und die Mahnung von der Autoversicherung? Wenn's nicht mehr als zehntausend waren, die sie brauchte! »Mädchen, nun komm, bringen wir's hinter uns!«
Evelin drehte sich zu ihm, schaute ihn laienbühnenreif an. Vielleicht sollte er zu ihr hingehen, den Arm um ihre Schultern legen (Papa-Freund-Geliebter-, hast doch mich, Baby!). Das könnte die Sache verkürzen. Aber der Kater war wieder auf seine Beine gesprungen, breit und fett lag er

da und wollte gestreichelt werden, schnurrte aufdringlich. Er blieb also sitzen, streichelte, und Evelin sagte: »Ich habe den Tripper!«
Dem Kater gingen eine Menge Haare aus. Wieso er Hundshaare auf der Jacke habe, hatte ihn Susanna unlängst gefragt. Fritzi zupfte die Katzenhaare von seinen Hosenbeinen, drehte kleine Kugeln daraus und warf die Kugeln auf den Fußboden. Den Tripper hatte sie? Dann hatte er ihn ja auch. O.k., dann hatten sie also den Tripper.
Und was schaute sie immer noch so tiefblau leidend? Tat ja schließlich nicht weh, ein Tripper. Zwei Injektionen und ein paar Tabletten, und die Sache war behoben. Ein Glück nur, daß er gestern nicht mehr mit Susanna geschlafen hatte. Das hätte die Sache dann wahrhaftig kompliziert.
Sicher sollte er jetzt fragen, warum sie den Tripper hatte und wieso sie das gestern noch nicht gewußt hatte. Er hatte keine Lust, irgend etwas zu sagen. Er stand auf und setzte den Kater ins Sesselmonstrum. Mittagessen ade, freundlicher Tag ade!
Er tat sich leid, weil sie ihn betrogen hatte.
Nicht mit dem, der ihr den Tripper angehängt hatte. Sie hatte ihn schon in der ersten Nacht betrogen. Als ein Fräulein ohne Probleme hatte sie sich ausgegeben. Als eine Dame, mit der man Spaß haben kann. Als eine, die keine Schwierigkeiten haben will und keine Schwierigkeiten macht. Doch sie war um nichts besser als die anderen. Eigentlich genau wie Susanna. Nur blöder. Geld wollte sie. Geliebt wollte sie werden. Indische Stühle stellte sie auf, und jetzt fing sie zum Heulen an, weil sie den Tripper hatte. Warum heulte sie nicht bei dem, von dem sie den Tripper hatte?
Fritzi suchte nach einem Taschentuch für Evelin.
Weinenden Frauen müssen Taschentücher gereicht werden.

Soviel hatte man Fritzi schon beigebracht. Aber die Zeiten, wo ihm Susanna täglich ein frisches Taschentuch in die Sakkotasche gesteckt hatte, waren längst vorüber. Er ging ins Vorzimmer hinaus, durchsuchte den Wäscheschrank und fand einen Stapel Taschentücher. Er wählte eines mit einem dunkelbraunen Rand und einem eingestickten E. Nicht ›E‹ wie Eveline, sondern ›E‹ wie Erich. Das war der, der vor ihm im indischen Monstrum gehockt war und den Mietrückstand und die Autoversicherung beglichen hatte. Ein kleiner, runder Generalvertreter mit ständigen Potenzschwierigkeiten. Den hatte Eveline doch unlängst wieder getroffen. Aber der Tripperspender war das sicher nicht.
Fritzi ging ins Zimmer zurück und gab Evelin das Taschentuch. Die schnüffelte und schneuzte herum und nuschelte irgendwas ins Taschentuch hinein. Er gab sich Mühe, es zu verstehen. Von Urlaub redete sie. Wieso Urlaub? Der Tripper hatte etwas mit einem Urlaub zu tun, und er war schuld, daß sie den Tripper hatten!
Seit acht Tagen, schluchzte sie, war sie nun im Urlaub! Seit acht Tagen hockte sie hier in der Bude und langweilte sich! Konnte er etwas dafür, daß sie Anfang Dezember Urlaub machte? Klar konnte er dafür! Weil er ihr versprochen hatte, mit ihr wegzufliegen. Hätte er ihr das nicht versprochen, hätte sie nie ihren Urlaub jetzt genommen. Seit Monaten schon hatte sie sich auf den Urlaub mit ihm gefreut. Jeden Tag, im Büro, hatte sie davon geträumt. Fritzi und Evelin auf den Bahamas. Oder in Afrika. Oder ihretwegen sogar in einem windigen, verregneten italienischen Nest. Nicht auf sonnige Natur kam es an, sondern nur auf Zweierglück. Endlich einmal vierzehn Tage lang Fritzi rund um die Uhr. Daß das Juli-Spanien für Susanna und Andreas reserviert ist, hat sie bereits eingesehen. Daß der März-Dachstein auch den beiden gehört, muß sie zur

Kenntnis nehmen. Aber die vierzehn Tage im Dezember, die hat er ihr versprochen.
Hat er? Hat er wirklich versprochen, mit ihr wegzufahren? Da muß er betrunken gewesen sein. Irgendwann einmal, in einer Nacht, war die Rede davon gewesen. Aber sie hatte geredet. Er hatte nur nicht nein gesagt. Aber das war doch auch schon wieder Monate her. Seither (wenn er nüchtern gewesen war) war nie mehr davon die Rede gewesen.
»Aber ich habe jeden Tag darauf gewartet, daß du davon etwas sagst!« schrie Evelin. Quietschend schrie sie. Fritzi erinnerte ihre Stimme an die Stimme von Andreas – in der Zeit, als er im Stimmbruch war. Auch ihr Gesicht kam ihm auf einmal wie das Gesicht von Andreas vor, wenn Andreas wütend weinte. Nur die Wimperntusche, die über ihre Wangen herunterlief, und der Lippenstift, der über die Oberlippe bis zu den Nasenlöchern hin verschmiert war, verwischte die Ähnlichkeit ein bißchen.
»Schön, Baby«, sagte Fritzi, »ich seh ein, daß ich dir klipp und klar hätte sagen müssen, daß ich mit dir nicht wegfahren kann. Aber vom Nicht-Wegfahren kriegt man keinen Tripper!«
Doch! Den kriegt man davon, weil man es allein nicht aushält, und da geht man weg. Und dann hat sie eben den Kerl getroffen, den sie schon ewig kennt. Mit dem war sie tanzen, und dann hat sie keine Lust gehabt, in die leere Wohnung zu gehen. Nur deswegen.
Und sie hat auch gar nicht die Absicht gehabt, den noch einmal wiederzusehen.
Aber heute in der Früh, da hat er angerufen – was ja noch recht anständig von ihm ist, nicht jeder tut das –, und er hat gesagt, es tut ihm schrecklich leid, aber er muß ihr sagen, daß er höchstwahrscheinlich den Tripper hat, von einer, mit der er einen Tag vorher gebumst hat. Die hat's nämlich mit

einem, das hat er gerade beim Frühstück erfahren, der mit der Elisabeth herumzieht, und die Elisabeth, die hat den Tripper! Das steht fest! Das heißt, jetzt hat sie ihn nicht mehr, aber vorige Woche hat sie ihn gehabt. Seine Schwester weiß das genau, weil die der Elisabeth Geld gegeben hat für den Doktor, für die Tripper-Injektionen.
Fritzi lauschte verstört der geschluchzten Geschichte von der langen Tripperübertragung. Er kapierte erleichtert, daß es noch gar nicht sicher war, ob er den Tripper überhaupt hatte. Er konnte mit einem Mal gar nicht so recht an seinen Tripper glauben, und uralt kam er sich auch vor, großvateralt. Saß da wie im Kindergarten, in dem die Masern ausgebrochen waren, und fühlte sich wie Tante Emma, die gegen Kindergärten ist, weil man sich da nur die Masern und die Feuchtblattern holt.
»Bist du jetzt böse?« Evelin hatte sich wieder zum Fenster gedreht, starrte wieder ins Graue.
Scheiß mit Reis, das war eine Generation! Da bumsten sie im Kreis herum wie die Idioten, und nachher machten sie sich in die Hosen vor Angst wie die seeligen Stiftsdamen. Hinten und vorn und rundherum stimmte das nicht. Fritzi mußte an Andreas und die fette Gabi denken, die waren genauso mies und erbärmlich. Zum Totweinen war die sexuelle Freizügigkeit dieser Generation.
»Bist du jetzt bös?« wiederholte Evelin.
Fritzi schüttelte den Kopf, wußte, daß Evelin das Kopfschütteln nicht sehen konnte. Sollte sie sich gefälligst umdrehen, wenn sie was wissen wollte. Was wollte sie eigentlich? Wieder eines der Kindergartenspiele, die er schon längst verlernt hatte, oder wollte sie aus dem Kindergarten abgeholt werden? Was sie wollte, interessierte ihn nicht. Leise ging er ins Vorzimmer hinaus und holte den Mantel von der Garderobe. Der Kater hockte bei der

Wohnungstür und jammerte. Wenn er jetzt die Tür aufmachte, war der Kerl draußen und über die Stiegen hinunter und aus dem Haus raus. Er beugte sich zum Kater, sagte leise: »Komm, Kerl, Fleisch!« Der Kater verlor das Interesse an der Wohnungstür und lief neben Fritzi her in die Küche. Fritzi holte eine Schweinsniere aus dem Eiskasten, der Kater schnurrte laut, drängte sich, den Schwanz steil aufgerichtet, zwischen Fritzis Beine. Fritzi suchte nach einem scharfen Messer. Der Kater war ungeduldig. Er stellte sich auf die Hinterbeine und versuchte, an Fritzis Hose hochzuklettern. Fritzi stöhnte, Katerkrallen in seiner Wade. Mußte man die Niere unbedingt schneiden? Mäuse werden auch nicht geschnitten angeliefert. Fritzi warf die ganze Niere auf den Boden, der Kater löste seine Krallen aus dem Hosenbein und sprang auf die Niere los und bestaunte den ungewohnt großen Brocken und packte ihn schließlich ins Maul und verschwand damit in der Spalte zwischen Abwasch und Gasherd, hinter dem Mistkübel.
Fritzi ging aus der Küche, durchs Vorzimmer, sah, daß Evelin nicht mehr beim Fenster stand, schluchzen hörte er sie, wahrscheinlich lag sie auf dem Bett, er hörte auch ein schepperndes Geräusch aus der Küche und nahm an, der Kater habe den Mistkübel umgeworfen.
Fritzi verließ die Wohnung, sanft zog er die Tür ins Schloß, traurig dachte er daran, daß zwei seiner besten Hemden, seine Lieblingskrawatte und ein Rasierapparat von ihm in Evelins Wohnung zurückgeblieben waren. Und voll Wehmut fielen ihm alle Hemden ein, die gestreiften, karierten und die weißen, die irgendwo bei jungen Damen in dieser Stadt lagen. Hemden, wegen denen Susanna bitterböse in der Wäscherei urgiert hatte. Fest nahm er sich vor, nie mehr Wechselwäsche bei Fräuleins zu deponieren. Voll Grimm dachte er an den Herrn, der sich ab nächster Woche mit

seinem funkelnagelneuen Rasierapparat in Evelins Badezimmer rasieren würde.
Es war im Erdgeschoß, da ging oben eine Tür auf und Evelin rief: »Fritzi!« So ziemlich im Tonfall des Ertrinkenden auf dem sinkenden Floß. Er sagte sich, daß im dritten Stock eines Genossenschaftshauses kein Floß versinkt und wollte zur Haustür hin. Doch da kam der Kater die Stiege hinunter, wollte noch dringender aus dem Haus. Fritzi packte den Kater. Wem gehörte das Vieh eigentlich? Beim Neustift-Heurigen hatten sie die Katze entdeckt. Evelin hatte sie haben wollen. Aber die Katze war noch zu jung gewesen, hatte noch die Mutter gebraucht. Ein paar Wochen später war er wieder hingefahren, hatte die Katze geholt und zu Evelin gebracht. Einfach gebracht. Nicht geschenkt. Die Impfungen hatte er auch bezahlt. Das Futter auch. Der Kerl gehörte ihm. Wenn er jetzt mit dem Kerl ging, konnte Evelin überhaupt nichts tun. Zu Hause war ein Hof für die Katze. Und die Milena hatte hinter den Mistkübeln eine Maus gesehen. Andreas würde sich freuen. Der Alte mochte Katzen auch. Aber Susanna würde toben. Die hatte damals schon Krach geschlagen, als er Andreas den Hamster gekauft hatte. Er hatte sie noch heute in Verdacht, daß sie den Goldhamster umgebracht hatte. War doch lächerlich! Ein Goldhamster kann nicht spurlos verschwinden. Genau einen Tag, nachdem er den Zehenriemen von Susannas Goldsandalen zerknabbert hatte! War ja auch typisch, wie sie hinterher immer betont hatte, daß Andreas gar nicht besonders traurig über den Hamsterverlust sei, daß er nach dem Heulanfall bald wieder gelacht habe, weil sie einen neuen Kassettenrekorder zum Trost gekauft hatte.
»Kerl, lauf zurück«, sagt Fritzi zum Kater. Er stellte den Kater auf die Stiege, hielt ihn aber noch fest. Der Kater duckte sich, wollte unter Fritzis Händen durch zum Haustor.

»Kerl, du kommst nur unter ein Auto!« Fritzi ließ den Kater los und wollte ihn die Stufen hinaufjagen. Der Kater sprang ein paar Stufen hoch, setzte sich hin, wartete wieder auf eine Chance, an Fritzi vorbei aus dem Haus zu kommen. Fritzi seufzte, packte den Kater und stieg mit ihm in den dritten Stock hinauf; der Kater wehrte sich nicht. In der offenen Wohnungstür stand Evelin und lächelte. Fritzi hielt ihr den Kater entgegen, Evelin nahm ihn nicht, sondern ging ins Vorzimmer hinein. Fritzi meinte, daß ihm gar nichts anderes übrig blieb, als wieder in die Wohnung hinein zu gehen. Alles andere erschien ihm lächerlich und viel zu dramatisch.

Hoffnung haben und Ordnung machen gehört für Andreas zusammen. Das haben sie ihm beigebracht: Mens sana in camera sana! Kein innerer Friede ohne aufgeräumten Schreibtisch. Ohne glattgezogene Bettdecke. Andreas räumt also auf. Und hat Hoffnung. Er wundert sich, daß er Hoffnung hat, er genießt, daß er Hoffnung hat. So schwierig ist alles nicht. Die Schule ist kein Problem. Was man nicht versteht, kann man auswendig lernen. Das taten die anderen ja auch. Hatte er ja auch jahrelang getan. Und was er versäumt hatte, wird ihm der Kroupa beibringen. Mit Milenas Lächeln ist wieder alles möglich. Michi ist eine merkwürdige Erinnerung an Kindertage. An die Gabi erinnert er sich nicht mehr. Den großen Wäschekorb hat er schon vollgestopft mit alten Papieren, halbvollgeschriebenen Heften und Notizbüchern, die er aus den Laden geräumt hat. Grinsend wirft er einen Packen Zeichenpapier oben drauf. Überall steht da: Michi, ich hasse dich, Michi, ich mag dich! Und eine Menge Särge sind da gezeichnet, und Galgen und Männerchen an den Galgen. Andreas lächelt den Männerchen zu und schüttet die Asche von vier Aschenbechern über sie und bedauert, daß in der ganzen Riesenwohnung kein Ofen ist, in dem man Feuer machen kann – er hätte das Zeug gern verbrannt und dem Zeug beim Brennen zugeschaut.
Er nimmt den Wäschekorb und schleppt ihn aus der Wohnung, zieht ihn die Stiegen hinunter zur Hoftür. Bei der Gangbassena im Parterre steht der ältere Gajic-Sohn, vier Jahre muß der jetzt sein, und läuft hinter ihm her, als er den Wäschekorb zu den Mistkübeln trägt.
»Bist du der Drago?« fragt Andreas.

Der Kleine bückt sich und greift in den Korb und zieht einen Bogen Zeichenpapier heraus. Lauter Michi-Köpfe sind auf dem Blatt. Viel zu häßliche Michi-Köpfe, mit grünem Filzstift gemalt.
Der Kleine sagt: »Viele Mama!«
»Viele Michi«, sagt Andreas und fängt an, den Papierkram in die Mistkübel zu stopfen.
»Viel Mama«, wiederholt der Kleine, doch diesmal nicht zu Andreas, sondern zur Hoftür hin, und als Andreas hochschaut, sieht er die Gabi bei der Hoftür stehen. Ein blauweiß getupftes Kleid hat sie an, der Bubikragen hat zwei verschieden lange Spitzen. In der Hand hält sie einen schweinsrosa Eimer voll Kartoffelschalen und Eierschalen und Dreckwuwer. Den Kopf hat sie gesenkt. Ob sie auf ihre Hausschuh-Schuhspitzen oder die gelben Steinfliesen starrt, ist nicht zu erkennen.
»Servus«, murmelt Andreas, stopft weiter Papier in die Kübel, macht sich die Finger an der Zigarettenasche dreckig und wünscht sehr, er könnte ewig weiter Papier stopfen, keuchend stopfen, aber der Wäschekorb ist leer, nur mehr ein bißchen Asche, ein paar Brösel, ein Tschick und eine Stanniolkugel. Andreas stülpt den Korb über den Mistkübel, schüttelt ihn und beobachtet dabei unter gesenkten Lidern die Gabi, die noch immer am selben Fleck steht, sich nicht rührt, nichts sagt. Kalt ist es, feucht ist die Luft, Andreas sehnt sich ins Haus zurück. Er stellt den Wäschekorb auf den Boden, macht einen Schritt vom Kübel weg und gleichzeitig eine einladende Handbewegung zum Kübel hin, a la: bitte, gnädige Frau, a la: junger Mann bietet alter Frau den Sitzplatz an.
Die Gabi kommt mit winzigen Schritten in den Hof hinaus, rutscht auf ihren Hausschuhsohlen über die nassen Steinfliesen, eine Eierschale springt aus dem Eimer. Der Kleine

schubst sie mit dem Fuß weg, die gefällt ihm besser als die Michi-Mamas, das Zeichenblatt klatscht aufs Kanalgitter unter den Klopfstange. Andreas sieht, wie die grünen Filzstiftlinien wäßrig und fleckig werden. Der Kleine verschwindet mit der Eischale hinter den Kohlenkisten, und Andreas hat das Gefühl, der Kleine hat ihn alleingelassen.
Unheimlich langsam leert die Gabi den schweinsrosa Eimer, schüttelt ihn noch länger als vorher Andreas seinen Wäschekorb, sagt dann: »Du kommst morgen zu meinem Papa?«
Was fragt sie denn? Sie weiß es doch genau!
»Gabi, wo bleibst du denn?« Das ist die Stimme der Kroupa. Beim offenen Küchenfenster muß sie stehen. Sehen kann man sie von den Mistkübeln aus nicht: Die Gangklos, vorspringend ans Haus gebaut, verstellen die Sicht.
Andreas hofft auf eine folgsame Kroupa-Tochter.
»Ich komme ja schon«, ruft die Gabi nach oben, wartet, und als keine Antwort kommt, lächelt sie Andreas zu. Es ist ein häßliches Lächeln. Als ob sie fettes Wurzelfleisch im Mund hätte, denkt Andreas. Er will ins Haus hinein. Die Gabi hält ihn am Ärmel fest. »Soll ich jetzt dann zu dir kommen?« fragt sie.
Damit hat Andreas wirklich nicht gerechnet. Er hat mit überhaupt nichts gerechnet. Bloß unangenehm ist es ihm gewesen, daß sie plötzlich in der Hoftür gestanden war.
»Ich hab mindestens eine Stunde Zeit«, sagt die Gabi leise, »der Chorgesang entfällt, aber die Mama weiß das nicht!«
Andreas starrt die Gabi entsetzt an. Die glaubt, nichts hat sich verändert, die hat keine Ahnung, die ist verrückt, denkt er. Erinnerungsbilder tauchen auf: nackte Gabi in den Grünsamtenen, häßliche Gabibluse, falsch zugeknöpft, Fritzi-Vater mit blödem Grinsen, schwarze Ringelhaare auf

den Gabiwadeln und schneeweiße Hasenzähne vor einer dicken Plüschzunge.
Unanständig kommt ihm das jetzt vor.
»Soll ich?« Drängend fragt die Gabi, fügt hinzu: »Ich muß mit dir reden. Wegen der Schule und wegen deinem Vater auch!«
Was will sie reden? Sie soll ihn in Ruhe lassen, er will nicht mit ihr reden, sie nicht angreifen, er hat nicht einmal die Möglichkeit, freundlich zu sein. »Ich muß lernen«, sagt er, packt seinen Wäschekorb reißt seinen Ärmel von ihrer Hand los, geht ins Haus hinein und sieht, daß die Kroupa-Mutter jetzt aus dem Gangfenster, genau über den Mistkübeln, schaut. Er grüßt zu ihr hinauf.
Im Stiegenhaus überholt ihn die Gabi. Sie schaut ihn nicht an. Keuchend und aufgeregt und den schweinsrosa Eimer schwenkend stampft sie die Stufen hoch. Während er die Wohnungstür aufsperrt, hört er die Gabi einen Stock höher zur Mutter sagen: »Der Andreas wollte wissen, ob er morgen seinen Zirkel mitbringen soll. Ich hab ihm gesagt, da muß er den Papa fragen, aber auf alle Fälle ist es gescheiter, er nimmt ihn mit, habe ich gesagt!«

Zuerst hatte er das Foto vom Meisl suchen wollen. Meisl, nackt und braungebrannt, in einer Unterhose, vor einem Holzbankerl mit einer Waschschüssel, Socken waschend. Hinten auf dem Foto mußte draufstehen, wann und wo er den Meisl beim Sockenwaschen fotografiert hatte. Natürlich war es ganz unwichtig, ob das Foto 1939 oder 40 oder 41 gemacht worden war, ob das in Polen oder im Donez-Bekken oder an der Krim aufgenommen war. Aber wenn er das Foto hatte, konnte er dem Meisl beweisen, daß sie den großen Hund schon in Polen gehabt hatten. Der Meisl war total verkalkt, erklärte ihm, der große Hund sei erst nach Stalingrad zu ihnen gestoßen. Natürlich war es auch gleichgültig, was der alte, verkalkte Meisl daherredete und ob er dem alten, verkalkten Meisl die Wirklichkeit mit einem Foto zurückholte. Der Großvater mochte seine Fotos. Er mochte sie von Woche zu Woche lieber. Der Hund und der Meisl waren nur ein Vorwand. Ein halbes Dutzend Schachteln mit Fotos hatte der Großvater im Kasten, und vier Foto-Alben mit Bildern von Andreas. Nur für Andreas hatte er sich die Mühe des Einklebens gemacht. Stundenlang hockte der Großvater schon bei den Fotos. Mitternacht war bereits vorüber, und an den Meisl, den Hund und das Sockenwaschen dachte er längst nicht mehr. Das Matura-Foto von Susanna schaute er jetzt an. Einen Blumenstrauß hält Susanna auf dem Foto in der Hand. Blumenstrauß für Matura mit Auszeichnung. Eine andere hat auch einen Blumenstrauß. Aber die ist häßlich. Susanna war die Schönste in der Klasse.

Der Großvater schaute seine Susanna mit dem Blumenstrauß lange an. »Du hättest nicht nach Zürich fahren

sollen«, sagte er. »Die Schweiz ist etwas für Millionäre. Wer sich an der Schweiz orientiert, der verliert das Gefühl für das, was notwendig ist!«
Mit einem Gummiband zusammengehalten, lagen unter dem Maturabild Kinderfotos von Susanna. Susanna mit seiner Mutter in der Küche. Susanna mit seiner Frau im Tiergarten. Susanna mit Horsti im Hof. Susanna mit dem Fritzi vor dem Haustor. Der Großvater gab das Gummiringerl wieder um die Bilder; nur ein Bild von Fritzi und Susanna tat er nicht dazu. Das behielt er in der Hand. Die beiden auf dem Bild schaute er genau an, stellte fest: Die schönsten zwei Kinder in der Gegend waren das. Und die gescheitesten auch. An den Fritzi mußte er denken, und dabei lächelte er. Fritzi mit vertrottelter Mutter, Fritzi mit gefallenem Vater hat ihn oft um Rat gefragt, hat viel von ihm wissen wollen. Mehr als Susanna hat der kleine Fritzi wissen wollen: Wie die Eisenbahn fahren kann, warum der Krieg verloren worden ist, wieso die einen viel haben und die anderen wenig. Oft war er am Abend da. Oft ist ihn seine Mutter holen gekommen, vor dem Haustorzusperren.
Der Großvater brach eine *Austria-3* in die Hälfte und zündete sich eine Zigarettenhälfte an. Er hatte sich vorgenommen, weniger zu rauchen. Drei, vier Züge genügten. Eine halbe Zigarette genügte. Er stand auf und holte sich eine Flasche Bier. Er rauchte die halbe Zigarette, bis die Finger an dem kurzem Zigarettenstummel die Hitze nicht mehr aushielten. Er nahm sich vor, die Flasche nur halb leer zu trinken, wegen dem Blutdruck. Im Wirtshaus vorher hatte er schon ein Krügel getrunken. Zuviel Flüssigkeit ist nicht gut für seinen Blutdruck. Außerdem wacht er dann in der Nacht auf und muß auf das Klo und kann dann wieder nicht einschlafen. Und muß denken. Und bekommt Angst. Aber er hat Durst. Und Bier macht auch müde. Und es ist ja

längst Mitternacht vorbei, so lange braucht er bis zum nächsten Morgen gar nicht mehr warten. Susanna ist noch nicht daheim. Die Schelle von Fritzis Schlüsselbund hat er auch noch nicht gehört. Ob die schon nach Hause gekommen sind, als er noch beim Wirt war? Nein, kein Licht hat gebrannt, als er gekommen ist. Er hätte doch noch zu Andreas hinunter schauen sollen! Aber was hätte er denn sagen sollen? Einfach reden? Der Großvater kann in den letzten Tagen nicht einfach mit Andreas reden. Seit heute Mittag überhaupt nicht mehr. Es ist dumm von ihm. Es ist ganz unmöglich. Es kann gar nicht sein. So etwas gibt es einfach nicht. Alt und verkalkt wie der Meisl ist er, und ein bösartiger Mensch ist er geworden. Alles ist ein lächerlicher Verdacht. Aber wieso kommen auf das Bücherbord von Andreas hellgrüne Haarnadeln? Sechs hellgrüne Haarnadeln, wie sie die Gajic immer im Knoten stecken gehabt hat. Sechs Haarnadeln, wie er sie sonst noch nirgendwo gesehen hat. Und warum wird die Gajic über und über rot, wenn er sie fragt, ob das ihre Haarnadeln sind? Dabei hat er sich da noch gar nichts Böses gedacht.

Der Großvater trank die Bierflasche leer. Hinterher schenkte er sich noch einen doppelten Weinbrand ein und dann einen einfachen nach. Die Fotos legte er auf dem Küchentisch aus. Eins nach dem anderen. Eins über dem anderen. Wahllos. Foto neben Foto. Foto über Foto. Denken wollte er an nichts.

Andreas geht seit über einer Woche wieder in die Schule. Niemand hat ihn gefragt, was mit ihm los war, ob er krank war oder ob er nur keine Lust gehabt hat. Bloß Psychologen-Erika hat ein wissendes Gesicht gemacht, und der Herbert hat sich entschuldigt, wegen dem Telefongespräch mit dem Großvater. Aber er habe wirklich nicht gewußt, was er dem Alten hätte vorschwindeln sollen, und der Alte scheine ja ohnehin schwer in Ordnung zu sein. »Ja, ja, der Alte ist in Ordnung«, bestätigt Andreas. Viele haben ihm schon gesagt, daß der Alte in Ordnung ist, daß er sich freuen soll, so einen erfreulichen Großvater zu haben. Daß er ja keine Ahnung hat, wie vertrottelt und senil und borniert andere Großväter sein können. Früher war er da immer sehr stolz gewesen. Jetzt geht ihn das nicht viel an.
Der Nebenmann (erstaunlich, was ein Dauerleser doch alles mitkriegt) hat ihm erzählt, daß die Michi neben dem Auto-Knaben jetzt auch noch einen aus der achten A hat, was ein gutes Geschäft für sie ist, denn der sollte ihr eigentlich Nachhilfe in Latein geben, weil die Michi-Mutter wegen einem Befriedigend auf die Schularbeit verstört ist. Da die Michi mit dem aus der achten A die Nachhilfestunde komplett verschmust, behält sie natürlich das Geld. Trotzdem – und das findet der Nebenmann so hübsch – hat die Michi auf die Latein-Schularbeit vergangene Woche ein Sehr gut bekommen, und die Michi-Mutter dringt jetzt darauf, daß die Michi zweimal die Woche bei dem aus der achten A Nachhilfe nimmt, damit sie wieder ein Sehr gut kriegt. »Na, ist den Muttertieren noch zu helfen?« fragt der Nebenmann.
Andreas beobachtet sich. Ob es schmerzt. Nein, nichts tut

weh. Da ist keine Wut, keine Trauer und auch kein Haß mehr.
Andreas hat schulische Erfolge. Die Lehrer sind mit ihm zufrieden. Dem Alois Haber hat er schon dreimal einen Satz zu dessen kompletter Zufriedenheit übersetzt. In Englisch war er aller Vokabel mächtig. Der Mathemann wollte ihn schonen, weil er ja über eine Woche gefehlt hatte, aber Andreas machte mehrmals eine richtige Randbemerkung – Horsti Kroupa sprach aus ihm –, da wurde der Mathemann hoffnungsfroh und holte Andreas zur Tafel. Ganz was Leichtes ließ er ihn abhandeln. Andreas schaffte es ohne Stocken, nickte beim Rechnen der grünen Tafel zu (wie Horsti Kroupa fünfzehn Stunden vorher seinem DIN-A-4-Block zugenickt hatte), benutzte auch Kroupa-Formulierungen wie »da haben wir« und »da nehmen wir« und »da sagen wir uns« und unterwellte schließlich das hübsche Rechenergebnis nach Horsti-Art.
Der Klassenvorstand fand, daß der Fall Schubert wieder einmal ein Beweis dafür sei, wie sehr doch die Erfolge der Schüler von der Zusammenarbeit Lehrer-Elternhaus abhingen. »Eine einzige Aussprache mit dem Großvater, der übrigens für sein Alter ein sehr vernünftiger Mann ist«, verkündete er im Lehrerzimmer, »und der Karren läuft schon wieder!«
In der Klasse war Psychologen-Erika die einzige, die über den veränderten Andreas nachdachte, vielleicht auch seinen Pausenauftritten nachtrauerte und ihrem schönen Voyeurdasein. Sie fragte bei ihm nach, wie es denn so ginge, wie es denn so stünde, ob er endlich überwunden habe, und falls er überwunden habe, wie sehr sie sich darüber freue; auch, ob er nicht mit ihr und Herbert ins Kino gehen wolle oder ins Kaffeehaus.
»Nein, leider«, antwortet Andreas jedesmal. Sagt, er muß

lernen, ist erstaunt, daß Psychologen-Erika nicht merkt – genauso wenig merkt wie die Gabi bei den Mistkübeln –, daß sich alles geändert hat. Es erstaunt ihn, aber es ist ihm gleichgültig. Er geht wieder in die Schule, damit er sein Pensum durchsteht. Sein Pensum muß er durchstehen, damit ihn keiner belästigt, damit sie ihn in Ruhe lassen: Susanna und der Großvater, Fritzi und die Lehrer. Wer seine Arbeit nicht erledigt, den lassen sie nicht in Frieden. Er könnte auch zu einem Mechaniker in die Lehre gehen oder Preisaufkleber im Supermarkt werden oder Zettelverteiler von Auto zu Auto. Es ist aber einfacher, in die Schule zu gehen, weil er daran gewöhnt ist und weil es die anderen erwarten. Besser als eine Arbeit ist es auch nicht.
Besser ist nur Milena. Täglich einmal Milena. Milena in seinem Zimmer, wenn der Großvater endlich weg ist. Milena in ihrem Zimmer, wenn Drago und Milan im Kindergarten sind. Milena einmal sogar auf dem Dachboden, am vollen Wäschekorb.
Andreas schläft, um für Milena munter zu sein, ißt, um für Milena kräftig zu sein, lernt, damit sie ihm Zeit für Milena lassen, ist freundlich, damit sie sich nicht über ihn den Kopf zerbrechen. Er hat sich das nicht überlegt, nicht geplant, überschaut es nicht einmal, tut es einfach, weil es notwendig ist.
Er denkt nicht mehr nach. Gedanken, wenn sie kommen, sind nur Bilder. Schöne Bilder von Milena. Und ein häßliches Bild: einer mit einem kleinen, blonden Schnurrbart und sehr kurzen Kopfhaaren, mit hellblauen Augen und einer Goldkrone am Eckzahn, links oben: Milan Gajic der Ältere. Andreas hat Angst vor diesem Bild, das ganz plötzlich da sein kann, das auf einmal rechts vom Alois Haber, der mit dem zu kurzen Zeigefinger wackelt, an der Wand ist. Es war auch schon mitten im Zimmer, über der

Aufschnittplatte, die Susanna aus der Küche hereingebracht hat, und es könnte unter dem Schreibtisch sein, wenn er sich nach dem Kugelschreiber bückt.
Freundlich lächelnd, unbewegt steht der Gajic in den Bildern. Nur wenn er in der Nacht kommt, in den Träumen, dann bewegt er sich. Meistens, in den Träumen, ist da ein sehr hoher Rapunzelturm, und Andreas und Milena – oben im Turm – fühlen sich sicher, weil Rapunzeltürme ja keine Stufen haben. Doch dann ist auf einmal Susanna in der Turmkammer. Oder der Großvater. Und dann kommt die Angst, daß auch der Gajic heraufkommen könnte, und Andreas bittet die Mutter, bittet den Großvater, sie mögen ihm doch den geheimen Aufstieg verraten, damit er ihn absperren, zerstören und verrammeln kann. Doch die beiden lächeln blöde, sagen nichts, verraten nichts, kapieren überhaupt nicht, daß das wichtig für ihn ist. Wie die Irren sind sie schon oft in seinem Rapunzelturm gehockt – manchmal haben sie Eis geschleckt, einmal haben sie einen Schal gestrickt, ein riesig langer Schlauch war das, der Großvater hat am einen Ende mit vier Nadeln gewerkt und Susanna am anderen.
Unheimlich gekichert haben sie dabei.
Da hat sich Andreas durchs Turmfenster aufs Dach hinaufgeschwungen, um die verborgene Treppe zu suchen. Das Rapunzelturmdach war flach, aber man hat nur auf ganz schmalen Stegen gehen können. Wie ein Sieb mit sehr großen Löchern war das Dach. Ein Loch weit größer als ein Fuß von Andreas. Und er hat unheimlich aufpassen müssen, die Löcher waren nämlich nicht zu sehen. Dünnes, schwarzes Plastiktuch war über das Dach gespannt. Wenn er auf ein Loch getreten wäre, wäre es aus gewesen. Das hat er genau gewußt, denn unter jedem Loch war ein Staubsauger. Ein sehr kräftiger Staubsauger. Der Gajic ist zuerst am anderen

Ende vom Dach gestanden, dann ist er zu ihm hergekommen. Dem Gajic haben die plastikverdeckten Sieblöcher nichts ausgemacht. Einfach drüber ist er gegangen; er hat den Mechanismus der Staubsauger beherrscht. Einen Knopf hat er in der Hand gehabt, wenn er auf den gedrückt hat, dann hat er die Luft umgeschaltet, und alle Staubsauger haben nicht mehr gesaugt, sondern mit großer Kraft Luft hochgeblasen, so daß aus jedem Siebloch ein festes Luftpolster geworden ist. Der Gajic war nur mehr drei Luftpolster weit von ihm weg, da hat Andreas gemerkt, daß er fliegen kann. Er hat die Arme gehoben und ist über den Gajic und das Rapunzeldach hinweg in einen dunkelgrünen Himmel hineingeflogen. Er ist lang geflogen, er hat mit den Armen gesteuert. Hat er den Kopf gehoben, ist er weiter aufgestiegen, hat er den Kopf gesenkt, hat er an Höhe verloren. Er war glücklich wie noch nie im Leben.

In der Schule, wenn sie nichts von ihm wollen, oder zu Hause, wenn keiner da ist, schließt Andreas die Augen, lehnt sich zurück und versucht, das dunkelgrüne Traumfliegen zu spüren. Von Mal zu Mal gelingt es ihm besser. Er muß die Augen gar nicht mehr schließen. Er kann sogar herumgehen und fliegen. Und sie können ihn immer weniger dabei stören. Es ist möglich, daß er sagt: »Ja, Herr Professor«, daß er sagt: »Danke, Mama« und »Friends, Romans, Countrymen, lend me your ears...« und trotzdem das Fliegen spürt. Ganz sicher ist er dann im Dunkelgrünen. Kein lächelnder Gajic taucht auf. Und nicht einmal Milena ist noch von Bedeutung.

»Sie schreiben, daß alle sagen, es ist angenehm, es tut gar nicht weh, und man ist sehr glücklich dabei«, sagte der Großvater zu Fritzi. Er saß auf einem Grünsamtenen und nahm sich dort aus wie einer, der selten kommt und gern bald wieder geht. Wohnlandschaften waren nichts für den Großvater, sie mochten ihn nicht, ließen ihn nicht einsinken, verwehrten ihm das Ausruhen, gaben sich härter als ein Küchensessel.
»Du glaubst das?« Fritzi, ihm gegenüber und völlig in Einklang mit den Grünsamtenen, schaute ihn neugierig an.
Ob das ein Trost für den Alten war, die Angst vor dem Sterben nahm? Höchstes Glücksgefühl im Todesaugenblick! Einhundertvierzehn Todgewesene freuen sich aufs nächste Sterben!
Fritzi trank den letzten Schluck aus seinem Rotweinglas und beschloß, für heute mit dem Weintrinken aufzuhören, dem Alten aber noch ein Glas anzubieten. Er nahm die Rotweinflasche, hielt sie in Richtung Großvaterglas, der Großvater schüttelte den Kopf, zog sogar sein Glas ablehnend weg, und Fritzi, nur weil er die Flasche schon in der Hand hatte, schenkte sich selber nach, wiederholte dabei: »Du glaubst das?«
Der Großvater schaute auf die Zeitung auf dem Couchtisch, auf das große Bild gleich unter der Schlagzeile. »Der da«, sagte er und zeigte auf den Mann, der ihm vom Bild entgegengrinste, »der behauptet, daß er sich beim Totsein zugeschaut hat. Von oben. Alles hat er gesehen. Die Ärzte und die Krankenschwestern und die Apparate. Obwohl er klinisch tot war!«

Fritzi trank einen kleinen Schluck Wein, nahm sich fest vor, dieses allerletzte Glas streng zu dosieren. Es gab heute keinen Grund, sich zu betrinken. Susanna mit Haarwuchs hämmendem Schaum an den Waden im Badezimmer, Andreas lernend im Kinderzimmer. Mehr konnte einer wie er gar nicht erwarten. Der Sohn war wieder komplett in Ordnung. Die Ehefrau hatte eine Evelin tripperlos überdauert, und der Alte war ein guter Mann.
Der Großvater starrte auf den Mann unter der Schlagzeile, merkte, daß er den nicht mehr sehen wollte, faltete die Zeitung zusammen, schob sie unter andere Zeitungen. »Wie sich sterben fühlt«, sagte er zögernd, »ist nicht wichtig. Wichtig ist, daß man lebt. Ich meine, daß man nicht mehr lebt!«
Fritzi trank wieder einen ganz kleinen Schluck Wein, ließ ihn im Mund hin und her schwappen und wartete, ob der Alte noch etwas sagen wollte, hätte es gern gehabt, wenn der Alte noch etwas gesagt hätte.
Der Großvater fühlte Fritzis drängenden Blick, er wollte trotzdem nichts mehr sagen, murmelte nur: »Alles gelogen.«
»Du meinst, was diese Arschgeier, diese Todesforscher so behaupten, ist gelogen?« Fritzi vergaß die Schluckdosierung und trank sein Glas leer.
»Jeder, der übers Sterben redet, lügt«, sagte der Großvater, »jeder! Das sag ich dir!«
Susanna – Handtuch um den Kopf gewickelt, Badetuch um den Leib gewunden, aufrechte Riesenraupe mit feuchten Fußspuren – kam ins Wohnzimmer, hockte sich zu Fritzi und fragte: »Wer lügt? Wer stirbt? Wovon redet ihr?«
Sie beugte sich nach vorn, holte Zigaretten und Feuerzeug zu sich her. Das Badetuch verrutschte dabei, und während Fritzi seiner halbnackten Frau von den klinisch Toten, die

das Totsein so sehr genossen hatten, erzählte, schaute der Großvater seine Tochter an. Immer wieder ist er darüber erstaunt, wie jung sie aussieht. Keine Falten, kein Fett mit Grübchen drinnen. Susannas Mutter hat mit dreißig älter ausgeschaut als Susanna mit vierzig. Ein Leben lang haben sie ihm beigebracht: Wenn eine Frau einmal ein Kind hat, dann ist es aus. Dann hat sie eben einen Hängebusen vom Säugen und einen faltigen Bauch vom Schwangersein und Krampfadern an den Beinen. Alle, die er früher gekannt hat, haben das gehabt. Seine Mutter, seine Schwester, seine Frau. Wenn sich seine Mutter am Abend gewaschen hat, in der Küche, über das Stockerl mit der Waschschüssel gebeugt, haben ihre baumelnden Brüste das Wasser in der Schüssel berührt. Mütter, hat er immer geglaubt, sind am Hängebusen, an den Krampfadern und an den Bauchfalten zu erkennen. Mit Kleidern, hat er gedacht, läßt sich manches verdecken. Doch nackt stellt sich heraus, wer eine Mutter ist. Susanna ist keine Mutter, muß der Großvater immer wieder denken, wenn er seine Tochter nackt sieht. Sie ist ein Mädchen. Ein altgewordenes Mädchen mit schlanken Beinen, festen Brüsten, einem glatten Bauch und Hüften ohne Fett. Aus Susannas Mädchengestalt schöpft der Großvater manchmal Hoffnung. Mädchen können noch lernen. Mädchen müssen erst erwachsen werden. Mädchen können sich noch völlig verändern. Das Leben wird immer komplizierter. Vielleicht braucht man jetzt viel länger, um ein erwachsener Mensch zu werden. Hat auch mehr Zeit dazu. Die Lebenserwartung, sagt man, ist ja enorm gestiegen. Vielleicht tut er dieser Zeit doch unrecht. Mehr Zeit zum Erwachsenwerden haben, das wäre auch ein Fortschritt. Faltenlose Körper sind ein Fortschritt. Den Großvater verlangte es danach, darüber zu reden. Aber es ist so selten, daß er da mit Susanna und Fritzi in den Grünsamtenen sitzt,

daß die beiden so heiter sind, das soll man nicht stören. Die könnten sich belästigt fühlen. Sie könnten seine Fragen für Vorwürfe halten.
»Die Oma«, sagte Susanna gerade, »hat ein Jahr lang gelitten wie ein Schwein. Ob ihre Todessekunde köstlich war, ist doch da wirklich wurscht!«
»Wieso hat die Oma gelitten?« Der Großvater, seit sechzehn Jahren daran gewöhnt, verwandtschaftliche Beziehungen aus Enkelsicht abzuhandeln, meinte, Susanna rede von seiner Frau. »Die Oma hat nicht gelitten!«
»Meine Oma!« Susanna kennt die Schwierigkeiten ihres Vaters in bezug auf Verwandtschaft. Sie ärgert sich auch immer, wenn er von ihr als »Mama« redet.
»Ach so, meine Mutter! Ja, die hat gelitten!« Der Großvater sah eine Möglichkeit, jetzt sein Spezialproblem vom Erwachsenwerden, vom Muttersein, vom Zeithaben, vom faltenlosen Körper unterzubringen. »Meine Mutter war nie gesund. Und nie jung. Die Frauen sind früher alt geworden.«
»Sie war lieb.« Susanna sagte es zärtlich-wehmütig.
Fritzi lachte, behauptete, Susanna fälsche ihre Erinnerungen. Eine Furie sei die Oma gewesen, fremde Kinder hätten sich gar nicht in das Haus gewagt, wegen ihr. Und später, als sie zum Furiosen keine Kraft mehr gehabt habe, sei sie eine jämmerliche Raunzen geworden.
Susanna schüttelte den Kopf. »Zu mir war sie lieb!«
»Die war auch zu dir nicht lieb!« Fritzi goß sich Wein nach, stand auf, trug die Weinflasche ins Vorzimmer hinaus. Er wollte sich heute nicht betrinken.
»Bei der Oma hat man sich ausgekannt«, erklärte Susanna dem Großvater. »Ein paar Sachen hat man nicht tun dürfen. Aber sonst...« Susanna wickelte das Badetuch fest um den Leib. »Weißt du« – Susanna schaute den Großvater an,

sagenhafter Susannablick, ganz ohne Hintergedanken, voll von freundlichem Zurückdenken –, »wenn ich dran denk, wie ich klein war, denk ich dabei immer an die Oma. Die Mama«, Susanna drückte ihre Zigarette aus, »die Mama ist in meiner Erinnerung gar nicht wichtig!«
Fritzi kam aus dem Vorzimmer zurück, setzte sich dicht zu Susanna, deutete in Richtung Kinderzimmer und sagte: »Der Knabe lernt noch immer! Wieso lernt er jetzt dauernd? Was ist denn passiert?«
»Na, sei doch froh!« Susanna lehnte sich an Fritzi, nahm sein Weinglas, trank einen Schluck. »Er hat sich Gott sei Dank wieder gefangen, war ja auch Zeit!«
»Ihm ist eine Zeitlang alles so beschissen vorgekommen«, sagte der Großvater, »so sinnlos!«
»Und jetzt nicht mehr?« Fritzi nahm Susanna das Weinglas weg. Susanna hatte einen großen Schluck getrunken. Wenn er nicht noch einmal ins Vorzimmer hinausgehen und nachfüllen wollte – was lächerlich war –, mußte er seinen Weinrest vor ihr hüten.
»Wenn man sechzehn ist, wechseln die Stimmungen Gott sei Dank schnell.« Susanna wollte wieder vom Wein haben, streckte die Hand aus.
Fritzi ignorierte die ausgestreckte Hand, trank selber, sagte: »Mein Knabe ist doch kein Trottel! Wenn er bemerkt hat, wie beschissen alles ist, vergißt er das nicht wieder!«
»So beschissen ist das alles ja nun auch wieder nicht!« Susanna nahm Fritzi das Weinglas aus der Hand.
»Das ist mein Wein! Hol dir selber ein Glas!«
»Na – beiß mich vielleicht!« Susanna trank, gab Fritzi ein Glas mit einem kümmerlichen Rest Wein zurück, verstand nicht, warum Fritzi sie auf einmal so bös anschaute, fuhr fort: »Das Leben ist auch sehr schön!«
»Na klar, na freilich.« Fritzi rückte ein Stück von Susanna

weg, kaschierte das Wegrücken mit Zigarettenheranholen.
»Schön ist das Leben. Man hat eine schöne Wohnung, einen schönen Chef, ein schönes Gesicht, einen schönen Sohn. Alles ist schön, wunderschön. Schönschön!«
»Ich bitt dich! Was hast den? Spinnst?« Susanna schüttelte den Kopf. »Was schreist mich denn an?«
»Ich hab nicht geschrien. Ich bin nur vor Freude übers schöne Leben zu laut geworden!«
»Geh, hör schon auf! Bring mir lieber ein Glas Wein!«
Fritzi stand auf. Gut, wenn sie es haben wollte, dann betrank er sich eben auch heute! Dann holte er die Flasche eben wieder herein!
»Aber ein kleines bitte!«
Natürlich ein kleines! Die Gnädigste betrank sich ja nie! Wer betrinkt sich schon im wunderschönen Leben! Ein Glas Rotwein am Abend ist wunderschön fürs wunderschöne Blut!
Im Vorzimmer, mit der Weinflasche in der Hand, zögerte Fritzi. Schaute zur Kinderzimmertür hin. Warum ging er nicht einfach zu Andreas hinein, ein bißchen mit dem Knaben reden? War doch Unsinn, daß der noch lernen wollte. War doch blöd, daß der jetzt allein da drinnen hockte.
Worüber reden? So einfach war das nicht mehr. Früher, da hätte er sagen können, spielen wir was. Eisenbahn oder Schwarzer Peter, Lego oder Siebzehn und vier oder Unterseeboot, aber Andreas hatte ausgespielt. Nur mehr ein Spiel war möglich: Fritzi spielt Vater, Andreas spielt Sohn. Spielen wir Vater-Mutter-Kind? Andreas in die Grünsamtenen holen? Zwischen einen Alten, der lieber schlecht leben, als gut sterben wollte, und eine Schöne, die alles wunderschön fand? Wo er nicht einmal den Rotwein zum Trost hatte. Klein-winzig-klein sollte der Knabe sein,

neunzig Zentimeter hoch und siebzehn Kilo schwer und fünf Jahre alt, dann könnte er hineingehen und ihn am Bauch kitzeln und hochheben und auf dem Rücken ins Speisezimmer tragen. Ihn auf die Jugendstilkredenz setzen, daß alle bunten böhmischen Gläser hinter den Kredenztüren klirren und sagen: »Spring!« Und Andreas springen und in seine ausgebreiteten Arme fallen lassen und lachen.

»Fritzi, wo bleibst du denn? Fritzi, mein Wein!« Ungeduldig klang Susannas Stimme. Fritzi kümmerte sich nicht darum, dachte nach, ob er nicht unter einem Vorwand in das Zimmer von Andreas gehen könnte. Etwas fragen. Wie der Horsti und die Nachhilfe denn sei? Oder eine neue Taschengeldregelung vorschlagen. Oder ganz ohne Vorwand: Kann ich ein bißchen dableiben? Lächerlich, blödsinnig!

Fritzi schaute zur Zimmertür von Andreas. Keine Musik hörte er. Kein Geräusch. Sah nur den schmalen Streifen Licht zwischen Tür und Fußboden. Vielleicht schlief er schon und hatte das Licht brennen lassen. Das war jedenfalls ein Vorwand.

Fritzi machte die Tür auf. Andreas lag auf seinem Bett, angezogen, auf dem Rücken, die Augen hatte er offen und schaute zur Zimmerdecke.

»Ich hab geglaubt, du schläfst schon und hast vergessen, das Licht auszumachen.«

Andreas rührte sich nicht.

Fritzi kam ins Zimmer herein. »Wie geht es denn?« fragte er.

Andreas drehte den Kopf zu ihm. »Warum?«

»Nur so!«

»Es geht.«

»Alles in Ordnung?«

»Ja!«

»Na, dann will ich nicht weiter stören.«
Keine Antwort mehr. Also auch kein Dableiben mehr.
Fritzi knipste die Nachttischlampe an und drehte das Deckenlicht ab und ging aus dem Zimmer. Vom Wohnzimmer her hörte er Musik und die Stimme eines Fernsehmenschen. Fritzi nahm die Rotweinflasche, holte noch eine Rotweinflasche aus der Küche und kehrte ins Wohnzimmer zurück.

Der Großvater hatte eine schlechte Nacht gehabt, viel Angst, viel Schmerzen, kaum Schlaf. Erschöpfter als am Abend vorher, war er am Morgen aus dem Bett gekrochen. Seine Hände hatten stark gezittert, er hatte Mühe gehabt, das falsche Gebiß in den Mund zu stopfen.

Jetzt hockte er in Susannas Küche, hörte auf das Zischen des Wassers im Reindl auf dem Gasherd. Über dem Reindl mit dem Wasser war ein Reindl mit Fisolengulasch. Seit zwei Stunden hielt er das Fisolengulasch über dem zischenden Wasser warm. Andreas hätte längst da sein sollen. Hin und wieder stand der Großvater auf und füllte Wasser nach. Hin und wieder fühlte er sich den Puls und fühlte ihn nicht. Dazwischen saß er einfach da, schaute auf seine Hände, auf die dickgeschwollenen Adern an den Händen. Dann hörte er, wie das Haustor quietschend aufging, ins Schloß fiel, ein paar Schritte waren dann – er meinte, das könnte Andreas sein –, doch dann war lautes Klopfen an der Hausmeistertür, sehr lautes Klopfen, und die Stimme vom Gajic rief: »Milena!« Und fremde Wörter, die böse klangen. Aus dem Klopfen wurde ein Hämmern, ein Schlagen, die Gajic-Stimme brüllte. Wieso war der Gajic um die Zeit im Haus? Der Gajic fuhr um diese Zeit Taxi. Erst gegen halb sechs kam er immer nach Hause, wusch sich, aß und ging dann in die Fabrik. War er betrunken? War er wahnsinnig geworden? Hatte er den Schlüssel vergessen? Und warum machte ihm Milena die Tür nicht auf? Sie war doch zu Hause. Der schlägt noch die Tür ein, dachte der Großvater. Der macht noch alles kaputt. Der Großvater bekam Angst um den Gajic.

Der Gajic war ein armer Hund, ein guter Mensch. Er konnte

nicht dahocken und seine alten Hände anschauen und dem Wasser beim Kochen zuhören und den Gajic wahnsinnig werden lassen. Er stand auf und ging aus der Wohnung. Vom zweiten Stock her waren die Stimmen von der Kroupa und der Goldberger zu hören. Keifende Stimmen. Der Großvater ging ins Parterre hinunter, ein leichtes Schwindelgefühl überkam ihn, aber er blieb nicht stehen. »Gajic, mach doch nicht so einen Lärm, was ist denn?« rief er. »Gajic wart doch, ich komm ja schon!«

Der Gajic stand vor seiner Wohnungstür. Der Schlüssel steckte im Schloß, die Tür war einen Spalt breit offen, weiter ging sie nicht auf, weil die Sicherheitskette vorgelegt war. Der Gajic war sehr betrunken, der Gajic war rot im Gesicht, und er weinte auch und brüllte noch immer »Milena«, während er gegen die Tür schlug. Als er den Großvater sah, ließ er von der Tür ab, setzte sich auf den Boden, auf die gelben Steinfliesen und sagte: »Sie ist drinnen. Mit einem. Ich bring ihn um!«

»Aber Gajic«, sagte der Großvater, »wie kommst denn auf so einen Unsinn?«

Der Gajic zeigte auf die Sicherheitskette, wollte etwas sagen, der Großvater ließ ihn nicht zu Wort kommen. Er ging zum Gajic hin und legte eine Hand auf seine Schulter. Der Gajic stank nach Rum und schluchzte laut und griff in die Rocktasche und holte einen zerknitterten Zettel heraus. Er hielt dem Großvater den Zettel hin.

Der Zettel war eine Seite aus einem Vokabelheft.

»Nichts wie arbeiten«, sagte der Gajic, »Fabrik und Taxi und Kinder von Kindergarten holen und lernen für Kursus und alles machen, und sie hat anderen!«

Der Zettel, erklärte der Gajic dem Großvater, war gestern am Morgen, als er um acht Uhr aus dem Haus gegangen war, an seinem Taxi gesteckt. Unter den Scheibenwischern.

Lange konnte er dort nicht gesteckt haben; denn vorher hatte es geregnet, und der Zettel war trocken gewesen, bis auf einen feuchten Scheibenwischerabdruck. Zuerst, sagte der Gajic dem Großvater, habe er den Zettel nicht ernst genommen, aber den ganzen Tag beim Taxifahren und in der Fabrik – und in der Nacht auch – und heute vormittag beim Taxifahren wieder, da ist ihm der Zettel nicht aus dem Sinn gegangen.
Der Großvater studierte den Zettel aus dem Vokabelheft. Mit schönen Blockbuchstaben stand darauf: Ihre Frau betrügt Sie. Jeden Nachmittag!
Der Großvater zerknüllte den Zettel und steckte ihn in die Rocktasche. »Das ist doch Unsinn, Gajic«, sagte er.
»Sie macht nicht auf, einer ist drinnen«, sagte der Gajic. Ganz sicher ist einer drinnen! Er spürt das. Er weiß das. Der Kollege, den er heute im Wirtshaus beim Aufwärmen, beim Tee-mit-Rum-trinken den Zettel gezeigt hat, der hat auch gesagt, daß an solchen Zetteln immer etwas dran ist. Er hat es ja auch nicht glauben wollen. Den Weg über, wie er jetzt nach Hause gegangen ist, hat er sich vorgesagt: Da ist keiner, da kann keiner sein, Milena wird ihm die Tür aufmachen und erstaunt sein, daß er da ist, und fragen, wieso er da ist, und er wird sagen, er will sich nur etwas holen. Seinen dicken Pullover, weil es kalt ist. So hat er sich das vorgestellt. Aber jetzt ist die Kette vor! Also ist wer in der Wohnung. Und wenn da nicht einer drin wäre, dann würde Milena doch die Tür aufmachen!
Dagegen ist nichts zu sagen. Der Großvater sagt trotzdem: »Aber nein, Gajic, vielleicht schläft sie!« Lächerlich. Wer kann schlafen bei solchem An-die-Tür-schlagen, bei solchem Geschrei und Geschluchze?
Der Gajic versuchte aufzustehen, wollte wieder an die Tür hämmern, schaffte das Aufstehen nicht, wollte sich am

Großvater festhalten. Der Großvater schwankte. Oben, im zweiten Stock waren noch immer die Stimmen von der Kroupa und der Goldberger. »Mein Mann ist leider nicht da«, hörte der Großvater die Kroupa sagen. Und dann hörte er das Wort »Polizei«. Daß die zwei blöden Stücke die Polizei holten, das fehlte noch. »Es ist alles in Ordnung, Frau Kroupa«, schrie der Großvater. »Es ist nichts!«
»Brauchen Sie Hilfe? Soll ich kommen?«
Die verdammte Kroupa sollte bleiben, wo sie war. Aber da waren schon Schritte auf der Stiege – Kroupa, gefolgt von Goldberger, beide in geblümten Wickelschürzen, kamen die Treppe herunter, bogen von der Stiege her um die Ecke zur Hausmeisterwohnung, schauten aufgeregt und hysterisch.
»Schämen Sie sich nicht!« rief die Goldberger. »Lassen Sie den Herrn Schrödl doch in Ruhe!« kreischte die Kroupa.
Der Gajic hing am Großvater, Großvater samt Gajic schwankte, fiel gegen die Hausflurwand.
»Der alte Mann hält das doch nicht aus!« schrie die Kroupa, »lassen Sie um Himmels willen den Herrn Schrödl los!«
Der Gajic wandte sich, trüb glotzend, der kreischenden Kroupa zu, als ob er nun Halt an ihr suchen wollte, sie wich schnell einen Schritt zurück.
Der Gajic war groß und schwer, der Gajic drückte dem Großvater die Luft aus der Brust, in den Ohren vom Großvater war ein hoher, sausender Ton, der wurde immer höher und zischte immer lauter. Trotzdem hörte der Großvater, daß die Hoftür aufging, spürte auch den Luftzug, hörte, daß jemand vom Hof her in den Gang kam, nicht zur Hausmeisterwohnung her, sondern zur Stiege hin. In den Stock ging da jemand hinauf.
»Was ist denn überhaupt los?« fragte die Goldberger.
Der Großvater gab dem Gajic einen leichten Stoß, der Gajic

taumelte von ihm weg, quer über den Gang und fiel gegen die andere Flurwand und sackte zusammen.
»Pfui Teufel«, sagte die Goldberger. Dann ging die Tür von der Hausmeisterwohnung ganz auf. Milena stand in der Tür und machte ein ängstliches Gesicht. Ein bißchen zitterte sie. Zu den beiden Frauen hin sagte sie: »Ich mach nicht Tür auf, wenn er betrunken ist, ist habe Angst!« Der Großvater hielt die Angst in Milenas Gesicht nicht für echt. Die tat nur ängstlich. Die versuchte nur die Sicherheitskette zu erklären. »Zuerst habe ich geglaubt, ist gar nicht Drago«, sagte Milena entschuldigend zum Großvater, »ist sonst nicht so!« Der Gajic, am Boden hockend, mit dem Oberkörper hin und her schwankend, sagte etwas zu Milena, sagte es in der fremden Sprache, der Großvater merkte, daß es nur ein Satz war, den der Gajic da ständig wiederholte. Vielleicht: Mit wem betrügst du mich, du Luder? Oder: Warum hast du die Tür nicht aufgemacht? Oder: Wo ist der Kerl, ich bring ihn um?
Der Kerl war nicht mehr da. Der Kerl war in Sicherheit. Das betrunkene Gajic-Hirn hatte die Möglichkeit einer Flucht durch das Küchenfenster in den Hof nicht eingerechnet. Der Gajic war naiv, auch wenn er nüchtern war. Daß einer durch das Küchenfenster, den Hof, den Gang, in den ersten Stock hinauf konnte, ohne von der Hausmeistertür aus gesehen zu werden, kam ihm gar nicht in den Sinn.
Milena half ihrem Mann von den gelben Fliesen hoch, stützte ihn, redete auf ihn ein. Jetzt weinte der Gajic wieder. Milena führte ihn in die Wohnung. »Sei nicht bös, Opa«, sagte sie, bevor sie die Tür zumachte. Dann hörte man sie in der Wohnung drinnen sehr laut reden, böse klang es, empört klang es, und der Gajic weinte laut und sagte leise etwas.
Jetzt entschuldigt sich der Trottel, der arme Hund noch, dachte der Großvater und merkte, daß er am ganzen Körper

stark zitterte, daß er immer noch keine Luft bekam, obwohl der Gajic doch längst nicht mehr auf ihm drauf lag.
Die Goldberger und die Kroupa führten den Großvater in den ersten Stock hinauf. Sie ließen nicht zu, daß er nach seinen Schlüsseln suchte, sie klingelten an der Schuberttür. Andreas mußte hinter der Tür gestanden haben, so schnell öffnete er. »Dem Opa ist nicht gut«, sagte die Kroupa. »Er hat sich aufgeregt«, sagte die Goldberger. »Der Jugo hat randaliert.«
Sie setzten den Großvater auf die Bauerntruhe, sagten, wenn der Andreas oder der Großvater noch etwas brauchten, seien sie jederzeit zu Hilfe bereit, dann gingen sie wieder in ihre Wohnungen.
Es gab nicht mehr viel zu sagen. Der Andreas war zu Hause. Durch das Haustor war er nicht gekommen. »Geh zu mir hinauf«, sagte der Großvater und reichte Andreas seine Wohnungsschlüssel, »hol den kleinen Koffer. Neben dem Bett steht er.«
Andreas ging sofort, fragte nicht nach dem Grund, kam mit dem winzigen Koffer zurück.
Früher einmal hatte Andreas in dem Koffer hölzerne Bauernhoftiere aufbewahrt. Die Bauernhoftiere waren längst verschenkt. Seit langer Zeit schon stand der Koffer beim Bett vom Großvater. Alles, was nötig war, war im Koffer: ein Nachthemd und die Dokumente, der letzte Befund vom EKG und die Versicherungskarte, das Sparbuch und das Waschzeug. Und der Spitalsschein, den ihm der Arzt für »alle Fälle« und ohne Datum ausgestellt hatte.
Der Großvater griff nach dem Telefon. Die Nummer der Rettung mußte er nicht nachschlagen. Zwischen der Nummer der Polizei und der der Feuerwehr war sie an den Telefonapparat geklebt.
Der Mann in der Rettungszentrale versprach, sofort einen

Wagen zu schicken. Es dauerte fünfzehn Minuten, bis der Wagen kam. Die Rettungsmänner erlaubten dem Großvater nicht, zu Fuß zum Rettungsauto zu gehen. Er mußte sich auf die Tragbahre legen. Ob Andreas mitfahren wolle, fragte ihn ein Rettungsmann. Bevor Andreas antworten konnte, sagte der Großvater: »Nein, er bleibt hier!«

Der Großvater ist weg, und die allerletzte Sicherheit ist weg. Er hat sein Leben an einen seidenen Faden gehängt. Milena hat den seidenen Faden abgeschnitten. Später vielleicht wieder, sagt Milena, jetzt muß sie vorsichtig sein. Ihr Leben muß sie zusammenhalten, sagt sie. Das ist jetzt wichtig. Das hat sie dem Gajic versprochen. Sonst geht der Gajic nach Jugoslawien zurück. Sonst ist alles aus. Das lohnt sich nicht für sie. Sie wird nicht mehr zu ihm kommen. Er darf nicht mehr zu ihrer Tür kommen.
Der Großvater ist weg, Milena ist weg, der seidene Faden ist abgeschnitten, aber Andreas stürzt nicht ab, weil er fliegen kann; er hebt die Arme und fliegt in den dunkelgrünen Himmel, er steuert mit den Armen, er hebt den Kopf und steigt auf, er senkt den Kopf und verliert an Höhe.

Es wird auf einen kleinen Zufall ankommen; denn das neue Erdgas, wenn es den Brennern unentzündet entströmt, stinkt nicht mehr. Keiner im Haus kann es riechen.
Aber die Kroupa hat gesagt, als sie den Großvater weggetragen haben: »Andi, ich rufe deine Eltern an!« Und zur Goldberger hat sie gesagt: »Der Bub ist ja jetzt zu gar nichts fähig, das sieht man ihm ja an!«
Zufällig ist, ob die Kroupa zuerst den Fritzi oder zuerst Susanna erreicht. Erreicht sie Susanna, wird Susanna ein Taxi bestellen und zu ihrem Vater ins Spital fahren und lang bei ihm bleiben.
Erreicht sie zuerst den Fritzi, wird Fritzi-Vater heimfahren und nach Andreas schauen. Und er wird alle Fenster aufmachen und alle Gashähne schließen.

Die Wiederentdeckung einer literarischen Epoche

3. Auflage
Berichte, Texte, Bilder einer Zeit. Mit vielen Fotos und einer vollständigen Bibliographie. 272 Seiten. Großband. Leinen mit Umschlag DM 48,- (80750)

Deutschland, 10. Mai 1933: Polizisten, SA-Männer und NS-Studenten dringen in öffentliche und private Bibliotheken ein, schleppen die von Hitler verteufelten Bücher deutscher Autoren auf die Straße und werfen sie auf einen Scheiterhaufen. Rund 25000 Bücher werden verbrannt.
Der Autor, der fünf Jahre später geboren wurde und sieben war, als der Krieg zu Ende war, hat in der Schule genauso wenig von diesen Dichtern gehört, wie seine Kinder heute. Wo sind diese Dichter, wo ihre Werke geblieben?
Jürgen Serke und der Fotograf Wilfried Bauer recherchierten für dieses Buch in den USA, in Israel, in England, Italien, Holland, Polen, Österreich und der Bundesrepublik. Sie fanden alte Menschen mit Erinnerungen, nach denen bisher niemand gefragt hat.
Das Buch enthält die Lebensgeschichte von 31 Autoren, u.a. von: Claire Goll/Oskar Maria Graf/ Jakob Haringer/Max Herrmann-Neisse/Hans Henny Jahnn/Franz Jung/ Irmgard Keun/Klabund/Else Lasker-Schüler/Walter Mehring/Erich Mühsam/Ernst Toller/Armin T. Wegner

BELTZ & Gelberg

Gerhard Zwerenz
Das Großelternkind

Roman einer Frühzeit
136 Seiten. Leinen. DM 19,80
(80751)

Zwerenz schreibt in seinem neuen Roman über die Kindheitsjahre bei den Großeltern.
Er berichtet von der Arbeit der Großväter, der eine Besitzer einer Ziegelei, der andere Holzschnitzer und beschreibt den dauernden Wechsel seiner Erfahrungswelt. Er lernt die Arbeitsbereiche der Großväter kennen und erfährt die Wirklichkeit der Arbeitswelt aus täglicher Anschauung. In der Erinnerung bekommen die Lebensgeschichten der Großeltern und ihrer Generation ein neues Gewicht: sie werden als soziale und politische Chronik einer Generation erfahrbar.
Zwerenz vermittelt über das Autobiographische hinaus einen Einblick in Denk- und Lebensformen der dreißiger und vierziger Jahre.

Cordelia Schmidt-Hellerau (Hrsg.)
Männerleben

23 Autoren erzählen Variationen zum Thema „Mann"
234 Seiten. Leinen. DM 24,-
(80752)

Männerleben – was das ist und was das sein kann, darüber gibt es festgewachsene Vorstellungen.
23 Autoren (unter anderem Günter Herburger, Leonie Ossowski, Janosch, Rolf Schneider, Peter Härtling) schreiben über Erfahrungen aus ihrem Leben als Mann, oder erzählen von Ängsten, Unsicherheiten, Träumen und Hoffnungen der Männer. Diese Anthologie ist der erste umfassende literarische Beitrag zur aktuellen Diskussion über die „Emanzipation der Männer". Der Anstoß dazu kam von einer Frau: Cordelia Schmidt-Hellerau, Lektorin bei Beltz & Gelberg, lud die Autoren ein, über Schwierigkeiten der Männer, Männerphantasien, Männerträume, zu erzählen.
Das Ergebnis ist die vorliegende Anthologie, die sichtbar macht, daß auch das derzeitige Bild vom Männerleben überprüft werden kann.

Karlhans Frank
Willi kalt und heiss

Roman in sieben Kapiteln.
292 Seiten. Leinen DM 28.-
(80754)

Willi, der Held dieses Romans, wird 1937 geboren und den folgenden 40 Jahren deutscher Wirklichkeit ausgesetzt.
Nationalsozialismus, Krieg, Nachkriegszeit, Wiederaufbau, Kalter Krieg, Wirtschaftswunder, Beginn und Zerfall der APO prägen sein Leben. Da Willi nicht bereit ist, sich bedingungslos anzupassen, andererseits auch nicht genügend Kraft zum dauernden Widerstand hat, muß er sich von Fall zu Fall neu arrangieren.
Willi ist ein Kind, das zwischen Mutter, Tanten und Oma aufwächst. Später ist er ein Bildermaler, ein Künstler, manchmal auch ein Werbegraphiker. Willi iat aber auch per Zufall ein Ehemann und Vater geworden. Und er wird zum Außerparlamentarier, zum Demonstranten, zum Säufer, zum Einsiedler und zum Freund.

BELTZ & Gelberg Beltz Verlag · Postfach 1120 · 6940 Weinheim